Hier sei eine kleine Auswahl vom Teufel und seinen Werken vorgelegt, in denen sich besagter Herr und der Glaube an ihn von den verschiedensten Seiten präsentieren. Es fehlt selbst nicht an einigen gutgemeinten Vorschlägen, wie man seinen Dienstort, die Hölle, etwas modernisieren und zeitgemäßer gestalten könnte. Das Wirken des Teufels wird oft in ein amüsantes Licht gerückt, ohne daß das erfreulich Horrible an der Gestalt vergessen wird. Der Herausgeber kann dem Leser dazu nur teuflischen Lesespaß wünschen, unter anderem mit Texten von Edgar Allan Poe, Nikolaj Leskow, Anton Tschechow, Rudyard Kipling und Kurt Tucholsky.

insel taschenbuch 1708
Zum Teufel

Zum Teufel

Diabolische Geschichten
Aufgespießt von
Franz Rottensteiner
Insel Verlag

Umschlagfoto: Benoît Perrin / Sipa Image

insel taschenbuch 1708
Erste Auflage 1995
Originalausgabe
© Insel Verlag Frankfurt am Main und Leipzig 1995
Alle Rechte vorbehalten
Textnachweise am Schluß des Bandes
Vertrieb durch den Suhrkamp Taschenbuch Verlag
Umschlag nach Entwürfen von Willy Fleckhaus
Satz: Hümmer GmbH, Waldbüttelbrunn
Druck: Nomos Verlagsgesellschaft, Baden-Baden
Printed in Germany

1 2 3 4 5 6 – 00 99 98 97 96 95

Inhalt

Leszek Kołakowski
Stenogramm einer metaphysischen
Pressekonferenz, die der Dämon
am 20. 12. 1963 in Warschau
abgehalten hat

Sie haben aufgehört, an mich zu glauben, meine Herren, gewiß, ich weiß davon. Ich weiß es, und es läßt mich kalt. Ob Sie an mich glauben oder nicht – es bleibt einzig und allein Ihre Sache, haben Sie mich verstanden, meine Herren? Es ist mir maßlos gleichgültig, so gleichgültig wie nur irgend etwas, und wenn es mich dennoch ab und zu interessiert, dann nur in der Form, in der sich der Geist des Forschers an einem Naturwunder entzündet. Ich sage ausdrücklich Geist, denn die Sache an sich ist – was meine Verrichtungen und Erfahrungen angeht – nirgendswo auch nur von der mindesten Bedeutung. Daß Sie meine Existenz leugnen, tut meiner Eitelkeit keinen Abbruch, und zwar einfach deswegen, weil ich absolut nicht eitel bin, weil ich nicht die Absicht habe, von Ihnen für besser gehalten zu werden, als ich bin, ja nicht einmal für so, wie ich tatsächlich bin; ich will ich selbst sein, weiter nichts. Ihr Unglaube berührt keinen einzigen meiner Wünsche – sie sind alle erfüllt. Es kommt mir nicht auf die Anerkennung meiner Existenz an; für mich ist nur das eine wichtig – daß das Werk der Vernichtung nicht stockt. Ob man an meine Existenz glaubt oder nicht, bleibt auf die Reichweite meiner Arbeit ohne Einfluß.

Zuweilen stimmen mich die Ursachen dieses Unglaubens nachdenklich, nun ja, es ist ganz einfach, die Sache fesselt für einen kurzen Augenblick mein Interesse, ich betrachte Ihren jämmerlichen Skeptizismus etwa auf die gleiche Art, wie Sie eine Spinne beobachten, die an der Wand entlang kriecht. Mich macht die Unbedenklichkeit stutzig, mit der Sie Ihren Glauben fahrenlassen, und ich überlege mir, wie es kommt, daß immer und in jedem Fall ich das erste Opfer bin, sobald der Unglaube um sich zu greifen beginnt. »Ich falle zum Opfer« — so etwas sagt man so leicht dahin, um es nur eben glatt auszudrücken, in Wahrheit bin ich weder ein Opfer, noch trifft es zu, daß ich falle; o nein, ich falle gewiß nicht. Und doch nimmt der Unglaube bei mir seinen Anfang. Den Teufel wird man am leichtesten los. Dann kommen die Engel, dann die Dreieinigkeit, schließlich Gott. Als wäre der Teufel das allerempfindlichste Teilchen Ihrer Vorstellungskraft, eine brandfrische, kaum gefestigte Errungenschaft, jungfräulichstes Gewebe Ihres Glaubens oder ganz einfach nichts weiter als ein peinlicher, lästiger, kaum erwähnenswerter Belag in Ihren Hirnen, dessen man sich nur ungern zu erinnern pflegt. Dabei sehe ich, wie selbst diejenigen, die glauben, tief und inbrünstig glauben, voller Eifer, manchmal sogar voller Zorn glauben — daß selbst sie einen großen Bogen um den Teufel machen, daß sie aufgehört haben, über ihn zu reden, daß sie unsicher den Blick abwenden, wenn man sie anspricht, daß sie schweigen und nicht mehr wissen, ob sie ihm ganz und gar abgeschworen haben, oder ob da vielleicht noch irgendeine verborgene Zelle ihrer Seele seine Anwesenheit erfährt, und wenn, dann immer schwächer und schwächer, denn diese Zelle erlischt allmählich, sie stirbt ab, krümmt sich, erkaltet, der Teufel fällt der Vergessenheit anheim. So mag's denn geschehen.

Es kommt mitunter vor, daß ich in Kirchen gehe und mir die Predigten anhöre; ich lausche aufmerksam und gelassen, wobei ich ein Lächeln tunlichst vermeide. Es geschieht immer seltener und seltener, daß irgendwo ein Prediger – und sei's auch nur ein armer Dorfpfarrer – meiner von der Kanzel herab Erwähnung tut. Weder von der Kanzel herab noch im Beichtstuhl, noch anderswo. Ob Sie's mir glauben oder nicht – er schämt sich! Jawohl, es ist nichts weiter als simple Scham. Man könnte ja sagen: Brett vorm Kopf, und: wie primitiv, und: glaubt noch an Märchen, und: ist nicht imstande, mit dem Geist der Zeit Schritt zu halten, dem sich schließlich auch die Kirche anzuschließen hätte. Nein?

Die Theologen behaupten, die Kirche folge dem Zeitgeist, manchmal sei sie ihm gar um einiges voraus, und sie habe keine Furcht vor dem Neuen – aber, so setzen sie hinzu, dies gelte nur für die Form, nur für die Sprache, nur für das äußere Gewand, keinesfalls für den mystischen Kern, nicht für den Glauben, nicht für die Ehre Gottes. Wie denn, meine Herrn Theologen? Was ist denn dann mit mir, wenn man fragen darf, obwohl mich, wie ich schon sagte, die Sache an sich im Grunde kaltläßt. Wo also ist der Platz des gefallenen Engels? Sollte ich am Ende nichts weiter sein als eine Sprache, eine völlig unwesentliche Zierform, die man über Nacht verändert, genauso, wie man seine Krawatten wechselt? Ist der Satan wirklich nur eine rhetorische Figur, ein modus loquendi, eine façon de parler? Ist er ein Mittel, die träge

Phantasie der Gläubigen anzuregen, ein Mittel, an dessen Stelle man jederzeit ein anderes nehmen könnte? Oder ist er – meine Herrn – vielmehr die volle, unleugbare Realität, fest in der Tradition verankert, in der Heiligen Schrift offenbart, eine Erscheinung, die die Kirche seit zweitausend Jahren beschreibt, etwas, was man berühren kann, was weh tut, was real vorhanden ist? Warum flieht ihr mich, meine Herrn? Fürchtet ihr den Spott der Ungläubigen, habt ihr Angst davor, daß man in den Kabaretts Witze über euch reißen könnte? Seit wann fürchtet der Glaube den Hohn der Heiden und Ketzer? Was ist das für ein Weg, auf den ihr euch da begebt? Wo wollt ihr enden, wenn ihr euch aus Furcht vor der Lächerlichkeit von den Fundamenten des Glaubens entfernt? Ist es heute der Teufel, so fällt schon morgen unweigerlich der Herrgott selbst eurer Furcht zum Opfer. Meine Herren, es ist der furchtbare Götze der Moderne, der Sie in seinen Bann gezwungen hat, einer Moderne, die die letzten Dinge fürchtet und die selbst deren Existenz vor Ihnen zu verbergen trachtet. Ich erwähne dies nicht in meinem Interesse – was soll mir das Ganze?! –, ich sage es Ihnen und zu Ihrem Nutzen, gleichsam als hätte ich vorübergehend vergessen, welches meine Berufung ist, und als wäre mir meine Pflicht entfallen, Sünde zu verbreiten. Ich bin nicht der einzige, der so spricht. Gewiß gibt es hier und dort noch irgendeinen Mönch oder Kaplan, der mit gewaltigem Stimmaufwand und in tiefer Verzweiflung die Rechte des Satans beschwört, zum Glauben ruft, den Niedergang der Kirche brandmarkt und an die heilige Tradition erinnert. Doch wer hört schon auf ihn? Wie zahlreich sind heute schon die Stimmen, die in der Wüste rufen? Die Kirche ist taub geworden, sie rennt mit der Zeit um die Wette, will neuzeitlich, fortschrittlich, hygienisch, funktionell, leistungsfähig, trainiert, verwegen, motorisiert, radiophonisiert, wissenschaftlich, sauber und energisch sein. Läge mir wirklich etwas an Ihrem Schicksal – es wäre mir eine wahre Lust, Ihnen Ihr Elend, Ihre bemitleidenswerten Bemühungen vor Augen zu führen, mit denen Sie der Zeit gerecht werden wollen, die Ihnen ohnehin ständig um Tausende von Meilen voraus ist. Sport, Fernsehen, Filmleinwand, Banken, Presse, Wahlen, Urbanisation, Wirtschaft – und Sie wollen diese Welt beherrschen? Was sage ich – beherrschen! – Sie wollen dieser Welt gefallen? In einer solchen Welt wollen Sie modern sein, wollen die »Märchen« über Bord werfen, wollen einer Menschheit voranschreiten, deren von Zigarettenrauch und Benzinabgasen geschwärzte Lungen Atomstaub einatmen? Wen müssen Sie verleugnen, um in dieser Welt Anerkennung zu finden? Den Teufel? Ganz einfach den Teufel? Und Sie glauben, damit seien alle Zugeständnisse zu Ende? Aber meine Herren! Sie fürchten weder Unglauben noch Häresie, kein Teufel – somit auch kein Herrgott – ist mehr imstande, Ihnen Angst einzujagen, Sie fürchten nur noch das eine – daß Sie jemand am Ende für rückständig, für mittelalterlich halten könnte, Sie auslachen könnte, weil Sie altmodisch sind, Sie davon überzeugen könnte, daß Sie unhygienisch, altbacken, unsportlich, unwissenschaftlich, unwohlhabend, unwirtschaftlich sind. Das ist es, was Sie fürchten, um diesen einzigen Vorwurf zu entkräften, mobilisieren Sie mit fieberhafter Eile ihre Druckerein, Banken und Parteien, Ihre Corbusier-Gotteshäuser, Ihre abstrakten Kirchenfenster. Gewiß, Ihr Untergang ist nicht eben mein Schade. Gehn Sie nur unter, bitte sehr, ich bin's schließlich nicht, der mit Ihnen untergeht, Sie tun's ganz allein. Die schwache Hoffnung, die Zweifler mit Schmeichelei und Schöntun anlocken zu können, verleitet Sie dazu, ihre ganze Skepsis mit zu übernehmen, alles zu verleugnen, wonach Sie bisher gelebt haben. Und Sie bilden sich in Ihrer Dummheit auch noch ein, den Glauben unverändert beibehalten und ihm lediglich ein modernes »design« gegeben zu haben. Dabei wird der Teufel zuallererst geopfert, immer und zuallererst der Teufel.

Es ist bemerkenswert – und zugleich belachenswert, daß ich meinen Namen ab und zu lediglich aus den Münden wahrhaft gottloser Menschen höre, die ihn ohne jegliche Verlegenheit aussprechen, weil sie an meine Realität nicht glauben. Dann gibt es auch noch das »Teufelchen«, wie es gewöhnlich unter den Jahrmarkts-Marionetten auftritt und unter dem Gelächter der Kinderschar seine Possen treibt, und sollte ich jemals im Theater oder in einem Buch in Erscheinung treten, so muß es sich unzweifelhaft um sogenannte »gottlose« Bücher und Theaterstücke handeln. Und in der Kirche, auf der Kanzel? Alte Bilder werden aus den Gotteshäusern entfernt, auf daß der Teufel kein Unheil anrichte. So verlange es angeblich die »moderne Erziehung«. Mit allen rundum habt Ihr Bündnisse geschlossen, meine Herren, um auch ja Schritt halten zu können mit jenen, die Euch verhöhnen, auf alles geht Ihr ein – bis auf den Glauben, auf die Tradition. Ihr habt vom Teufel nur noch klägliche Reste übriggelassen, den Fluch ohne Inhalt, das Krippenspiel oder auch den beschämenden Hauch eines entwerteten Mythos, den man so rasch wie möglich abtun sollte, die quälende Hinterlassenschaft längst verflossener Zeiten, Urvätergerümpel im neuzeitlichen Heim – das so hygienisch ist und so funktionell. Ihr nennt Euch Christen? Christen, obwohl Ihr keinen Teufel kennt? Gut, gut, nicht meine Sache, wirklich nicht meine Sache.

Dann ziehe ich schon Ihren Unglauben vor, meine Herrn, es gibt darin zumindest kein So-tun-als-ob, keine Scham, keine Peinlichkeiten. Sie stellen keine Fragen, den Teufel betreffend, Sie versuchen erst gar nicht, ihn loszuwerden, denn Sie besitzen nichts, was Sie loswerden müßten. So kommt es Ihnen zumindest vor. Sie haben den Teufel Ihren wissenschaftlichen Abhandlungen vorbehalten, haben ihn so gut wie möglich beschrieben, in Ihrer Geschichte, Ihrer Soziologie, in der Psychologie, der Religionskunde, sowohl in der Psychoanalyse wie im Roman und dem Hexendrama. Für Sie ist die Angelegenheit erledigt, stimmt's? Erledigt und basta, nicht wahr? Nun? Ist sie wirklich erledigt? Ihnen kommt es vor, als hätte Ihre Abrechnung mit der Welt der Chthonischen ein Ende gefunden, Sie haben von den Christen zumindest das eine gelernt: nämlich die unablässige Verdammnis dessen, was sich einst »manichäische Häresie« nannte. Der christliche Optimismus hat Ihre Gehirne austrocknen lassen, Ihre Köpfe sind so steril geworden wie Verbandszeug. Sie sagen, das Böse sei nicht real, es sei ein Unglück, ein Geschick, das der Welt rein zufällig zuteil wurde, etwas, was vorkommen kann, gewiß, doch nur so, wie manchmal auch zweiköpfige Kälber vorkommen, etwas völlig Zwangloses, dessen spontane Harmonie vom weiteren Verlauf des Lebens ganz von allein wiederhergestellt wird; Sie sagen, daß man das Böse tagtäglich und uneingeschränkt bekämpfen könne. Das Wort »böse« träfe nur für Einzelfälle zu, drum habe es in Ihrer Sprachregelung eine so pathetische, explosive Färbung, drum trage es so schwer an Ihrer Sorge, Ihren Wünschen, Ihrer Grübelei und dem Vertrauen, das Sie in die Zukunft setzen.

Das alles stimmt nicht, meine Herren. Das Wort »böse« beinhaltet nicht das geringste Quentchen Pathetik, es ist weder grauenvoll noch erhaben, sondern sachlich und trocken, es weist genau auf das hin, worum es geht, ist genauso simpel wie die Worte »Stein« und »Wolke«; es ist dem Objekt engstens angepaßt, trifft mit unfehlbarer Sicherheit mitten in seine Realität, es ist präzise und ohne jeden Schwung. Das Böse ist ein Ding, nichts weiter als ein Ding.

Nein, Sie wollen darüber nichts wissen. Sie sehen die Leere und wiederholen dennoch mit irrwitzigem Starrsinn nur immer das eine: So ist es, so ist es passiert, ganz einfach so, dabei hätte es auch andersherum lauten können; das Böse ist ein Vorfall, es ereignet sich rein zufällig, mal hier, mal dort, und es bleibt aus, sofern man ihm mit genügender Energie entgegentritt. Das Ende der Welt wird Sie überraschen, und Sie werden der festen Überzeugung sein, daß auch der Weltuntergang ein Werk des Zufalls ist. Sie glauben nicht an den Teufel.

Nathaniel Hawthorne
Der junge Nachbar Brown

Bei Sonnenuntergang trat der junge Brown auf die Straße des Dorfes Salem; aber nachdem er die Schwelle seines Hauses überschritten hatte, wandte er den Kopf, um sein junges Weib zum Abschied zu küssen. Und Faith, wie sie recht passend hieß, steckte ihren hübschen Kopf auf die Straße hinaus, so daß der Wind mit den rosaroten Bändern ihrer Haube spielte, während sie Brown zu sich rief.

»Mein liebstes Herz«, flüsterte sie leise und betrübt, als ihre Lippen an seinem Ohr waren, »tu mir den Gefallen, verschiebe die Reise bis Sonnenaufgang und schlaf heute nacht in deinem eigenen Bett. Ein einsames Weib wird von solchen Träumen und Gedanken heimgesucht, daß sie sich oft vor sich selber fürchtet. Ich bitte dich, bleib bei mir heute nacht, mein lieber Mann, diese eine von allen Nächten des Jahres.«

»Meine Faith, meine Liebe!« antwortete der junge Brown. »Von allen Nächten des Jahres muß ich gerade diese fern von dir verbringen. Meine Reise, wie du es nennst, und meine Rückkehr, kann nur zwischen jetzt und Sonnenaufgang geschehen. Was, mein süßes, mein schönes Weib, zweifelst du jetzt schon an mir, wo wir erst drei Monate lang verheiratet sind!«

»Nun, Gott segne dich«, antwortete Faith mit den rosa Bändern, »und mögest du bei deiner Heimkehr alles in guter Ordnung finden.«

»Amen«, rief Brown. »Sprich deine Gebete, liebe

Faith, und geh zu Bett, wenn es dämmert, so wirst du von Übel verschont bleiben.«

So trennten sie sich; und der junge Mann machte sich auf den Weg.

Bevor er jedoch bei der Kirche um die Ecke bog, wandte er sich um und sah Faiths Kopf, die ihm noch immer nachblickte, mit einem traurigen Ausdruck im Gesicht, trotz ihrer rosaroten Bänder.

»Arme kleine Faith«, dachte er, denn ihm war weh ums Herz. »Was für ein Schuft bin ich, daß ich sie um eines solchen Zieles willen verlasse! Auch hat sie von Träumen gesprochen. Mich dünkt, ich sah, als sie sprach, eine heimliche Angst in ihrem Gesicht, als hätte ein Traum ihr verraten, welcher Art das Werk der heutigen Nacht ist. Aber nein, nein! Schon die Vorstellung würde sie töten. Wohl ist sie mein guter Engel auf Erden; und nach dieser einen Nacht will ich nicht mehr von ihrem Rockzipfel weichen und ihr folgen bis in den Himmel hinein.« Dank dieses ausgezeichneten Vorsatzes für die Zukunft fühlte sich Nachbar Brown berechtigt, mit noch größerer Eile seinem gegenwärtigen bösen Ziel zuzustreben. Der Weg, den er eingeschlagen hatte, war düster, verfinstert von den dunkelsten Bäumen des Waldes, die kaum zur Seite wichen, um den schmalen Pfad durchkriechen zu lassen, und sich unmittelbar darauf wieder schlossen. Die Gegend hätte nicht verlassener sein können; und es ist etwas Seltsames an dieser Art von Einsamkeit, daß der Reisende nicht weiß, wer sich hinter den unzähligen Stämmen und im dichten Geäst versteckt; so daß er, wenn auch einsamen Schrittes, vielleicht eine unsichtbare Menge durchschreitet.

»Hinter jedem Baum könnte ein teuflischer Indianer stehen«, sagte Brown zu sich selber; und ängstlich hinter sich blickend, fügte er hinzu: »Am Ende schleicht mir gar der Teufel selber schon zur Seite!«

Den Kopf rückwärts gewandt, folgte er einer Krümmung des Weges; als er wieder vorwärts blickte, sah er einen unauffällig und ordentlich gekleideten Mann zu Füßen eines alten Baumes sitzen. Als Nachbar Brown näher kam, stand der Mann auf und ging Seite an Seite mit ihm weiter.

»Ihr kommt spät, Nachbar Brown«, sagte er. »Die Turmuhr von Old South schlug gerade, als ich durch Boston kam, und das war vor vollen fünfzehn Minuten.«

»Faith hielt mich noch eine Weile zurück«, versetzte der junge Mann, mit Zittern in der Stimme, hervorgerufen durch die plötzliche, wenn auch nicht völlig unerwartete Erscheinung seines Weggenossen.

Schwarze Dämmerung herrschte jetzt im Wald, am schwärzesten dort, wo die beiden ihres Weges gingen. So gut sich das hier erkennen ließ, war der zweite Wanderer wohl an die fünfzig Jahre alt, dem Äußeren nach vom gleichen Stand wie Nachbar Brown; überhaupt sah er ihm sehr ähnlich, wenn auch vielleicht mehr dem Ausdruck nach als in den Zügen. Leicht hätte man die beiden für Vater und Sohn halten können. Und doch, obwohl der ältere so einfach gekleidet war wie der junge und auch sein Benehmen von der gleichen Schlichtheit, hatte er die unbeschreibbare Art eines Weltmannes, der am Tisch des Gouverneurs ebensowenig in Verlegenheit gekommen wäre wie am Hofe König Williams, sollten ihn seine Geschäfte jemals dorthin rufen. Aber das einzige an ihm, das seiner Merkwürdigkeit wegen die Augen auf sich zog, war sein Stecken, der aussah wie eine große schwarze Schlange, so seltsam geformt, daß man zu sehen meinte, wie er sich drehte und wand wie ein lebender Wurm. Das konnte natürlich nur eine Täuschung der Augen sein, gefördert von dem unsicheren Licht.

»Komm, Nachbar Brown!« rief sein Weggenosse. »Laß uns die Reise nicht so schleppenden Schrittes beginnen. Wenn du schnell ermattest, so nimm meinen Stecken.«

»Freund«, versetzte der andere – und statt seinen müden Gang zu beschleunigen, blieb er vollends stehen. »Indem ich Euch hier treffe, habe ich unseren Vertrag bereits erfüllt; jetzt will ich dorthin zurückkehren, woher ich kam. Ich habe Bedenken, was diese Sache betrifft, von der Ihr wißt.«

»Was du nicht sagst!« erwiderte der mit der Schlange und lächelte bei sich. »Aber gehen wir doch weiter und reden dabei darüber, und wenn ich dich nicht überzeugen kann, dann magst du umkehren. Wir sind erst ein kleines Stück in den Wald eingedrungen.«

»Zu weit, zu weit!« rief der Nachbar, während er unbewußt den Weg wieder aufnahm. »Mein Vater ging niemals in solcher Absicht in den Wald, noch sein Vater vor ihm. Wir waren immer ein Geschlecht von ehrlichen Männern und guten Christen, seit den Tagen der Märtyrer. Soll ich denn der erste meines Namens sein, der jemals diesen Pfad wandelte und solchen Um – «

»Solchen Umgang pflegte, wolltest du sagen«, vollendete der ältere, eine Pause des jüngeren deutend. »Gut, Nachbar Brown! Mit deiner Familie bin ich so gut bekannt wie nur mit irgendeiner unter den Puritanern, und das will etwas heißen. Ich half deinem Großvater, dem Konstabel, als er das Quäkerweib so munter durch die Straßen Salems peitschte. Und ich war es, der deinem Vater die Pechkiefernfackel brachte, an meinem eigenen Herd entzündet, mit dem er in König Philipps Krieg ein Indianerdorf in Brand steckte. Beide waren meine guten Freunde; wie oft sind wir miteinander diesen Pfad hier gewandelt und nach Mitternacht fröhlich heimgekehrt. Um ihretwillen wäre ich gerne auch dein Freund geworden.«

»Wenn es so ist, wie Ihr sagt«, antwortete Nachbar Brown, »dann wundert mich, daß sie nie davon sprachen. Oder, wahrlich, ich wundere mich nicht, denn nur das leiseste Gerücht darüber hätte sie aus Neu-England vertrieben. Wir sind ein Volk des Gebets und der guten Werke obendrein, und wir dulden keine derartigen Gottlosigkeiten.«

»Gottlosigkeit oder nicht«, versetzte der Wanderer mit dem gewundenen Stab, »mein Bekanntenkreis in Neu-England ist jedenfalls sehr groß. Die Diakone nicht weniger Gemeinden haben den Abendmahlswein mit mir getrunken, die gewählten Ordnungshüter manches Orts mich zu ihrem Vorsitzenden gewählt, und im höchsten Rat verficht die Mehrheit mein Interesse. Auch der Gouverneur und ich – aber das sind Staatsgeheimnisse.«

»Ist's denn möglich!« rief Nachbar Brown und starrte seinem gleichmütigen Gefährten verblüfft ins Gesicht. »Nun gut – mit dem Gouverneur und dem Rat habe ich nichts zu schaffen, sie haben ihre eigene Weise, und ein einfacher Landmann wie ich hat sich nicht nach ihnen zu richten. Aber wenn ich jetzt mit Euch weitergehe, wie soll ich dem guten alten Mann, unserem Pfarrer im Dorf Salem, je wieder unter die Augen treten? Wie würde mich seine Stimme zum Zittern bringen, am Sabbat wie am Donnerstag der Belehrung!«

Bis hierher hatte der Wanderer mit geziemendem Ernst zugehört, aber jetzt brach er in hemmungsloses Gelächter aus, das ihn so heftig schüttelte, daß sein schlangenhafter Stecken sich vor Mitgefühl zu winden schien.

»Ha! Ha! Ha!« brüllte er ein Mal ums andere. Sich beruhigend, setzte er hinzu: »Sprich nur weiter, guter Nachbar Brown, sprich nur weiter! Aber ich bitte dich, schone meiner, daß ich nicht vor Lachen sterbe!«

»Gut, um die Sache ein für allemal zu beenden«, antwortete Brown, schon ziemlich gereizt, »da ist mein Weib, Faith. Es würde ihr liebes kleines Herz brechen, und da breche ich doch noch lieber mein eigenes!«

»Ja, wenn dem so ist«, gab der andere zurück, »dann zieh deines Wegs, Nachbar Brown. Ich möchte nicht, daß Faith zu Schaden kommt, nicht um zwanzig alte Weiber wie dieses, das dort vor uns herhoppelt.«

Noch im Reden deutete er mit seinem Stecken auf eine weibliche Gestalt vor ihnen auf dem Weg, in der Nachbar Brown eine äußerst gottesfürchtige Dame von mustergültigem Lebenswandel erkannte, die ihm in seiner Kindheit den Katechismus beigebracht hatte und ihm zusammen mit dem Pfarrer und dem Diakon Gookin auf moralischem und geistlichem Gebiet auch heute noch mit ihrem Rat zur Seite stand.

»Wahrlich, ich wundere mich, Mutter Cloyse so tief

im Wald hier zu sehen, jetzt, bei Einbruch der Nacht!«
sagte er. »Mit Eurer Erlaubnis, Freund, werde ich jedoch
einen Abschneider durch den Wald machen, bis wir diese
christliche Frau überholt haben. Da sie Euch nicht kennt,
könnte sie sonst vielleicht fragen, wer es sei, dem ich
mich zugesellt habe, und wohin des Wegs.«

»Gut denn«, versetzte sein Gefährte, »schlag dich in
den Wald und laß mich weiter dem Pfad folgen.«

Daraufhin wandte sich der junge Mann vom Wege
ab, versäumte jedoch nicht, seinen Gefährten im Auge zu
behalten, der gemessen den Pfad entlangschritt, bis er
auf eines Streckens Länge an die alte Dame herangekom-
men war. Diese war inzwischen recht gut vorangekom-
men, mit einer für ihr Alter ganz außergewöhnlichen
Geschwindigkeit; im Gehen murmelte sie undeutliche
Worte, ein Gebet, ganz gewiß. Der Wanderer streckte
seinen Stab aus und berührte ihren verwelkten Nacken
mit jenem Teil, der wie das Ende der Schlange aussah.

»Der Teufel!« schrie die gottesfürchtige Alte. »Mutter
Cloyse hat ihren alten Freund nicht vergessen?« bemerkte der andere und trat ihr entgegen, auf seinen sich
windenden Stab gestützt.

»Ach, fürwahr, ist es denn wirklich Euer Ehren!« rief
die gute Dame. »Wahrhaftig, Ihr seid es, und dem alten
Tratschmaul, dem Nachbar Brown, dem Großvater des
jetzigen dummen Tölpels, wie aus dem Gesicht geschnitten. Aber würden Euer Ehren glauben, mein Besenstiel
ist auf einmal verschwunden, wahrscheinlich hat, wie ich
vermute, die ungehängte Hexe, Mutter Cory, ihn mir
entwendet, als ich schon ganz eingerieben war mit der
Salbe aus Selleriesaft, Fingerkraut und Eisenhut —«

»Vermischt mit feinem Weizen und dem Schmer von einem Neugeborenen«, ergänzte die Gestalt des alten Nachbarn Brown. »Ach, Euer Gnaden kennen das Rezept«, gackerte die Alte. »Wie ich sage, da stehe ich, fix und fertig für die Nacht, und kein Pferd, auf dem ich reiten könnte. Notgedrungen mache ich mich zu Fuß auf den Weg. Ich habe nämlich gehört, daß heute nacht ein netter junger Mann in unsere Gemeinde aufgenommen werden soll. Aber jetzt werden mir Euer Gnaden den Arm leihen, und im Nu sind wir dort.«

»Das wird sich nicht machen lassen«, versetzte ihr Freund. »Meinen Arm kann ich Euch nicht leihen, Mutter Cloyse, aber nehmt hier meinen Stock, wenn Ihr wollt.«

Mit diesen Worten warf er ihn ihr vor die Füße, wo er – vielleicht – Leben annahm, als eine der Ruten, die ihr Besitzer vormals den ägyptischen Magiern geliehen hatte. Nachbar Brown jedoch konnte diesen Vorfall gar nicht bemerken, denn er hatte seine Augen voll Verwunderung zum Himmel erhoben, und als er sie wieder zur Erde senkte, erblickte er weder Mutter Cloyse noch den Schlangenstab, sondern nur seinen Weggefährten, der allein auf ihn wartete, ganz so, als wäre nichts vorgefallen.

»Diese alte Frau hat mich den Katechismus gelehrt!« sagte der junge Mann, und in seinem einfachen Satz lag eine Welt an Bedeutung.

Während sie weiter voranschritten, ermunterte der ältere der beiden Wanderer seinen Gefährten zu tüchtigem Ausschreiten und zum Verbleib auf dem eingeschlagenen Weg, und er redete so geschickt, daß die Gründe dafür eher der Brust seines Zuhörers zu entspringen schienen, als daß er selber sie vorgebracht hätte.

Während sie so dahinschritten, riß er einen Ahornast vom Baum, um ihn als Wanderstab zu gebrauchen, und fing an, ihn von Blättern und kleinen Zweigen zu entblö-ßen, die naß waren vom Abendtau. In dem Augenblick, in dem sein Finger sie berührte, wurden sie seltsam welk und ausgetrocknet, wie nach einer Woche Sonnenschein. Solcherart kam das Paar mit guter Geschwindigkeit voran, bis Nachbar Brown sich plötzlich in einem Hohl-weg auf einen Baumstumpf setzte und sich weigerte, auch nur einen Schritt weiterzugehen.

»Freund«, sagte er bockig, »mein Entschluß ist gefaßt. Nicht einen Schritt rühre ich mich mehr zu diesem Ziel von der Stelle. Soll doch ein altes Weib zum Teufel gehen, während ich glaubte, sie strebe zum Himmel! Ist das ein Grund, hinter ihr herzulaufen und meine liebe Faith zu verlassen?«

»Auch du wirst mit der Zeit noch Vernunft anneh-men«, versetzte ruhig sein Weggenosse. »Bleib nur hier sitzen und ruhe dich eine Weile lang aus. Wenn dir nach Weitergehen zumute ist, nimm meinen Stab, er wird dir helfen.«

Ohne ein weiteres Wort warf er dem Gefährten den Ahornstab zu und verschwand so schnell, als hätte er sich in die ständig zunehmende Finsternis aufgelöst. Einige Augenblicke lang saß der junge Mann am Wegrand, sehr mit sich selber zufrieden, und stellte sich vor, mit welch reinem Gewissen er dem Pfarrer auf seinem Morgenspa-ziergang begegnen würde und wie er auch dem guten alten Diakon Gookin reinen Herzens ins Auge sehen dürfte. Und wie ruhig würde heute nacht sein Schlaf sein, in dieser Nacht, die zuerst so übel, jetzt aber, rein und süß, in Faiths Armen verbracht werden sollte! Mitten in diesen angenehmen und lobenswerten Betrachtungen vernahm Nachbar Brown plötzlich Getrappel von Pferden auf dem Weg; zwar hatte er sich jetzt glücklich vom Pfade des Bösen abgewandt, aber angesichts des üblen Vorsatzes, der ihn hierhergebracht, hielt er es dennoch für angezeigt, sich hinter den Bäumen am Waldrand zu verbergen.

Näher kamen Hufgetrappel und die Stimmen der Reiter, zwei ernsthafte, alte Stimmen, die sich im Näherkommen verständig miteinander unterhielten. Diese vermischten Laute schienen nur wenige Yards vom Versteck des jungen Mannes entfernt den Pfad entlang zu wandeln; dennoch waren, zweifellos wegen der gerade an dieser Stelle besonders dichten Finsternis, weder Pferde noch Reiter zu sehen. Zwar streiften ihre Gestalten die kleinen Zweige am Wegrand, aber es ließ sich nicht erkennen, daß sie auch nur einen Augenblick lang den schwachen Lichtschein von dem Streifen hellen Himmels, den sie doch durchquert haben mußten, verdunkelt hätten. Nachbar Brown hockte sich abwechselnd nieder und stellte sich dann wieder auf die Zehen, schob die Äste zur Seite, steckte seinen Kopf heraus, soweit er sich getraute, ohne jedoch auch nur einen Schatten zu bemerken. Das ärgerte ihn um so mehr, als er geschworen hätte – wenn so etwas überhaupt möglich gewesen wäre –, die Stimmen des Pfarrers und des Diakons Gookin erkannt zu haben, die gemütlich dahintrotteten, wie das so ihre Art war, wenn sie etwa zu einer Ordination oder einer kirchlichen Versammlung unterwegs waren. Noch in Hörweite hielt einer der Reiter an, um eine Gerte zu brechen.

»Wenn ich die Wahl hätte«, sagte jene Stimme, die wie die Stimme des Diakons klang, »dann würde ich lieber auf das Festmahl nach einer Ordination verzichten als auf die heutige Zusammenkunft. Wie ich höre, sollen Leute von Falmouth und von noch weiter her zur Versammlung kommen, andere aus Connecticut und Rhode Island; dazu indianische Medizinmänner, die auf ihre Art beinahe ebensoviel von Teufelskunst verstehen wie die besten von uns. Auch eine hübsche junge Frau wird heute in unsere Gemeinschaft aufgenommen.«

»Ausgezeichnet, Diakon Gookin!« antwortete die würdige alte Stimme des Pfarrers. »Reitet zu, sonst verspäten wir uns. Ihr wißt ja, es kann nicht losgehen, solange ich nicht an Ort und Stelle bin.«

Die Hufe klapperten wieder fort, und die Stimmen, die so seltsam in der leeren Luft standen, zogen weiter durch den Wald, wo keine Gemeinde sich jemals versammelte, kein Christ allein jemals gebetet hatte. Wohin denn zogen diese beiden gottesfürchtigen Männer so tief in der heidnischen Wildnis? Der junge Nachbar Brown griff nach einem Baum als Stütze, um nicht aus Schwäche und bedrücktem Herzen zu Boden zu sinken. Er hob den Blick, zweifelnd, ob es über ihm wirklich einen Himmel gäbe. Aber da war das nachtblaue Gewölbe, aus dem die Sterne strahlten.

»Mit dem Himmel dort oben und Faith hier unten will ich dennoch dem Teufel trotzen!« rief Brown.

Während er noch aufwärts starrte in die tiefe Wölbung

des Firmaments, die Hände zum Beten erhoben, zog eine Wolke über den Zenit, obwohl kein Lufthauch sich regte, und verdeckte die leuchtenden Sterne. Überall sonst war der Himmel noch blau, nur gerade über ihm nicht, wo die schwarze Wolkenmasse schnell nordwärts trieb. Von hoch oben vom Himmel, wie aus der Tiefe der Wolke, drang ein verworrener, unsicherer Klang von Stimmen. Einen Augenblick lang glaubte der Lauscher bekannte Stimmen zu erkennen, von Leuten aus seinem eigenen Dorf, Männern und Frauen, gottesfürchtigen und gottlosen, die einen kannte er vom Abendmahlstisch, die anderen hatte er in Schenken grölen gehört. Aber die Klänge waren so unbestimmt, daß er im nächsten Augenblick zweifelte, ob er überhaupt etwas anderes gehört hatte als das Rauschen der alten Bäume, die sich ohne Windhauch bewegten. Dann schwoll es wieder an, das Geräusch dieser vertrauten Stimmen, die er wohl täglich im Licht der Sonne im Dorf Salem, nie zuvor jedoch aus einer nächtlichen Wolke herabdringend gehört hatte. Die Stimme einer jungen Frau war darunter, Klagen ausstoßend, jedoch mit ungewisser Trauer, um eine Gnade flehend, die sie vielleicht nur widerwillig empfangen würde. Und die ganze unsichtbare Menge von Heiligen und von Sündern schien sie vorwärtszudrängen.

»Faith!« rief Brown mit einer Stimme, aus der Todesangst und Verzweiflung sprachen; und die Echos des Waldes spotteten seiner und riefen: »Faith! Faith!«, als ob überall in der Wildnis viele verzweifelte Unglückselige nach ihr suchten.

Dieser Ruf des Schmerzes, der Wut und des Entsetzens gellte noch immer durch die Nacht, als der unglückliche

Gatte den Atem anhielt und auf Antwort horchte. Da hörte er einen anderen Schrei, der jedoch sofort von einem lauteren Gemurmel vieler Stimmen erstickt wurde, die sich in fernes Gelächter verloren, als die dunkle Wolke vorübergezogen und der Himmel über Nachbar Brown wieder klar und still geworden war. Aber etwas flatterte leicht durch die Luft und verfing sich in einem Ast. Der junge Mann griff danach und erkannte ein rosafarbenes Band. »Meine Faith ist fort!« schrie er, als er die Sprache wiedergefunden hatte. »Das Gute lebt nicht auf Erden, und Sünde ist nur ein Wort! Komm, Satan! Du bist der Fürst dieser Welt!« Vor Verzweiflung von Sinnen, verfiel er in ein lautes und langes Gelächter, riß seinen Stab an sich und machte sich wieder auf den Weg, und zwar mit solcher Schnelligkeit, daß er viel eher den Waldsteig entlang zu fliegen als zu gehen oder zu laufen schien. Der Pfad wurde wüster und öder, verwischte und verlor sich endlich ganz, den jungen Mann mitten im Herzen der schwarzen, weglosen Wildnis zurücklassend, doch dieser stürmte weiter, geführt von jenem Instinkt, der uns Sterbliche in die Arme des Bösen treibt. Der ganze Wald war bevölkert von fürchterlichen Geräuschen: vom Krachen der Bäume, vom Heulen der wilden Tiere, vom Brüllen der Indianer; zwischendurch tönte der Wind manchmal wie das Glöcklein einer fernen Kirche, dann röhrte es wieder rund um den Wanderer auf, wie brüllendes Gelächter, als mache sich die ganze Natur über ihn lustig. Aber er, selber der größte Schrecken dieser Mitternacht, bebte vor ihren anderen Schrecken nicht zurück.

»Ha! Ha! Ha!« brüllte Nachbar Brown, wenn der

Wind über ihn lachte. »Wir wollen hören, wer am lautesten lacht! Glaub nicht, du könntest mich schrecken mit deinen Teufelskünsten! Komm, Hexerich! Komm, Hexe, komm, Powwow, komm, Teufel! Hier kommt euer Nachbar Brown! Ihr sollt ihn nicht weniger fürchten als er euch!«

Wahrhaftig gab es in dem ganzen Spukwald nichts Fürchterlicheres als die Gestalt des Nachbarn Brown. Vorwärts hastete er unter den schwarzen Föhren, mit rasenden Gesten den Stab schwingend, dabei machte er einmal einer Eingebung von greulicher Lästerlichkeit Luft, dann wieder verfiel er in brüllendes Gelächter, das alle Echos des Waldes rund um ihn wie Dämonen aufheulen ließ. Der böse Feind in seiner eigenen Gestalt ist weniger schrecklich, als wenn er in der Brust des Menschen rast. So rannte der Besessene seine Bahn, bis er vor sich zwischen den Bäumen ein rotes Licht zittern sah, so, als wären die gefällten Bäume und Äste auf einer Rodung in Brand gesetzt worden. Flackernd sandte das fahle Licht zu mitternächtlicher Stunde seinen Schein zum Himmel. In einem Abebben des Sturms, der ihn vorangetrieben hatte, hielt er inne und vernahm, wie ihm schien, den schwellenden Klageton eines Kirchenliedes, das, getragen vom Gewicht vieler Stimmen, aus der Ferne feierlich zu ihm herüberrollte. Er kannte die Melodie: Der Chor der Dorfkirche hatte sie oft gesungen. Schwerfällig sank die Strophe in sich zusammen, doch ein Kehrreim schloß sich an, gesungen nicht von menschlichen Stimmen, sondern von allen Klängen der in Nacht gehüllten Wildnis, die in grauenhaftem Akkord zusammenflossen. Nachbar Brown schrie auf, doch sein Schrei drang nicht an sein eigenes Ohr und ging auf im Schrei der Wildnis.

In der darauffolgenden Stille stahl er sich vorwärts, bis das Licht ihm voll in die Augen leuchtete. Am einen Ende der offenen Lichtung, umschlossen von der dunklen Wand des Waldes, erhob sich ein Felsstück, das auf eine rohe, natürliche Weise einem Altar oder einer Kanzel glich; daneben standen vier brennende Föhren, die Wipfel in flackernden Flammen, die Stämme vom Feuer beleckt, wie Kerzen bei einer abendlichen Zusammenkunft. Das Laubwerk, das den Gipfel des Felsens überwachsen hatte, stand in Flammen, die hochauf in den Himmel loderten und das ganze Feld in zuckenden Schein tauchten. Jeder herabhängende Zweig, jede Laubgirlande glühte in roter Lohe. Mit dem Steigen und Fallen des roten Scheines trat eine zahlreiche Gemeinde abwechselnd ins Licht, sank in den Schatten zurück, wuchs wieder gleichsam heraus aus der Dunkelheit und füllte das Herz des einsamen Waldes auf einmal mit Menschen. »Eine ernste, streng gekleidete Gesellschaft!« sprach Nachbar Brown.

Wahrhaftig, das war sie. Mitten unter ihnen, auf und ab zuckend zwischen Helligkeit und Düsternis, tauchten Gesichter auf, die am nächsten Tag in der Ratsversammlung der Provinz erscheinen würden, andere, die, Sabbat auf Sabbat, von den frömmsten Kanzeln im Lande demütig himmelwärts und milde auf die gefüllten Bänke vor ihnen blickten. Manche behaupten, auch die Gemahlin des Gouverneurs sei dabeigewesen. Nun, zumindest Damen aus ihrer engsten Bekanntschaft waren anwesend, Gattinnen von angesehenen Männern, Witwen in großer Zahl, alte Jungfern von allerbestem Rufe und schöne junge Mädchen, die zitterten vor Angst, ihre Mütter könnten sie entdecken. Und entweder wurde Nachbar Brown von den jäh aufzuckenden Lichtstrahlen geblendet, die über das dunkle Feld flackerten, oder er erkannte wirklich ein Schock Mitglieder der Salemer Kirche, die für ihre besondere Frömmigkeit berühmt waren. Der gute alte Diakon Gookin war gekommen und wartete am Rocksaum seines verehrten Pfarrers, dieses verehrungswürdigen Kirchenmannes. Aber mit diesen ernsten, angesehenen und frommen Leuten, diesen Kirchenältesten, diesen keuschen Damen und tauigen Jungfrauen unterhielten sich in respektlosester Weise Männer von ausschweifendem Lebenswandel und Frauen von üblem Ruf, Unglückliche, dem niedrigen, schmutzigen Laster verfallen, die man selbst gräßlicher Verbrechen verdächtigte. Es war seltsam zu sehen, wie die Guten nicht vor den Bösen zurückschraken, noch die Sünder von den Gottesfürchtigen gedemütigt wurden. Unter ihren bleichgesichtigen Feinden verstreut standen indianische Priester oder Medizinmänner, die ihren heimischen Wald schon oft mit fürchterlicherem Zauber belegt hatten, als ihn die englische Hexenkunst überhaupt kannte. »Wo ist Faith?« fragte Brown; Hoffnung schlich sich in sein Herz, und er fing an zu zittern.

Eine zweite Strophe des Kirchenliedes erhob sich, eine langsame und getragene Weise, wie die Frommen sie lieben, aber sie erklang zu Worten, in denen alles gesagt war, was unsere Natur sich an Verworfenem vorstellen kann, und die dunkel noch viel mehr andeuteten. Unergründlich bleibt den Sterblichen das Wissen der Teufel.

Strophe auf Strophe verhallte, dazwischen rauschte der Chor der Wildnis auf wie der tiefste Ton einer gewaltigen Orgel. Und mit dem letzten Schall dieser Hymne schwoll ein Klang auf, als mischten sich das Heulen des Windes, das Brausen der Bäche, das Brüllen der wilden Tiere und jede Stimme der verstockten Wildnis mit der Stimme des schuldbeladenen Menschen, um dem Fürsten dieser Welt zu huldigen. Die vier brennenden Föhren loderten hoch auf und enthüllten dunkel Umrisse und Gesichtszüge des Grauens in den Rauchringen über den Häuptern der gottlosen Gemeinde. Im gleichen Augenblick schossen die Flammen auf dem Felsstück rot empor zu einem glühenden Bogen über seinem Fuße, und in dem Bogen stand eine Gestalt. Die Erscheinung, mit Respekt sei's gesagt, hatte in Kleidung wie im Auftreten eine gar nicht geringe Ähnlichkeit mit einem Würdenträger der Kirche Neu-Englands.

»Bringt die Neuen nach vorn!« erscholl eine Stimme, daß es über dem Feld widerhallte und durch den Wald rollte.

Bei diesem Wort trat Brown aus dem Schatten des Baumes heraus und näherte sich der Gemeinde, der er sich durch alles, was übel war in seinem Herzen, in unheiliger Bruderschaft verbunden fühlte. Er hätte beinahe schwören mögen, daß die Gestalt seines eigenen verblichenen Vaters, aus einem Rauchring auf ihn hinunterblickend, ihm winkte, näher zu treten, während ein Weib mit den trüben Zügen der Verzweiflung die Hand ausstreckte, um ihn zurückzuhalten. War es seine Mutter? Aber er hatte nicht die Macht, auch nur einen Schritt zurückzutreten, noch auch nur in Gedanken zu widerstehen, als der Pfarrer und der gute alte Diakon Gookin ihn an den Armen faßten und zu dem brennenden Felsstück führten. Dorthin ging auch die schlanke Gestalt eines verschleierten Weibes, geführt von Mutter Cloyse, der gottesfürchtigen Lehrerin des Katechismus, und Martha Carrier, der der Teufel versprochen hatte, sie zur Königin der Hölle zu machen. Eine zügellose Hexe war sie! Und hier standen die Proselyten unter einem Baldachin von Feuer.

»Willkommen, meine Kinder!« sprach die dunkle Gestalt, »zur Kommunion eures Geschlechts! Noch jung an Jahren habt ihr eure Natur und Bestimmung erkannt. Meine Kinder, seht hinter euch!«

Sie wandten sich um; und in einer Feuerwand gleichsam aufglühend erblickten sie die Teufelsanbeter; ein Lächeln des Willkommens leuchtete dunkel über jedem Antlitz.

»Dort«, fuhr die Gestalt der Finsternis fort, »stehen alle, die ihr von Kindheit auf verehrt habt. Ihr hieltet sie für gottesfürchtiger als euch selber, entsetztet euch über eure eigenen Sünden, wenn ihr sie mit dem Leben dieser Gerechten verglichet, die ins Gebet versunken dem Himmel zustrebten. Heute nacht sei euch gewährt, ihre geheimen Taten zu erkennen; wie graubärtige Kirchenälteste den jungen Mägden ihres Haushalts geile Worte ins Ohr flüsterten; wie gar manches Weib, das sich nach der Witwentracht sehnte, zur Schlafenszeit ihrem Gemahl einen Trank reichte und ihn seinen letzten Schlaf an ihrem Busen schlafen ließ; wie bartlose Jünglinge es nicht erwarten konnten, den Reichtum ihrer Väter zu erben; und wie liebliche Fräulein – errötet nicht, ihr Süßen! – kleine

Gräber im Garten gruben und mich als einzigen Gast zu eines Säuglings Begräbnis luden. Bei der Hinneigung eurer Menschenherzen zur Sünde sollt ihr alle die Orte aufspüren – die Kirche, Schlafkammer, Straße, Feld oder Wald –, wo ein Verbrechen begangen wurde, und sollt triumphieren in der Erkenntnis, daß die Erde nur ein großes Schuldmal ist, nichts als ein einziger Blutfleck. Ja, weit mehr noch! Euch soll es gegeben sein, in jeder Brust das tiefe Geheimnis der Sünde zu schauen, den Brunnen aller üblen Künste, der, unerschöpflich, mehr böse Triebe heraufsprudelt, als in der Macht der Menschen steht – oder in meiner Macht, und sei sie zum Äußersten getrieben –, in Taten Fleisch werden zu lassen. Und nun, meine Kinder, seht einander an.«

Sie taten, wie ihnen geheißen; und im Schein der in der Hölle entzündeten Fackeln erblickten die Augen des Unglückseligen seine Faith, und das Weib ihren Gatten, wie sie beide zitternd vor dem unheiligen Altar standen.

»Seht! Hier steht ihr, meine Kinder«, sprach die Gestalt in tiefem und feierlichem Ton, traurig fast, mit verzweifeltem Grauen, als vermöchte die einstige Engelsnatur noch immer über unser elendes Geschlecht zu trauern.

»Einer auf des anderen Herzen bauend, hattet ihr noch immer gehofft, daß die Tugend kein Traum sei! Nun sind euch die Augen geöffnet! Das Böse ist die Natur des Menschen. Das Böse muß euer einziges Glück sein. Willkommen noch einmal, meine Kinder, in der Gemeinschaft eures Geschlechts!«

»Willkommen!« wiederholten die Teufelsanbeter in

einem einzigen Schrei der Verzweiflung und des Triumphes.

Und da standen sie, das einzige Paar, wie es schien, das in dieser dunklen Welt noch vor dem Abgrund der Bosheit zurückschreckte. In den Felsen war ein natürliches Becken gegraben. Enthielt es Wasser, rot gefärbt von der düster züngelnden Flamme? Oder war es Blut? Oder gar eine flüssige Flamme? Hier tauchte die Gestalt des Bösen seine Hand ein und schickte sich an, das Zeichen der Taufe auf ihre Stirnen zu zeichnen, daß sie Teilhaber würden am Mysterium der Sünde und größere Einsicht gewännen in die geheime Schuld der anderen, in Gedanken und Werken, als sie das aus sich selber vermöchten. Der Gatte warf einen Blick auf sein bleiches Weib, und Faith auf ihn. Was für besudelte, elende Geschöpfe würde der nächste Blick ihnen zeigen, wie würden sie voreinander schaudern, nicht weniger entsetzt über das, was sie sahen, als über das, was sie selber preisgaben!

»Faith! Faith!« schrie der Gatte. »Sieh auf zum Himmel und widerstehe dem Bösen!«

Ob Faith gehorchte, erfuhr er nie. Kaum hatte er gesprochen, da fand er sich bereits allein in stiller Nacht, dem Röhren des Windes lauschend, das fauchend im Wald verebbte. Er stolperte gegen den Felsen und fühlte, wie eiskalt und feucht er war, während ein herabhängender Zweig, der noch eben in Flammen gestanden, seine Wange mit dem kältesten Tau netzte.

Am nächsten Morgen kam Nachbar Brown langsam auf die Straße des Dorfes Salem und starrte um sich wie einer, der nicht weiß, wo ihm der Kopf steht. Der gute alte Pfarrer machte einen Spaziergang den Friedhof entlang, um sich fürs Frühstück Appetit zu machen und über seine Predigt zu meditieren, und spendete im Vorbeigehen Nachbar Brown seinen Segen. Dieser jedoch schrak vor dem ehrenwerten Gottesmann zurück, als gelte es, einen Fluch von sich abzuwehren. Der alte Diakon Gookin oblag der häuslichen Andacht, durch ein offenes Fenster drangen die frommen Worte seines Gebets. »Zu welchem Gott betet der alte Hexenmeister?« sprach Brown. Mutter Cloyse, diese vorbildliche alte Christin, stand in der frühen Morgensonne vor dem selbstgezogenen Salat und fragte ein kleines Mädchen, das ihr eine Kanne Morgenmilch gebracht hatte, den Katechismus ab. Nachbar Brown riß das Kind von ihr fort, als risse er sie aus den Klauen des Bösen. Als er bei der Kirche um die Ecke bog, erspähte er Faiths Kopf mit den rosafarbenen Bändern, wie sie ängstlich Ausschau hielt; bei seinem Anblick brach sie in solche Freude aus, daß sie ihm auf der Straße entgegenhüpfte und ihren Mann beinahe vor dem ganzen Dorf geküßt hätte. Aber Nachbar Brown sah ihr streng und traurig ins Gesicht und schritt grußlos an ihr vorüber. War Nachbar Brown im Wald eingeschlafen und hatte einen wilden Traum vom Hexensabbat geträumt?

Sei's so, wenn ihr wollt! Aber, ach! Für Nachbar Brown war der Traum ein böses Omen. Ein strenger, ein trauriger, ein grübelnder, mißtrauischer, ja ein verzweifelter Mann wurde er nach der Nacht dieses gräßlichen Traumes. Am Sabbattag, wenn die Gemeinde ein frommes Lied sang, vermochte er nicht zuzuhören, denn ein Hymnus der Sünde überschwemmte tosend sein Ohr, daß der gesegnete Klang darin ertrank. Wenn der Pfarrer eindringlich und mit inbrünstiger Beredsamkeit von der Kanzel herunter predigte, die Hand auf die offene Bibel gelegt, und von den heiligen Wahrheiten unserer Religion sprach, von heiligmäßigem Leben und dem Triumph der Sterbestunde, von zukünftigem Heil oder aber unaussprechlichem Elend, dann erbleichte Brown, aus Angst, dem grauhaarigen Gotteslästerer und seinen Zuhörern möchte donnernd das Dach auf den Kopf fallen. Oft schrak er zur Mitternacht jäh aus dem Schlaf empor und entfernte sich von Faiths Busen, oft auch am Morgen oder am Abend, wenn die Familie zum Gebet niederkniete, runzelte er die Stirn, murmelte etwas zu sich selber, blickte seinem Weib streng ins Gesicht und wandte sich ab. Und als sein langes Leben ein Ende nahm und er zu Grabe getragen wurde, ein grauer Leichnam, und Faith hinter ihm ging, nun ein altes Weib, deren Kinder und Enkel, eine stattliche Prozession, auch Nachbarn, gar nicht wenige, da wurde auf seinen Grabstein kein Vers der Hoffnung gesetzt; denn seine Sterbestunde war Trübsal.

Gustavo Adolfo Bécquer
Das Teufelskreuz

> Ob du es glaubst oder nicht,
> das kümmert mich wenig. Mein
> Großvater hat es meinem Vater
> erzählt, mein Vater mir, und
> ich berichte es nun dir, sei's
> auch nur zum Zeitvertreib.

I

Schon begann die Dämmerung ihre leichten Nebelflügel über die malerischen Ufer des Segre auszubreiten, als wir nach ermüdendem Ritt in Bellver, dem Ziel unserer Reise, ankamen.

Bellver ist eine kleine Ortschaft, am Abhang einer Anhöhe gelegen, hinter der man gleich Stufen eines riesigen Amphitheaters aus Granit die hochragenden, nebelumbrauten Spitzen der Pyrenäen aufsteigen sieht.

Die weißen Gehöfte, rings in der Niederung auf dem schwellenden Teppich des Grüns zerstreut, sehen von weitem wie ein Schwarm Tauben aus, die sich hier am Ufer niedergelassen haben, um ihren Durst am Wasser des Baches zu löschen. Ein kahler Felsen, um dessen Fuß der Bach dahinwirbelt, erinnert mit vereinzelten Mauerresten auf seinem Gipfel an die uralte Grenze zwischen der Grafschaft Urgèl und deren wichtigstem Lehengute. Rechts vom Pfad, der den Krümmungen des dichtbewachsenen Flußufers folgend zur Ortschaft führt, ragt ein Kreuz auf.

Schaft und Querbalken sind aus Eisen, der rundbehauene Sockel, in den es festgerammt ist, aus Marmor, und die Stufen, die hinaufführen, aus dunklen, schlechtgefügten Quaderstücken.

Die Zerstörungskraft der Zeit hat das Metall mit Rost bedeckt und die Steine des Males zerbrochen und verwittert. Aus den Spalten wachsen Schlingpflanzen empor, die sich am Kreuz hinaufwinden und es bekränzen, während eine alte mächtige Eiche ihm gleichsam als Baldachin dient.

Ich war meinem Reisegefährten einige Minuten vorausgeritten und hielt meinen mageren Klepper an. Ich betrachtete schweigend das Kreuz, dieses schlichte und sinnige Abbild des Glaubens und der Frömmigkeit vergangener Jahrhunderte.

Eine Welt von Gedanken stürmte in diesem Augenblick auf mich ein. Gedanken, flüchtig und ohne bestimmte Form, die wie an einem unsichtbaren, leuchtenden Faden die tiefe Einsamkeit jenes Ortes, das erhabene Schweigen der hereinbrechenden Nacht mit der leisen Wehmut in mir vereinigten.

Plötzlich und unerklärlich erfaßte mich frommes Verlangen, und ich stieg unwillkürlich vom Pferd, entblößte das Haupt und grübelte in meinem Gedächtnis nach einem jener Gebete, die man mich als Kind lehrte... Wenn einem später solche Gebete halb unbewußt auf die Lippen kommen, erleichtern sie die beschwerte Brust. Sie gleichen darin den Tränen, in die sich der Schmerz zuweilen verwandelt, um zu vergehen. Ich hatte schon zu beten angefangen, als ich plötzlich fühlte, daß mich jemand mit aller Kraft an den Schultern packte...

Ich wandte den Kopf: Ein Mann stand neben mir.

Es war einer von unseren Führern, der aus dieser Gegend stammte. Mit einem unbeschreiblichen Ausdruck des Entsetzens im geisterhaft-bleichen Antlitz bemühte er sich, mich fortzuziehen und meinen Kopf mit dem Hut zu bedecken, den ich noch immer in den Händen hielt.

Erstaunt und zornig zugleich sah ich ihn an. In meinem Blick lag eine energische, wenn auch stumme Frage.

Der arme Kerl ließ nicht ab von seinem Bemühen, mich von diesem Platz zu entfernen, und erwiderte mir darauf mit folgenden Worten, die ich damals zwar nicht begreifen konnte, deren ehrlicher, überzeugender Klang mich aber sehr überraschte:

»Beim Andenken Ihrer Mutter...! Bei allem, was Ihnen auf dieser Welt am heiligsten ist, setzen Sie den Hut auf, junger Herr, und fliehen Sie so schnell wie möglich dieses Kreuz! Wie, sind Sie denn so verzweifelt, daß Ihnen die Hilfe Gottes nicht mehr genügt und Sie zum Teufel Zuflucht nehmen müssen?«

Ich sah ihn eine Weile schweigend an. Offen gestanden, ich hielt ihn für wahnsinnig; aber er fuhr mit der gleichen Heftigkeit fort:

»Sie wollen über die Grenze; nun denn, wenn Sie vor diesem Kreuz den Himmel anflehen, Ihnen Beistand zu gewähren... so werden sich die Gipfel der nahen Berge in einer einzigen Nacht bis hinauf zu den unsichtbaren Sternen aufrichten, nur damit wir die Grenze in unserem ganzen Leben nicht erreichen!«

Ich konnte mich eines Lächelns nicht enthalten.

»Sie lachen über mich...? Glauben Sie denn, daß dies

ein geweihtes Kreuz ist wie das über dem Eingang unserer Kirche...?«

»Wer könnte das bezweifeln...?«

»Dann irren Sie sich ganz und gar! Denn dieses Kreuz ist verflucht, obwohl es das Zeichen Gottes ist... – Es ist vom bösen Geist besessen und heißt darum auch: – – – das Teufelskreuz!«

»Das Teufelskreuz!« wiederholte ich und gab seinem Drängen nach, ohne mir die unwillkürlich aufsteigende Furcht erklären zu können, die sich allmählich meiner bemächtigte und mich mit geheimnisvoller Kraft von diesem Ort forttrieb.

»Das Kreuz des Teufels! Noch niemals ist mir die Verbindung zweier so gänzlich feindlicher Begriffe in den Sinn gekommen!

Ein Kreuz, und dem Teufel geweiht...!

Geh! geh! Es ist nötig, daß du mir diesen greulichen Unsinn erklärst, sobald wir im Dorf angelangt sind!«

Während dieses kurzen Zwiegesprächs hatten meine Gefährten ihre Pferde mit den Sporen angetrieben und erreichten uns am Fuße des Kreuzes. Ich erklärte ihnen mit wenigen Worten, was mir eben widerfahren war, und sprang wieder in den Sattel meines elenden Pferdes... Die Glocken der Pfarrkirche riefen gerade zum Abendgebet, als wir vor der verstecktesten und trübseligsten aller Herbergen von Bellver abstiegen.

Rote und bläuliche Flammen züngelten funkensprühend über die ganze Länge eines starken Eichenklobens, der im geräumigen Herde brannte.

An den verräucherten Wänden zitterten unsere Schatten dahin, verkleinerten oder verlängerten sich zu gigantischer Größe, je nachdem die Flammen des Scheites mehr oder minder hell aufleuchteten.

Der Becher aus Holunderholz, schnell geleert und gleich wieder voll, war schon wie ein Brunneneimer, freilich nicht mit Wasser, dreimal im Kreise herumgegangen, den wir um den Herd bildeten, und alle warteten ungeduldig auf die Geschichte vom Teufelskreuz, die uns gewissermaßen als Nachspeise des eben verzehrten, recht bescheidenen Abendessens versprochen worden war. Unser Führer, nachdem er zweimal gehustet und noch einen letzten Schluck Wein hinuntergegossen hatte, wischte sich mit dem Handrücken den Mund und begann zu erzählen:

»Es ist schon lange her, sehr lange; ich weiß zwar nicht, wie lange, aber die Mauren hatten dazumal noch den größten Teil Spaniens in ihrer Gewalt, unsere Könige nannten sich noch Grafen, die Städte und Dörfer gehörten als Lehen gewissen Herren, die ihrerseits wieder dieses Lehen anderen mächtigen Herren verliehen. – Also damals trug sich das zu, was ich Ihnen jetzt erzählen will...«

Nach dieser kurzen geschichtlichen Einleitung schwieg unser Held für einige Sekunden, als wolle er seine Erinnerungen ordnen, und fuhr alsdann fort:

»In jenen alten Zeiten gehörten diese Ortschaft und noch einige andere zu den Besitzungen eines Barons, dessen stolze Burg sich durch viele Jahrhunderte auf dem Gipfel des Felsens erhob, den der Fluß Segre umspült und von dem er seinen Namen erhielt.

Noch heut bezeugen die Wahrheit meiner Worte unförmige Ruinen, mit Heidekraut und Moos bedeckt, die vom Fußweg zu sehen sind.

Ich weiß nicht, ob zum Glück oder Unglück: Das Schicksal wollte, daß jener Herr, den alle Vasallen wegen seiner Grausamkeit haßten und den ob seiner schlechten Eigenschaften weder der König an seinem Hof noch die Nachbarn an ihrem Herde duldeten..., daß er es also überdrüssig wurde, einsam mit seiner üblen Laune und mit seinen Bogenschützen auf dem Felsgipfel zu hausen, auf dem seine Ahnen sich dieses steinerne Nest erbaut hatten.

Tag und Nacht zerbrach er sich den Kopf mit der Suche nach irgendeiner Zerstreuung, die seinem Wesen entsprach, was freilich schwer genug war, seitdem er müde geworden war, mit seinen Nachbarn zu raufen, seine Dienerschaft zu peitschen und die Leibeigenen zu henken.

Wie die Chroniker melden, fiel ihm bei dieser Gelegenheit ein zwar beispielloser, aber dennoch glücklicher Gedanke ein.

Er hatte erfahren, daß die Christen anderer mächtiger Völker sich zu einem ungeheuren Heere vereint hatten, um im Heiligen Land das Grab unseres Herrn Jesu Christi aus den Händen der Mauren zu befreien, und er beschloß sich diesem Zuge anzuschließen.

Ob er diesen Gedanken mit der Absicht ausführte, seine zahlreichen Sünden zu büßen und durch Vergießen seines Blutes in einem so heiligen und gerechten Unternehmen sich reinzuwaschen, oder vielleicht nur deshalb, um in ein anderes Land zu kommen, wo man von seinen Schandtaten nichts wußte, ist nicht bekannt.

Aber so viel ist sicher, daß er zur großen Genugtuung von jung und alt, Untertanen und Gleichgestellten, so viel Geld zusammenbrachte, als er eben vermochte; gegen ein hohes Lösegeld seine Dörfer der Lehnspflichten entband und für sich selbst nicht mehr behielt als die steile Felswand am Segre mit jenen vier Schloßtürmen, das Erbe seiner Väter, und plötzlich zwischen Abend und Morgen verschwand.

Die gesamte Umgebung atmete für einige Zeit auf, als wäre sie von einem schweren Alp befreit worden.

Von den Bäumen der Wälder hingen nicht mehr Menschen an Stelle der Früchte herab; die Dorfmädchen fürchteten sich nicht mehr, wenn sie mit dem Krug auf dem Kopf zum Quell am Wege gingen, um Wasser zu schöpfen. Die Hirten trieben ihre Schafherden nicht mehr auf versteckten, unwegsamen Pfaden zum Segre, bei jeder Biegung vor Angst zitternd, auf die Knappen ihres teuren Herrn zu stoßen.

So verrannen drei Jahre. Die Geschichten vom ›bösen Ritter‹ – unter diesem Namen war er überall bekannt – begannen schon ausschließliches Eigentum der alten Weiber zu werden. An den langen Abenden zur Winterszeit erzählten sie diese mit hohler, vor Entsetzen zitternder Stimme den bestürzten Kindern, und die Mütter ängstigten ihre unfolgsamen und schreienden Rangen mit den Worten: ›Wart – gleich kommt der Herr vom Segre!‹

Da plötzlich, ich weiß nicht, ob an einem Tage oder in einer Nacht, wie vom Himmel gefallen oder aus der Hölle gespien, erschien dieser gefürchtete Ritter so, wie er leibte und lebte, mitten unter seinen früheren Untertanen.

Ich will die Wirkung dieser angenehmen Überraschung nicht schildern. Ihr könnt sie euch selbst ausmalen, wenn ich nur sage, daß er seine verkauften Rechte zurückforderte. Wenn er schon seinerzeit arm und ohne guten Ruf als ein Bösewicht in den Krieg zog, durfte er jetzt auf keine fremde Hilfe hoffen als auf seinen Speer und ein halbes Dutzend Abenteurer, die gerade so gottverlassen und verrucht waren wie er selbst.

Selbstverständlich sträubten sich die Bauern, die Steuern zu zahlen, von denen sie sich ja für einen so hohen Preis gelöst hatten, aber der gnädige Herr zündete ihnen die Scheunen und die Häuser über dem Kopfe an.

Da riefen sie die Gerechtigkeit des Königs an, aber der ›böse Ritter‹ spottete über die schriftlichen Befehle der edlen Grafen, nagelte sie an die Tore seiner Burg und knüpfte die armen Tölpel von Sendboten an die Eichen…

Verzweifelt und ohne einen anderen Ausweg zu ihrer Rettung zu finden, beschlossen die Bauern schließlich, sich zusammenzutun. Sie empfahlen sich Gottes Schutz und griffen zu den Waffen. Aber jener Tyrann trommelte alle seine Anhänger zusammen, rief den Teufel um Hilfe an, kletterte in seinen Horst und rüstete sich zum Kampfe.

Entsetzlich und blutig fing der Krieg an.

Es wurde mit allen Waffen, an allen Orten und zu jeder Stunde gekämpft, mit Schwert und Feuer, auf Bergen und in Tälern, bei Tag und Nacht.

Das war kein Kampf ums Leben, das war ein Leben, um zu kämpfen! Endlich siegte die Sache der Gerechten. Hört, wie das geschah! In einer stockdunklen Nacht, in der kein Ton auf Erden zu hören war und kein einziger Stern am Himmel blinkte, teilte sich der siegreiche Ritter mit seinen Knappen auf der Burg die erjagte Beute, und berauscht vom starken Wein begannen sie bei dieser wahnwitzigen und lärmenden Orgie ruchlose, gotteslästerliche Lieder zu Ehren ihres höllischen Schutzpatrons zu singen.

Wie ich schon sagte, war rings um die Burg nichts anderes zu hören als das Echo der schändlichen Gesänge, die hinzitternd sich im Dunkel der Nacht verloren, den Seelen der Verdammten gleich, die eingehüllt in den Mantel eines höllischen Orkans durch die Unterwelt irren.

Ohne Furcht vor einem Überfall warfen die sorglosen Schildwachen manchmal ihre Blicke hinunter auf den schlafenden Ort und duselten dann, auf die schweren Schäfte ihrer Spieße gelehnt, ein. Einige Bauern, todesmutig und begünstigt von der Finsternis, wagten es, den Felsgipfel des Segre zu erklimmen, auf dessen Spitze sie gegen Mitternacht anlangten.

Einmal oben, war, was ihnen noch zu tun übrigblieb, das Werk eines kurzen Augenblickes. Mit einem Satze übersprangen die Wachen den Grenzstein, welcher den Schlaf vom Tode trennt.

Ein auf der Brücke und unter dem Fallgatter mit Pechfackeln angerichtetes Feuer verbreitete sich blitzschnell über die Mauern.

Unterstützt von der Verwirrung und den Flammen bahnten sich die Stürmenden den Weg und machten den Bewohnern dieser Räuberhöhle im Handumdrehen den Garaus. Alle kamen um!

Als der nahe Tag die hohen Wipfel der Wacholderbäume silbern zu färben begann, schwelten noch immer die verkohlten Trümmer der eingestürzten Türme, und durch die klaffenden Risse sah man deutlich die Rüstung des verhaßten Ritters an einer der schwarzen Säulen des Festsaales hängen und im Lichte des bleichen Morgens gleißen.

Die Leiche des Barons, von Blut und Staub beschmutzt, lag auf zerrissenen Teppichen und der noch glühenden Asche inmitten seiner übrigen ruchlosen Spießgesellen...

Die Zeit verging. Auf dem verlassenen Burghof sproß Dorngesträuch empor, Efeu rankte sich um die dunklen Pfeiler und Schwibbogen, und die blauen Glöckchen der Winde hingen, schaukelten und nickten von den Zinnen.

Plötzliches Aufheulen des Windes, Gekreisch von Nachtvögeln und Rascheln der durch das hohe Gras gleitenden Kriechtiere unterbrachen hin und wieder das Grabesschweigen dieser verfluchten Stätte.

Die unbegrabenen Knochen der einstigen Bewohner schimmerten im Mondstrahl, und noch immer konnte man die Rüstung des Herrn von Segre an dem schwarzen Pfeiler des Festsaales hängen sehen...

Niemand getraute sich, sie zu berühren, aber unzählige Sagen waren schon entstanden, und sie gab unerschöpflichen Stoff zu immer neuen Geschichten, um Furcht allen jenen einzujagen, die tagsüber diese schrecklichen Rüststücke im goldigen Glanze des Sonnenlichtes sahen oder in später Nachtstunde davon träumten, daß sie den ehernen Klang des vom Winde hin und her bewegten, mit langem, dumpfen Stöhnen zusammenschlagenden Eisens vernähmen.

Trotz allem, was die Leute der Umgebung von dieser Rüstung erdacht hatten und was mit gedämpfter Stimme die einen den andern zuraunten, waren es schließlich doch nur Sagen, und das einzige, was sich daraus ergab, war ein gehöriger Teil übertriebener Furcht, die jedermann nach Möglichkeit zu verbergen trachtete.

Wäre es nur dabei geblieben, es hätte nichts geschadet!

Aber der Teufel, der allem Anschein nach mit seinem Werke nicht zufrieden war, begann sich, ohne Zweifel mit dem Einverständnis des lieben Gottes und, um die Bewohner für ihre Sünden büßen zu lassen, in diese Angelegenheit selbst einzumischen.

Von diesem Augenblick nahmen alle Sagen, die bis dahin nichts anderes als leere, unwahrscheinliche Gerüchte waren, mehr und mehr bestimmte Formen an und wurden von Tag zu Tag glaubwürdiger.

In der Tat konnte das ganze Dorf seit einigen Nächten eine merkwürdige Erscheinung beobachten.

In ferner Dunkelheit sah man, bald auf den zackigen Abhängen des felsigen Segre, bald in den Ruinen der Burg, gleichsam in der Luft schwebend, geheimnisvolle, phantastische, umherschweifende Lichter. Emporschwebend und wiederum herabfallend, leuchteten sie in verschiedenen Richtungen auf und verschwanden, und ihre Herkunft konnte niemand erklären.

Das wiederholte sich durch drei oder vier Nächte während eines Monats.

Die in Verwirrung geratenen Dorfleute erwarteten mit Unruhe die Folgen dieser Begebenheiten, die auch wirklich nicht lange auf sich warten ließen.

Als drei oder vier Gehöfte in Flammen aufgegangen waren und einige Stücke Vieh verschwanden, als in Schluchten und Abgründen Leichen von Wanderern gefunden wurden, geriet das ganze Land auf zehn Meilen im Umkreis in hellen Aufruhr.

Es gab keinen Zweifel mehr: Eine Rotte von Übeltätern verbarg sich in den Kellergewölben der zerstörten Burg.

Diese Räuber zeigten sich anfänglich nur von Zeit zu Zeit an bestimmten Stellen des Waldes, der sich noch heute längs des Flußufers hinzieht, aber schließlich besetzten sie alle Gebirgspässe, legten sich an den Straßen in den Hinterhalt und stürzten wie ein Wildbach in die Ebene, wo sie niemandem den Kopf zwischen den Schultern ließen.

Die Mordtaten mehrten sich zusehends. Mädchen verschwanden spurlos, Kinder wurden ungeachtet des Wehgeschreis der Mütter aus den Wiegen gerissen, um bei teuflischen Festen geopfert zu werden, bei denen, wie man allgemein annahm, aus entweihten Kirchen gestohlene Abendmahlskelche als Becher benutzt wurden.

Angst und Entsetzen bemächtigte sich aller Gemüter,

und nach dem Abendläuten wagte niemand mehr aus seiner Hütte zu gehen, in der man sich allerdings auch nicht sicher fühlen konnte vor den Banditen vom Felsen.

Wer aber waren sie...? Woher kamen sie...? Wie hieß ihr geheimnisvoller Führer...?

Das waren Rätsel, die alle zu lösen trachteten, die aber dazumal keiner erklären konnte, obgleich man bald bemerkte, daß die Rüstung des Lehnsherrn de Segre von ihrem gewohnten Platz verschwunden war. Später behaupteten einige Feldarbeiter, der Hauptmann jener ruchlosen Bande sei an ihnen vorübergegangen, gekleidet in einen Panzer, wenn nicht denselben, so doch wenigstens einen ganz und gar ähnlichen.

Wenn man dies einfach nacherzählt und das Phantastische streicht, womit die Furcht ihre Lieblingsgeschichten schmückt und aufbauscht, bleibt nichts Übernatürliches noch Wunderbares an der Sache.

Was ist denn bei Räubern alltäglicher als Grausamkeit, durch die sie sich auszeichnen, und was ist natürlicher, als daß sich ihr Anführer der verwaisten Rüstung des Herrn de Segre bemächtigt...?!

Aber die Aussagen eines jener Gesellen, der im letzten Kampf sterbend gefangen worden war, verstärkten weit über das Maß hinaus das Grauen, das sich nun selbst der Ungläubigsten bemächtigte.

Das Geständnis des Räubers lautete etwa folgendermaßen: ›Ich gehöre zu einer vornehmen Familie‹, sagte er. ›Meine Jugendstreiche, meine tolle Verschwendungssucht und endlich auch meine Verbrechen zogen mir den Zorn meiner Verwandtschaft und den Fluch meines Vaters zu, der mich auf seinem Sterbebett enterbte... Als ich so allein ohne Hilfe und Zuflucht dastand, gab gewiß der Teufel selbst mir den Gedanken ein, junge Männer um mich zu scharen, die in gleicher Lage waren wie ich und die sich durch Versprechungen – künftige Freuden, Freiheit und Überfluß – verführen ließen und keinen Augenblick zögerten, meine Pläne gutzuheißen.

Diese bestanden nun darin: eine Bande aus lustigen, vorurteilslosen und keine Gefahr scheuenden Burschen zu bilden, die von Stund ab vom Ertrag ihrer Waghalsigkeit und auf Kosten des Landes fröhlich leben sollten, bis es einmal Gott gefiele, über einen jeden nach seinem eigenen Ermessen zu verfügen, so, wie es nun mich getroffen hat.

Zu diesem Zweck erwählten wir diese Gegend als Schauplatz unserer künftigen Raubzüge, und der geeignetste Platz für unsere Zusammenkünfte schien die verlassene Burg Segre zu sein, ein sicherer Schlupfwinkel, nicht sosehr wegen ihrer starken und vorteilhaften Lage, sondern auch, weil sie gegen das Volk durch Aberglauben und Furcht verteidigt wurde.

Eines Nachts, als wir unter den zertrümmerten Arkaden ums Feuer versammelt saßen, das mit seinem roten Schein die öden Galerien beleuchtete, entbrannte ein hitziger Streit darüber, wer von uns zum Anführer gewählt werden sollte.

Jeder rühmte seine Verdienste. Auch ich setzte meine Rechte und Ansprüche auseinander. Schon murrten einige und blickten mit drohenden Mienen umher, schon erhoben andere ihre vom reichlichen Trinken heiseren Stimmen und legten Fäuste um die Hefte ihrer Dolche, die Streitfrage mit dem Stahl zu entscheiden, als wir urplötzlich ein seltsames Waffengeklirr hörten, von dumpfdröhnenden Schritten begleitet, die immer näher und näher kamen.

Wir blickten uns erschrocken und voll Mißtrauen um, sprangen auf und zückten die Schwerter, entschlossen, unser Leben so teuer wie möglich zu verkaufen.

Aber dann blieben wir regungslos stehen, als wir einen hochgewachsenen Mann festen, gemessenen Schritts auf uns zukommen sahen. Er war vom Kopf bis zu den Füßen vollständig geharnischt, sein Gesicht durch das herabgelassene Visier verdeckt. Er zog sein Schwert, das zwei Männer kaum hätten handhaben können, legte es auf die verwitterten Reste einer geborstenen Säule und rief mit hohler und tiefer Stimme, die wie das Brausen unterirdischer Gewässer klang:

›Wagt es einer von euch, der Erste zu sein, solange *ich* auf der Burg von Segre hause, so nehme er dieses Schwert zum Zeichen seiner Gewalt!‹

Wir schwiegen alle.

Als aber der erste Augenblick des Schreckens vergangen war, riefen wir ihn mit großem Geschrei zu unserem Anführer und Hauptmann aus und boten ihm den Weinpokal. Aber er lehnte ihn mit einer Handbewegung ab, vielleicht um sein Antlitz nicht zeigen zu müssen, das wir vergebens hinter dem herabgelassenen Eisengitter zu erkennen versuchten.

Dies hinderte uns jedoch nicht, noch in dieser Nacht einen fürchterlichen Schwur in seine Hände abzulegen, und in der darauffolgenden begannen wir unsere nächtlichen Raubüberfälle.

Unser unbekannter, geheimnisvoller Anführer ging dabei stets voran. Weder Feuer hält ihn auf, noch schreckt ihn die Gefahr, Tränen rühren ihn nicht.

Niemals öffnet er seine Lippen. Aber wenn unsere Hände vom Blute dampfen, wenn die Kirchen in der Flammenlohe zusammenstürzen und die erschrockenen Weiber mit Wehklagen durch die Ruinen laufen, wenn die Kinder vor Schmerzen schreien und die Greise unter unseren Hieben sterben, da beantwortet sein wildes, triumphierendes Gelächter ihr Stöhnen, Seufzen und Wehklagen...

Niemals legt er seine Waffen ab, niemals hebt er das Visier seiner Sturmhaube, an keiner unserer Schwelgereien nimmt er teil und nie legt er sich zum Schlafe nieder. Die Schwerter, die ihn treffen, bohren sich zwischen die Platten seines Harnisches, aber sie verwunden ihn nicht und sind nicht mit Blut befleckt, wenn sie herausgerissen werden.

Das Feuer übergießt mit glühendroter Farbe seinen Panzer und seinen Helm, aber er dringt furchtlos durch die Flammen, um nach neuen Opfern zu suchen. Er verschmäht das Gold, verachtet die Schönheit und kennt keinen Ehrgeiz.

Einige unter uns halten ihn für einen Sonderling, andere für einen verarmten Edelmann, dem ein Rest von Scham das Antlitz verhüllt, ja es fehlen auch nicht solche, die fest überzeugt sind, daß es der Teufel in eigener Person ist!! –‹

Nach diesen Enthüllungen gab der Mann seinen Geist mit einem höhnischen Lachen auf den Lippen auf, ohne seine Sünden bereut zu haben.

Viele seiner Genossen folgten ihm in verschiedenen Zeitabständen auf den Richtplatz. Aber der furchtbare Anführer, dem sich ständig neues Gesindel anschloß, gab seine unheimlichen Raubzüge nicht auf!

Die unglücklichen Bewohner jener Gegend wurden immer trostloser und verzweifelter. Sie fanden nirgendwo Rat, wußten nicht, was beginnen, um ein für allemal diesen Zuständen abzuhelfen, die von Tag zu Tag unerträglicher und trauriger wurden.

Unweit des Dorfes wohnte zu jener Zeit, in einer kleinen Einsiedelei verborgen, im tiefen Waldesdickicht ein Ordensbruder, der sich dem heiligen Bartholomäus geweiht hatte. Er war ein ungewöhnlich frommer Mann, mitleidig und musterhaft von Sitten, der bei den Leuten im Geruch der Heiligkeit stand wegen seiner heilbringenden Ratschläge und treffenden Prophezeiungen.

Dieser ehrwürdige Klausner, dessen Freundlichkeit und sprichwörtliche Weisheit die Bewohner von Bellver die Lösung dieses schweren Problems übertrugen, riet, nachdem er die Gnade Gottes durch Vermittlung seines heiligen Patrons angerufen hatte, der, wie euch wohl bekannt sein dürfte, den Teufel gut kennt und ihn bei mehreren Gelegenheiten gezähmt hat..., dieser ehrwürdige Mönch also riet, sie sollten sich in der Nacht am Fuß des Burgfelsens, dort wo sich der steinige Pfad hinaufschlängelt, in den Hinterhalt legen. Dann befahl er ihnen noch, sich keiner anderen Waffe zu bedienen als eines wundertätigen Gebetes, das er sie auswendig lernen ließ und durch dessen Hilfe, wie die Chroniken berichten, der heilige Bartholomäus den Teufel zu seinem Gefangenen gemacht hatte.

Der Rat wurde ausgeführt, und der Erfolg übertraf selbst die höchsten Erwartungen.

Die Sonne des erwachenden Tages hatte noch nicht den hohen Kirchturm von Bellver bestrahlt, und schon erzählten sich die Bewohner, die in Gruppen auf dem Marktplatz standen, mit geheimnisvollen Mienen, wie in dieser Nacht der berüchtigte Führer der Banditen vom Segre an Händen und Füßen gefesselt auf dem Rücken eines starken Maultieres nach Bellver geführt worden sei.

Auf welche Weise es geschah, daß die Männer jene Tat vollbringen konnten, vermochte niemand zu erklären, ja sie selbst wußten es nicht einmal zu sagen.

Soviel aber stand fest, daß die Anwendung des Gebetes oder auch die Tapferkeit der Beteiligten das Unternehmen zu einem glücklichen Ende geführt hatte. Kaum hatte sich die Neuigkeit wie ein Lauffeuer von Mund zu Mund, von Haus zu Haus verbreitet, stürzten auch schon die Bewohner mit lärmendem Freudengeschrei auf die Gassen und sammelten sich vor dem Tor des Gefängnisses. —

Die Pfarrglocke rief zur Ratssitzung, die würdigsten Bürger fanden sich im Rathause ein, und alle erwarteten ungeduldig, aber auch ängstlich den Augenblick, wo der Schuldige vor seinen Richtern erscheinen würde.

Diese waren im Besitz der Vollmacht der Grafen de Urgèl, nach ihrem eigenen Dafürhalten rasch und streng über jene Verbrecher zu richten. Sie berieten eine Weile, worauf sie den Verurteilten vorzuführen befahlen, um ihm das Urteil zu verkünden.

Wie ich schon erzählt habe, wimmelte auf dem Marktplatz und in den Gassen, durch die der Verbrecher geführt werden mußte, um vor seinen Richtern zu erscheinen, die ungeduldige Menge wie ein zusammengedrängter Bienenschwarm durcheinander. Besonders vor dem Gefängnistore wuchs die Erregung des Volkes von Augenblick zu Augenblick.

Das lebhafte Gespräch, das dumpfe Tosen und die drohenden Ausrufe begannen schon die Wachen mit Besorgnis zu erfüllen, als endlich der Befehl eintraf, den Schuldigen vorzuführen.

Als dieser in voller Rüstung, das Antlitz vom herabgelassenen Visier bedeckt, unter dem mächtigen Bogen des Portals erschien, lief ein gedämpftes, lang anhaltendes dumpfes Murmeln des Staunens und der Überraschung durch die Menge. Und nur mit Mühe konnte sich der Trupp einen Weg durch die dichtgedrängten Massen bahnen.

Alle erkannten in der Rüstung den Harnisch des furchtbaren Herrn de Segre, jenen Harnisch, der Gegenstand so vieler unheimlicher Geschichten war, solange er noch an der zertrümmerten Säule der verfluchten Burg hing.

Die Rüstung war dieselbe, darüber konnte kein Zweifel bestehen. Alle hatten diesen schwarzen Helmbusch von seiner Sturmhaube in den Kämpfen wallen gesehen, die sie dereinst gegen ihren Gebieter geführt hatten; sie hatten ihn gesehen, wie er im abendlichen Windhauche an der efeuumrankten Säule hin und her schwankte, an der er nach dem Tode des Herrn hängenblieb.

Wer mochte aber der Unbekannte sein, der nun die Rüstung trug?

Das würden sie sobald wie möglich erfahren, so glaubten wenigstens alle.

Endlich war der geheimnisvolle Räuberhauptmann im Saale des Rathauses angelangt, und tiefes Schweigen folgte der Unruhe, die sich unter den Anwesenden erhoben hatte, als sie den Metallklang seiner goldenen Sporen an den Wölbungen des weiten Raumes widerhallen hörten.

Einer der Richter fragte ihn stockend und mit unsicherer Stimme nach seinem Namen, und alle lauschten aufmerksam, um ja nicht eine einzige Silbe der Antwort zu verlieren.

Aber der eiserne Mann beschränkte sich darauf, verächtlich mit den Achseln zu zucken, als Zeichen seiner Gleichgültigkeit oder Geringschätzung. Die Richter sahen einander erstaunt und verärgert an.

Dreimal wiederholte man die Frage, aber dreimal empfingen sie dieselbe oder doch eine ähnliche Antwort.

›— Er soll das Visier aufschlagen! Er soll das Gesicht entblößen! — Er muß sich zu erkennen geben!‹ begannen die Dorfleute zu rufen... ›Er soll sich zeigen! Wir werden sehen, ob er sich dann noch erfrechen wird, uns mit seiner Verachtung zu beschimpfen, wie er es jetzt tut, weil er weiß, daß er unerkannt ist!‹ —

›Schlagt das Visier auf!‹ wiederholte der Vorsitzende.

Der Eiserne aber rührte sich nicht.

›—Ich befehle es Euch im Namen unserer Gewalt!‹

Dieselbe Antwort.

›— im Namen der regierenden Grafen!‹

Auch das wirkte nicht.

Die allgemeine Empörung erreichte den Gipfel... Ein Wächter seiner Begleitmannschaft stürzte sich auf den Trotzigen, dessen Halsstarrigkeit auch die Geduld eines Heiligen erschöpft hätte, und öffnete mit Gewalt sein Visier.

Ein Aufschrei der Überraschung entrang sich den Zuschauern, die einen Augenblick von unfaßbarer Furcht ergriffen wie gelähmt dastanden.

Der Helm, dessen eisernes Visier zur einen Hälfte bis zur Stirnhöhe aufgeschlagen war, zur andern auf den glänzenden Halsberg fiel, war *leer*... vollkommen leer!

Als der erste Schrecken gewichen war und man die eiserne Rüstung berührte, erbebte sie leicht und zerfiel in viele Stücke, die mit dumpfem, gespenstischem Gerassel zu Boden sank...

Beim Anblick des neuen Wunders drängte sich die Mehrzahl der Zuschauer schreiend aus dem Rathause und eilte entsetzt auf den Marktplatz.

Die Neuigkeit verbreitete sich mit Gedankenschnelle in der Menge, die ungeduldig das Ergebnis des Verhörs erwartete.

Und das Entsetzen, das Geschrei, die Angst und Furcht waren so groß, daß niemand mehr daran zweifelte, was man in aller Öffentlichkeit aussprach: Der Teufel selber hätte nach dem Tode des Herrn de Segre das Lehen von Bellver geerbt.

Endlich hatte sich der Tumult gelegt, und es wurde beschlossen, die verzauberte Rüstung in einem der unterirdischen Kerker einzusperren.

Alsdann sandte man vier Boten aus, die im Namen des

bedrängten Ortes diesen Vorfall dem Erzbischof und den Grafen von Urgèl anzeigen sollten. Schon nach einigen Tagen kehrten sie mit dem Bescheid der hohen Herren zurück, mit einem Bescheid, der, wie man sagt, Hand und Fuß hatte.

›Hängt die Rüstung auf dem Marktplatz eures Ortes auf!‹ – so wurde ihnen geraten. ›Wenn der Teufel darinnensteckt, wird er genötigt sein, aus ihr herauszufahren oder mit ihr aufgehängt zu werden...!‹

Die Bürger von Bellver, in Begeisterung über eine so sinnvolle Lösung, kamen nochmals zur Beratung zusammen und befahlen, einen hohen Galgen auf dem Marktplatz aufzustellen. Als das Volk alle Zugänge besetzt hatte, gingen sie in festlichem Zuge und mit der Würde, wie es die Wichtigkeit der Sache erheischte, zum Kerker, um jenes rätselhafte Rüstzeug zu holen.

Als die würdige Versammlung unter die mächtige Wölbung des Einganges kam, warf sich ein Mann, bleich und ganz verwirrt, vor den erschrockenen Zuschauern zu Boden und rief mit Tränen in den Augen:

›– Gnade, ihr Herren, Gnade!‹

›– Gnade!? Für wen?‹ schrien einige... ›Dem Gottseibeiuns, der in der Rüstung des Herrn de Segre steckt...?‹

›– Für mich!‹ fuhr mit zitternder Stimme der Unglückselige fort, in dem alle den Gefängnisaufseher erkannten. ›Für mich...! denn..., denn die Rüstung – ist *verschwunden...!‹*

In den Mienen aller, die in der Toreinfahrt standen, malte sich Schrecken, als sie diese Worte hörten, und stumm, regungslos wären sie in derselben Stellung geblieben, wenn sie nicht die Erzählung des ganz vernichteten Aufsehers gelockt hätte, um ihn herumzutreten und mit Spannung zu lauschen.

›— Erbarmt euch, ihr Herren‹, sagte der arme Kerkermeister, ›ich will nichts vor euch verheimlichen, auch wenn es mir zum Schaden gereichen sollte.‹

Alle sahen ihn stumm an, und er fuhr fort:

›— Ich kann nicht sagen, weshalb, aber es ist gewiß, daß mir die Geschichte vom leeren Harnisch immer wie ein Märchen vorkam, das man zugunsten einer vornehmen Person erdichtete, die vielleicht aus allerlei Standesrücksichten weder entdeckt noch bestraft werden dürfe.

Diese Vermutung beherrschte mich fortwährend, worin mich die Unbeweglichkeit, in der das eiserne Rüstzeug verharrte, seit es aus dem Rathause zurück in den Kerker gebracht worden war, noch mehr bestärkte.

Mit dem Verlangen, das Geheimnis zu lüften, wenn dahinter überhaupt ein Geheimnis steckte, schlich ich leise eine Nacht um die andere zur eisernen Tür des unterirdischen Gefängnisses und legte mein Ohr an dessen Gitter. Umsonst! Nicht ein Ton war zu vernehmen!

Vergeblich versuchte ich die Rüstung durch eine kleine, in die Tür gebohrte Öffnung zu beobachten! — Im finstersten Winkel hingeworfen auf einer Handvoll Stroh lag sie fortwährend langausgestreckt und ohne Regung.

Von Neugier getrieben und dem Wunsche, mich zu überzeugen, ob in Wirklichkeit an jenem Gegenstand des Schreckens nichts Geheimnisvolles sei, stieg ich eines Nachts zum Kerker hinab, zündete ein Licht an, schob die doppelten Riegel zurück und dachte nicht einmal daran (denn so groß war mein Glaube, daß all das nicht mehr als ein bloßes Märchen sei!) – hinter mir die Pforte zu schließen und trat ins Innere...

Ach, hätte ich es doch nie getan!...

Kaum daß ich ein paar Schritte gemacht hatte, verlosch urplötzlich das Licht meiner Laterne von selbst, die Zähne begannen mir zu klappern, und meine Haare stiegen zu Berge.

In der tiefen Stille, die mich umgab, vernahm ich ein Geräusch wie das Rasseln von Eisenplatten, wenn sie aneinanderschlagen.

Meine erste Bewegung war, auf die Tür zuzustürzen und den Ausgang zu versperren. Aber als ich den Türflügel erfaßte, fühlte ich in meinem Genick eine schreckliche, mit Eisen bekleidete Hand, die mich zuerst heftig schüttelte und mich dann auf die Schwelle schleuderte.

Dort blieb ich liegen, wo mich am Morgen meine Knechte bewußtlos fanden, und als ich meiner Sinne wieder mächtig wurde, konnte ich mich nur noch verworren erinnern, daß es mir war, als hätte ich verhallende Schritte gehört und gleichzeitig das klirrende Geräusch von Sporen, die sich immer mehr und mehr entfernten, bis sie endlich ganz verklangen...›

Als der Kerkermeister geendigt hatte, herrschte tiefes Schweigen, dann aber erhob sich ein höllischer Lärm und ein Durcheinander von Klagen, Schreien und Drohungen.

Es kostete die Friedliebenden große Mühe, das Volk zurückzuhalten, das, durch die Nachricht aufgewiegelt, mit wildem Geschrei den Tod dessen verlangte, der durch seine Neugierde dies neue Unheil verschuldet hatte. Schließlich gelang es, den Aufruhr zu beschwichtigen, und man fing an, sich zu einer neuen Verfolgung zu rüsten.

Auch diese war von Erfolg.

Nach wenigen Tagen befand sich die Rüstung abermals in den Händen der Bürger von Bellver. Das war gar nicht so schwer, da man ja die Formel kannte und der heilige Bartholomäus mithalf.

Damit war aber noch nicht alles beendet!

Vergebens hing man sie an den Galgen, um sie endlich zum Bleiben zu zwingen, vergebens wandten die Bürger alle Vorsicht an, um sie aller Möglichkeiten zu berauben, sich irgendwohin auf dieser Welt zu retten. Sobald die Strahlen des Mondlichts auf die auseinandergefallenen Waffenstücke fielen, fügten sie sich wieder zusammen und machten sich stracks auf und davon und begannen von neuem ihre Ausfälle in Bergen und Tälern, daß es eine Lust war...!

Es schien eine Geschichte ohne Ende zu werden.

In ihrer Angst verteilten die Bürger die einzelnen Stücke der Rüstung, die wohl zum hundertsten Male wieder in ihre Hände gelangt waren, und baten den frommen Mönch, der ihnen schon einmal mit seinem Rat geholfen hatte, ihnen zu sagen, was damit zu tun sei.

Der heilige Mann ordnete zuerst einen allgemeinen Bußtag an. Dann schloß er sich drei Tage hindurch in der tiefen Höhle, die ihm als Unterschlupf diente, ein und befahl, endlich diese teuflischen Waffen zu zerschmelzen und daraus, zusammen mit einigen Felsblöcken des Segre, ein Kreuz zu errichten.

Das Werk wurde vollendet, freilich nicht ohne neue und furchtbare Wunder, welche die Gemüter der geängstigten Bewohner von Bellver abermals mit Furcht erfüllten.

Sobald die ins Feuer geworfenen Stücke der Rüstung zu glühen anfingen, schienen lange, tiefe Seufzer aus den Flammen des großen Schmiedefeuers zu ertönen, immer mehr und mehr, je glühender das Eisen wurde, und die Eisenstücke wälzten sich zwischen den Holzscheiten hin und her, als ob sie lebendig wären und die Wirkung der Lohe fühlen würden.

Ein Schwarm von roten, grünen und blauen Funken tanzte auf der Spitze der Flammenzungen, die sich wandten und krümmten, als kämpfe eine Schar von Teufeln für ihren Herrn und trachte ihn aus diesen Marterqualen zu befreien.

Angsterregend und schrecklich war die Arbeit, bevor das zerschmelzende Eisenwerk seine Form verlor, um die Gestalt des Kreuzes anzunehmen.

Mit wildem Gedröhne fielen die Hämmer auf den Amboß, wo zwanzig Arbeiter mit voller Kraft das glühende Metall festhielten, das bebend und zitternd unter den Schlägen unheimlich stöhnte.

Schon breiteten sich die Arme des Sinnbildes unserer Erlösung aus, schon begann der obere Teil diese Gestalt anzunehmen, als die teuflische, rauchende Masse aufs neue sich in schrecklichen Zuckungen krümmte und wie eine Natter die Körper der unglücklichen Arbeiter umschlang, die Mühe hatten, sich dieser tödlichen Umarmung zu entziehen. Das seltsame Schmiedeeisen wand sich wie ein Schlange in ihren Ringen und züngelte wie ein Blitz nach allen Richtungen. Der beständigen Arbeit, dem Vertrauen, dem Gebete und dem geweihten Wasser gelang es endlich, den Höllengeist zu besiegen, und die Rüstung verwandelte sich in ein Kreuz.

Und dies ist jenes Kreuz, das Sie heute gesehen haben und an das der Teufel gefesselt ist, der ihm den Namen gegeben hat.

Unter dieses Kreuz legen die Mädchen im Mai keine Lilienzweige, die Hirten entblößen nie ihr Haupt, wenn sie vorüberziehen, die Greise knien nicht nieder, und die strenge Ermahnung der Geistlichkeit ist kaum imstande, die Buben davon abzuhalten, es nicht zu steinigen.

Gott schenkt keiner Bitte Gehör, die zu ihm unter diesem Kreuz hinaufgesendet wird.

Unter dem Wacholderbaum, der es beschattet, laufen im Winter die Wölfe in Rudeln zusammen und werfen sich auf die Herden; Mörder lauern den Wanderern in seinem Schatten auf und vergraben an seinem Fuße die Ermordeten, und wenn ein Gewitter tobt, fahren die Blitze zischend in seinen Schaft und zersplittern die Steine seines Sockels...«

Leszek Kołakowski
Doktor Luthers Gespräch mit dem Teufel, Wartburg, 1521

Was willst du, räudiges Schwein? Wozu bist du hergekommen? Mich zu erschrecken? Ich fürchte dich nicht, du kümmerst mich so wenig wie der Kuhdreck an der fürstlichen Scheune. Oder willst du mich etwa versuchen? Zur Sünde verlocken, mir Zoten ins Ohr flüstern, meine Begehrlichkeit aufstacheln? Du würdest mich wohl am liebsten so zurichten, daß ich dem Knecht eins in die Schnauze gebe, mich wie ein Ferkel besaufe, die Dienstmagd notzüchtige, wie? Und wenn ich dies alles wirklich tun sollte? Nun denkst du gewiß, du hättest mich endlich unter deinen zottigen Pranken, hättest mir die Kette um den Hals geschlungen und heidi, hinunter zur Hölle! Hoppla, nicht so flink, du bist kein Habicht, ich kein Küken. Sündigen kann ich auch ohne dich, alles, wozu ich Lust habe, tu' ich auch ohne deine Verführungskünste, du dreckige Bestie, ich kann gewiß auch ohne dich sündigen, was tust du dann? Unser Herrgott wird solcher Lappalien wegen nicht einmal den kleinen Finger rühren. Jaaa, wenn du mich in Verzweiflung stürzen würdest, mich an Gott zweifeln ließest, mit Furcht fülltest, mir Schaden zufügtest – gewiß, ich geb's zu, dann wäre es dein Spiel, dann hättest du mich wie das Schnitzel auf der Pfanne. Versuch's nur, du Maulwurf, sieh nur zu, ob du mich, den Doktor Luther, so weit bringen kannst, daß mich Verzweiflung überkommt, daß ich Furcht empfinde oder in Schande falle. Gott ist eine starke Festung, und ich, ich hocke friedlich in ihren Mauern, da kannst du machen, was du willst. Die Sünden? Daß ich nicht lache! Nichts als ein Jux für mich, ein Jux auch für Gott, beide lachen wir uns schief und krumm. Ich lebe in Gott, stehe mit beiden Beinen in ihm, du bringst mich nicht vom Fleck, du nicht, verstanden? Nun, wie steht's? Hau ab, hast wohl nichts zu tun, wie? Du verlierst Zeit, mach schon, geh zu den Schwachen, der Doktor Luther ist nichts für dich, du hast die Fährte verloren, hau ab, sag' ich!

Bist du noch immer da? Steht da und glotzt und sagt kein Wort. Was soll das? Hat's dir am Ende die Rede verschlagen? Du schweigst, als wärst du darauf aus, mich durch dein Schweigen zu besiegen. Aber daraus wird nichts, ich kann genauso gut schweigen, sogar besser als du, nur wenn ich will natürlich, jetzt will ich nicht. Du aber guckst und schweigst, guckst und schweigst.

Was denn nun, bist du unter die Fische gegangen? Zur Steinsäule erstarrt? Mach, daß du 'rauskommst, sonst werd' ich nervös. Ah, jetzt weiß ich's, das ist es, worauf du aus bist, du wartest auf meinen Zorn, denkst dir, der Herrgott würde ihn mir als Sünde anrechnen. Da lache ich aber, bei soviel Dummheit! Weißt du denn nicht, daß jeder edle Zorn, der sich gegen den Satan richtet, beim Jüngsten Gericht in pures Gold verwandelt wird?

Du lieber Himmel, wenn dir wirklich soviel daran liegt – dann unterhalten wir uns eben ein wenig, warum nicht, mir kann's nicht schaden, ich rede, mit wem ich will, mit Gott, mit dem Teufel, nur weiß ich nicht recht, worüber wir beide uns unterhalten sollten. Siehst du die Blätter hier auf dem Tisch? Weißt du wenigstens, was das ist, du Lumpenkerl? Die Schrift, die Heilige Schrift ist es, unsere Wehr gegen dein Geflüster, gegen all deinen Mumpitz, schau nur, schau, aha, ich weiß Bescheid, worauf du aus bist! Nun wird dir klar, daß das ganze Volk die Schrift lesen wird, und davor graust dir, nicht wahr? Der Haß hat dich geblendet, die blanke Furie überrannt. Nun sag schon, sag, du Krummnase, was wird wohl jetzt aus dir? Ah ja, jeder wird's lesen, jeder die Wahrheit erkennen können, jeder Bauer, jeder Tagelöhner wird – wenn er nur lesen kann – alles wissen dürfen, und du? Wo bleibst denn du mit deiner Lüge, deiner Ketzerei? Das schmerzt, das kratzt, jetzt begreif' ich's erst, Kanaille, dies ist der Punkt, an dem du Unfrieden stiften, Verwirrung schaffen willst, an dem du schaden, den Menschen das Gotteswort stehlen willst. Nur hast du bei mir kein Glück mit diesen Ängsten, das Volk wird seine Schrift bekommen und basta. Sie wird zum Eigentum aller werden, und wenn du vor Ärger platzt. Die Schrift kommt...

>Vater unser, der Du bist im Himmel,
geheiliget werde Dein Name...«

Und? Du suchst noch immer nicht das Weite? Auch beim Anblick des Kreuzes nicht? Apage! Das ist alles? Nun, den Magen hat's dir zumindest umgedreht, leugne nicht, du bist am Ende, hältst die Schnauze, dies Kreuz zerfrißt dir die Gedärme, nicht wahr? Von Doktor Luther darfst du kein Mitleid erwarten, er hat für Menschen keines übrig, wie sollte er da für dich welches aufbringen, alter Hexenopa. Du langweilst mich, hörst du? Du stehst und glotzt, als wolltest du meine Seele mit deinen Blicken durchbohren und Gott weiß was darin lesen. Was kann denn schon viel dabei herauskommen?! Gott – ja, der reicht bis auf den tiefsten Grund hinab! Gott sieht die geheimsten Gedanken so klar und deutlich wie eine Stadt im Mittagslicht, er erforscht die verborgensten und sündigsten Begierden, keine Schweinerei, kein schmutziges Gelüste entgeht seinem Blick. Und du? Du bringst es nicht einmal fertig, die Oberfläche der Seele flüchtig abzutasten, nur die allergröbsten Sünden fallen dir auf, und da bildest du dir ein, wunder wie schlau zu sein! So denkst du, und nicht anders, gib's endlich zu! Jaja, sieh's dir nur an, ich lasse auch Gott zusehn, soll er's ruhig wissen, bitteschön, es liegt ja alles obenauf. Die Sünden? Ah, ja, die Sünden. Aber was bin ich denn schon, ein Heiliger etwa? Kein Heiliger und kein Sünder, aber immerhin … Sünder und Sünder ist ein Unterschied, ich hab's dir schon einmal gesagt, Gott schaut auf ganz andere Vergehen, das aber, worauf es in der Seele ankommt, ist bei mir so rein wie ein frischgewaschenes Tischtuch.

Worauf bist du aus, was gibt's da zu sehen, warum wälzt du deine Glotzaugen heraus? Völlerei, sagst du, Sauferei? Nun denn! Wozu haben wir den Leib, was ist er denn anderes als ein Wischtuch voller Sünden? Ich sündige mit dem Leib, bin verfressen, zugegeben, na und? Der Geist ist willig, allein das Fleisch ist schwach! Geschlechtsgier? Aber doch nur in Gedanken, nur im Geiste, nicht in der Tat, gewiß, gewiß, auch das ist Sünde, wer aber das Weib ansehet usw. – Matthäus V, 28 –, also Sünde, aber was soll man tun, schon der Bauch weigert sich, dem Geist zu gehorchen, was soll man da erst von all dem anderen sagen, von dem, was unterhalb des Bauches sitzt?!

Hochmut? O nein! Genug, Schätzchen, hier übertreibst du, Hochmut wirst du bei mir nicht finden, weder du noch mein Herr, es gibt keinen Hochmut in mir, keine Spur davon, nicht für'n Sechser, nichts als reinste, allerreinste Demut. Was ich tu', tu' ich nicht aus mir heraus, sondern aus Gottes Allmacht. Was ich kann, kann ich durch Gott. Selbst bin ich nichts als Staub, in Gott aber bin ich alles, Gott diene ich, göttliche Wahrheit predige ich, nicht aus meiner eigenen Kraft, meiner eigenen Klugheit, sondern aus der Gottes. Demut! Wenn ihr nicht werdet wie die Kinder usw. – Markus X –, da hast du das königliche Geheimnis! Ich kenne die Wahrheit, doch es ist nicht die meine, sondern Gottes Wahrheit, nicht aus mir ist sie gekommen, nicht auf mich führe ich sie zurück, die Kraft Gottes ist meine Weisheit, aus ihr kommt meine Kenntnis, ihr entspringt meine Klugheit, wo bleibt da der Hochmut? Kein Gramm davon wirst du in mir finden, nicht mal ein Stäubchen.

Faulheit? Davon redest du wohl erst gar nicht, wie? Sogar du, schamloser Lügner, der du bist, schämst dich, im Zusammenhang mit meiner Person von Faulheit zu reden. Doch schade um die Worte. Neid? Wohl restlos meschugge, alter Gauner, was? Auf wen sollte ich wohl neidisch sein, und weswegen? Ich habe alles, was mein Herz begehrt, habe Gott, was brauche ich mehr? Sollte ich etwa auf dich neidisch sein? Deiner Zaubertricks, deiner magischen Kraft wegen und weil du die Macht hast zu erschrecken, zu verführen, zu versuchen? Das hieße, die Hölle zu beneiden, während man selbst im

Himmel sitzt. Wie dumm du bist, Schluß mit dem ganzen Gerede, es ist umsonst, genug!

Der Kopf tut mir weh von deinem Geschwätz und all dem Unsinn. Jetzt geh' ich wohl schlafen, hab' heute genug gearbeitet, den ganzen lieben Tag am Tisch versessen, und warum dies alles? Natürlich, alles nur deinetwegen, um dir zuzusetzen, jawohl, um dir auch noch jenen letzten Zipfel zu entreißen, an welchem deine Klauen die Menschheit gepackt halten. Alles zielt auf dich ab, winde dich nur, spei, wirf mit Bosheiten um dich, du Untier, Gott wird dir trotzdem mit eigener Hand den Boden abgraben, Zoll um Zoll, und es ist gut so. Nicht hier auf Erden, nein. Hier unten sollst du regieren, die Welt sei dein Eigentum, hier magst du dich in Hermelin hüllen und dir eine Krone aufsetzen, kannst auf allen Thronen sitzen, selbst auf dem päpstlichen. Vor dem Tor zum Königreich Gottes aber wirst du wie ein Hund winseln, den man bei Frost ausgesperrt hat, und man wird dir nicht öffnen. Du sagst, du willst nicht? Dann doch nur, weil du nicht kannst. Und warum kannst du nicht? Natürlich nur, weil du nicht willst. Du willst nicht, weil du's nicht kannst, du kannst nicht, weil du's nicht willst. Ich hätte das gesagt, wirklich? Jawohl, es ist die Wahrheit. Wenn du nur einmal wolltest, schon wärst du drinnen, aber du kannst nicht wollen, du bist gezwungen, dich nach dem Sumpf zu sehnen, um dich darin suhlen zu können, quälen mußt du dich, vor lauter Wut mit den Zähnen knirschen – und dabei ist dir sogar der Wunsch verwehrt, von all der Qual und dem Zähneknirschen freizukommen, denn wünschtest du es dir, so würde dies bedeuten, daß noch ein Funken Gutes in dir verblieben ist, daß du noch auf Erlösung hoffen darfst, aber Pustekuchen! Und so lebst du in Qual und verlangst zugleich nach ihr, sie aber bleibt ewig die gleiche, und du weißt, daß du einem nie enden wollenden Martyrium entgegengehst und es dennoch – wider die Natur sozusagen – noch vergrößern möchtest. Ein Wunder sondergleichen, und doch ist Gott zu ganz anderen Dingen imstande.

Warum rollst du die Augen? Weil ich dich an dein Schicksal erinnert habe? Oho, du hast es im Kopf, dein elendes Los, nicht einen Augenblick lang lassen sie es dich vergessen, dies ist der Grund, weshalb du dich windest und zweiteilst und dreiteilst und die Seelen auf dich ziehst, nur damit noch mehr Qual die Welt erfüllt, damit du nicht allein bleibst in deinem Elend, deinem Grauen, deinem pechschwarzen Sarg, in dem du für alle Ewigkeit verfaulen wirst. Schlimm für dich, aber gerecht.

»Unser täglich Brot...«

Immerhin, einen Vorteil hast du – du kennst die Furcht nicht, du lebst im Tode, kennst keine Hoffnung, somit auch keine Angst. Wer Hoffnung hegt, muß in Angst leben, du aber, rettungslos verdammt, fürchtest dich vor gar nichts mehr.

Damit willst du mich verblüffen? Daß dir die Furcht etwas Unbekanntes ist? Daß du in völliger Gewißheit lebst? Und ich? Lebe denn nicht auch ich in der Gewißheit, und ist dir das nicht schon seit langem bekannt? Ich habe mich ein für allemal meines Willens begeben, habe mich selbst für ewige Zeiten an Gott verpachtet, ich kenne keine Furcht, weil meine Gerechtigkeit nicht mein, sondern Gottes Eigentum ist, alles vermag ich, nichts gibt es, was mich schreckt, ich lebe nicht in mir, denn in mir selbst leben – das hieße, sich deinem Zepter zu unterwerfen, ein Leben in Gott aber bedeutet, daß man sich selbst aufgegeben hat. Ich sagte – nun bin ich dein, Herrgott –, sagte – nun gehöre ich dir, samt allem, was du begehrst, nun tu', und es wird klug und weise sein, was immer du tun wirst. Mehr braucht's nicht, nicht die Spur, der Rest ist dein, Versucher, nimm dir, was du willst, Tugenden wie Sünden, Klugheit wie Dummheit, Gerechtigkeit wie Ungerechtigkeit, ich gebe dir alles.

Sieh dir doch einmal an, womit du regierst! Alles kannst du haben, was immer du begehrst, bis auf das eine. Du willst die ganze Welt besitzen, Reichtum, Macht, Städte, Länder, Könige? Sie sind dein, im gleichen Augenblick. Du willst die Sünde regieren? Da hast du sie. Die Tugend? Auch sie ist dein, dein die Tugenden, die Gelehrsamkeit, Gerechtigkeit, dein die Reinheit und das Almosen – alles dein. Was denn noch? Nach dem einen, einzigen verlangst du? Das bekommst du nie. Schon die allerletzte, allerwinzigste Seele verwandelt deinen Palast in einen wüsten Trümmerhaufen, sobald sie gläubig vor Gott zu weinen anhebt, schon sind sie dahin, Städte und Reichtum, umsonst die guten und die bösen Taten, umsonst Babylon und Rom. Für diese eine Seele, die da um ihres Glaubens willen vor dem Angesichte Gottes wie Wachs zerfließt, wärst du bereit, die ganze Welt hinzugeben, die Sonne und die Sterne. Doch gerade sie hast du nicht, sie bekommst du nicht.

Wozu sag' ich dir das alles, wenn du's ohnehin weißt? Doch wohl nur, um die Zeit totzuschlagen, die mir wahrlich zu schade ist für unnützes Gerede.

Dies eine, einzige Mal kann ich – wenn du's durchaus wünschst – einen Pakt mit dir schließen. Einen Pakt, für einen Tag, für eine Stunde – willst du? Ich würde die Arbeit an der Schrift für einen Tag zurücklegen, schon ein Vorteil für dich, denn wenn sie auch nur um einen Tag später gedruckt erscheint, so wird sich ganz ohne Zweifel zumindest eine Seele nicht retten können – dein Sieg also.

Nun gut, es sei dein Lohn. Dafür verlange ich von dir nur eines: Zeige mir für eine Stunde deine Wohnung, aber mit allem Drum und Dran! Den Papst will ich sehen, wie er bis an den Hals in siedendem Schwefel steckt, die römischen Prälaten, über dem Rost aufgespießt wie Wild, all jene betrügerischen Poeten, in alle Ewigkeit ins kalte Eis eingefroren. All das möcht' ich sehen, meine Augen daran laben. Zeigst du's mir? Für dich ist es nichts, es kostet dich keinen Pfennig, und der Gewinn ist sicher, ein, zwei Seelen gehen bei der Verspätung der Heiligen Schrift sicherlich zugrunde. Kein großer Verlust für mich, bei all den Seelen, die ich augenblicklich dem Herrgott gewinne – für dich aber ist's viel. Nun? Steht der Handel?

Nein? Du sagst kein Wort, du Fetzen, du schweigst und basta! Na gut, wenn nicht – dann nicht, bitteschön sagen kommt nicht in Frage. Nun aber sieh zu, daß du fortkommst, aber'n bißchen flott, wenn ich bitten darf; ich rede hier umsonst, und die Zeit verfliegt…

Tja, diesmal hast du gewonnen. Für einen Augenblick, einen sekundenschnellen blitzhaften Augenblick, hast du gewonnen. Aus eigener Kraft hatte ich dich vertreiben wollen, der Wille des Menschen sollte den Versucher verjagen, schon kam es mir so vor, schon glaubte ich daran, daß menschliche Kräfte ausreichen würden, wider den Satan zu fechten. Doch nun hat mir der Herr meine Ohnmacht gezeigt, maledictus qui confidit in homine, gedemütigt hat mich der Herr, gratias aeternas, meine Schuld. Bleib hier sitzen, Dämon, zu meiner Bestrafung.

Jaaa,... wahrlich, sie steckt in uns, die Wurzel der Hölle, et est radix inferni in nobis. Wahrhaftig, du hast gar leichte Arbeit, du Mißgeburt, gar leichtes Spiel, du brauchst die leere Straße nur anzustrahlen und mit dem Zeigefinger zu winken. Schon hebt das Menschlein einen Fuß, tut einen Schritt, nur ein winziges Schrittchen aus eigenem Willen, und ist schon mitten auf Satans Wegen, rollt höllenwärts wie ein Ball, klopft, keines Gedankens fähig, an Luzifers Tor, wo es um Einlaß bittet.

Leicht geht dir der Seelenfang von der Hand, er ist kaum eine Mühe für dich. So hat der Herr nun einmal die Welt erschaffen. Und warum? Hoppla – welch' dumme Frage, sie allein schon gibt menschlicher Neugier freien Lauf, sie allein erhitzt den verdorbenen Geist, bittet den Teufel um Hilfe. Gott hat es weise gefügt – basta, laßt uns nicht lange fragen. Die Schrift spricht. Cuncta valde bona, valde bona.

Wie auch wir vergeben ... Peccavi ... So steht's da, ich kann's nicht ändern, muß deine Anwesenheit ertragen, bis daß es dem Herrn gefällt, dich von diesem Ort zu verjagen.

Herrgott, hab Mitleid! Dein Wille geschehe, nicht der meinige. Nimm fort von hier die unflätige Bestie, den schwarzen Geier, verjage den Aasfresser, doch bei alledem geschehe nicht mein Wille, sondern Deiner. Moder und Furcht, Moder und Furcht! Meine Hand ist so kraftlos wie ein dürrer Ast, doch wenn Du sie anhebst, so wird sie stark sein wie Davids Schleuder. Du wirst sie heben, Herr, ich fühle, daß Du es willst, mit meiner schwachen Hand wirst Du den mächtigsten Herrscher der Welt in die Flucht schlagen, siehe, schon ballt sich die Faust, da ist das wohlgefüllte Tintenfaß, jawohl, so soll es sein, soll der schwarze Saft die kluge Fratze des Versuchers bespritzen, soll er ihm Deinen Haß zeigen. Mit meiner Hand, mit meiner Hand…

Da, dreckiges Schwein, nun flüchte!

He, Diener, her zu mir, ist einer da vom Gesinde? Diener zu mir! Der Spiegel ist hin, ist zerschmettert!

Edgar Allan Poe
Der Teufel im Glockenturm

Was schlägt die Uhr?
Altes Sprichwort

Jedermann weiß so ungefähr, daß das holländische Dörfchen Vondervotteimittiss der schönste Fleck auf Erden ist – oder, leider: war. Doch da es abseits liegt von allen größeren Landstraßen, am Ende der Welt gewissermaßen, gibt es unter meinen Lesern vielleicht nur sehr wenige, die ihm je einen Besuch abgestattet haben. Zu Nutz und Frommen derer, die noch *nicht* dort gewesen sind, wird es sich deshalb nur empfehlen, es hier des näheren zu beschreiben. Ja, dies ist um so notwendiger, als ich, in der Hoffnung, die öffentliche Anteilnahme für seine Bewohner zu erwecken, hier die unseligen Ereignisse zu schildern gedenke, die sich erst vor kurzem innerhalb seiner Grenzen zugetragen haben. Keiner, der mich kennt, wird daran zweifeln, daß ich dieser selbst auferlegten Pflicht nach besten Kräften nachkommen werde, mit aller strengen Unparteilichkeit, aller Umsicht beim Untersuchen der Tatsachen und aller Sorgfalt beim Vergleichen der Zeugnisse, die einen jeden auszeichnen sollten, der den Anspruch erhebt, sich Historiker zu nennen.

Gestützt auf den vercinten Beistand von Gedenkmünzen, Urkunden und Eintragungen, vermag ich mit absoluter Sicherheit zu sagen, daß sich der Flecken Vondervotteimittiss von seiner Gründung an in genau demselben

Zustand erhalten hat, den er noch heute bewahrt. Über die Zeit seiner Entstehung kann ich jedoch zu meinem Bedauern nur mit jener Art von unbestimmter Bestimmtheit sprechen, mit der Mathematiker sich mitunter bei gewissen algebraischen Formeln begnügen müssen. Der Zeitraum seit seiner Entstehung, das darf ich denn im Hinblick auf sein ehrwürdig hohes Alter mit Fug und Recht behaupten, kann nicht kürzer sein als jede nur erdenkliche bestimmbare Zeitspanne. Was nun die Herkunft des Namens Vondervotteimittiss betrifft, so muß ich mit Betrübnis gestehen, daß ich auch hier in Verlegenheit bin. Aus einer Fülle von Meinungen zu diesem heiklen Thema – scharfsinnig manche, andere gelehrt, wieder andere das genaue Gegenteil – vermag ich rein gar nichts auszuwählen, was als befriedigend gelten dürfte. Vielleicht sollte man der Ansicht von Grogswigg – die sich nahezu deckt mit der von Kroutaplentty – mit allem Vorbehalt den Vorzug geben. Sie lautet so: ›Vondervotteimittiss – Vonder, lege Donder – Votteimittiss, quasi und Bleitziz – Bleitziz obsol.: pro Blitzen.‹ Diese Ableitung wird in der Tat noch gestützt durch einige augenfällige Spuren eines Blitzschlags an der Turmspitze des Rathauses. Ich möchte mich indessen bei einem derart bedeutsamen Gegenstand nicht festlegen und muß den wissensdurstigen Leser auf die ›Oratiunculae de Rebus Praeter-Veteris‹ von Dundergutz verweisen. Siehe auch: Blunderbuzzard, ›De Derivationibus‹, pp. 27 bis 5010, Folio, Frakturausgabe, rot-schwarze Schrift, Kustos, keine Initialen; – worin auch zu beachten die Marginalien in der Handschrift von Stuffundpuff mit den Subkommentaren von Gruntundguzzell.

Ungeachtet des Dunkels, das also die Gründungszeit von Vondervotteimittiss und die Herkunft seines Namens einhüllt, kann, wie ich schon sagte, kein Zweifel darüber bestehen, daß es von Anbeginn in ebender Form dagewesen ist, wie wir es heutigentags finden. Der älteste Mann im Dorf erinnert sich nicht der leisesten Veränderung im Aussehen irgendeines beliebigen Teilstücks; ja allein schon die Erwägung einer solchen Möglichkeit gilt als schwere Beleidigung. Das Dorf liegt in einem völlig kreisrunden Tal von etwa einer Viertelmeile Umfang, das rings umschlossen ist von sanften Hügeln, deren Höhen die Bewohner noch nie zu übersteigen gewagt haben. Dafür geben sie den überaus triftigen Grund an, sie glaubten nicht, daß auf der anderen Seite überhaupt irgend etwas zu finden sei.

Rings am Saum des Tales (das völlig eben und ganz und gar mit flachen Steinplatten gepflastert ist) stehen in geschlossenem Rund sechzig kleine Häuser. Die Rückseite den Hügeln zugekehrt, müssen sie natürlich zum Mittelpunkt der Talfläche schauen, der genau sechzig Yards vom Eingang einer jeden Behausung entfernt ist. Vor jedem Haus befindet sich ein kleiner Garten mit einem kreisrunden Weg, einer Sonnenuhr und vierundzwanzig Kohlköpfen. Die Gebäude selbst ähneln einander aufs Haar, so daß man sie auf keine Weise unterscheiden kann. Wegen des ungeheuren Alters ist der Baustil etwas sonderbar, aber deshalb keineswegs weniger malerisch. Sie sind aus hartgebrannten kleinen Backsteinen errichtet, rot mit schwarzen Stirnseiten, so daß die Wände wie übermäßig große Schachbretter aussehen. Die Giebel blicken alle nach vorn, und Gesimse, so groß wie das ganze übrige Haus, befinden sich über den Dachtraufen und über den Haustüren. Die Fenster sind alle schmal und tief, mit winzigen Scheiben und viel Rahmenwerk. Auf dem Dach befindet sich eine Unmenge von Ziegeln mit langen gewellten Eckkröpfen. Das Holzwerk ist überall von dunkler Tönung und mit vielen Schnitzereien verziert, deren Muster allerdings kaum die geringste Abwechslung bieten; denn seit undenklichen Zeiten haben die Schnitzer von Vondervotteimittiss nie etwas anderes zuwege gebracht als zwei Gegenstände – einen Zeitmesser und einen Kohlkopf. Aber diese verfertigen sie aufs beste und fügen sie mit ungewöhnlicher Geschicklichkeit ein, wo immer sie Platz finden für den Grabstichel.

Die Behausungen gleichen sich innen ebenso wie außen, und die Einrichtung folgt überall demselben Plan. Die Fußböden sind aus quadratischen Ziegelsteinen, die Tische und Stühle aus schwärzlichem Holz, mit dünnen geschwungenen Beinen und Hundefüßchen. Die Kamineinfassungen sind breit und hoch, geschmückt nicht nur mit gemeißelten Uhren und Kohlköpfen über der Frontseite, sondern auch mit einem echten Zeitmesser oben in der Mitte, der ein gewaltiges Ticken vollführt, und zwei Blumentöpfen mit einem Kohlkopf darin, die gleichsam als Vorreiter an den beiden Enden stehen. Zwischen den beiden Kohlköpfen und dem Zeitmesser wiederum steht jeweils ein kleiner Chinese mit einem ausladenden Bauch und einem großen runden Loch darin, durch das man das Zifferblatt einer Uhr sieht.

Die Kamine sind geräumig und tief, mit grimmigen, krumm anmutenden Feuerböcken. Da brennt unablässig ein loderndes Feuer, und darüber hängt ein riesiger Topf mit Sauerkraut und Schweinefleisch, den die ehrbare Hausfrau unermüdlich wartet. Sie ist eine kleine rundliche alte Dame, mit blauen Augen und rotem Gesicht, und trägt eine riesige Haube gleich einem Zuckerhut, geschmückt mit purpurroten und gelben Bändern. Ihr Kleid ist aus orangefarbenem groben Halbwollstoff, hinten sehr weit geschnitten und sehr kurz in der Taille – sehr kurz erst recht in anderer Hinsicht, reicht es doch kaum bis unter die Mitte der Waden. Diese sind ziemlich dick, desgleichen die Fesseln, aber sie trägt ein Paar schöne grüne Strümpfe, sie zu bedecken. Ihre Schuhe – aus rosarotem Leder – sind beide mit einem ganzen Bausch gelber Bänder geschnürt, die kunstvoll zur Form eines Kohlkopfs geschlungen sind. In der linken Hand hält sie eine ungefüge kleine holländische Uhr; in der rechten schwingt sie den Schöpflöffel für das Sauerkraut und Schweinefleisch. Neben ihr steht eine fette getigerte Katze mit einer goldfarbenen Spielzeugrepetieruhr am Schwanz, welche ›die Jungs‹ spaßeshalber dort befestigt haben.

Die Jungs selbst sind alle drei im Garten und hüten das Schwein. Sie sind jeder zwei Fuß hoch. Sie tragen Dreispitze, purpurrote, bis zu den Oberschenkeln reichende Wämser, wildlederne Kniehosen, rotwollene Strümpfe, klobige Schuhe mit mächtigen Silberschnallen und lange Überzieher mit großen Perlmuttknöpfen. Außerdem hat jeder eine Tabakspfeife im Mund und eine kleine rundliche Uhr in der rechten Hand. Er pafft und schaut auf die Uhr; dann wieder schaut er auf die Uhr und pafft. Das Schwein – das dick ist und träge – ist damit beschäftigt, bald die verstreuten Blätter aufzulesen, die von den Kohlköpfen abfallen, bald nach der goldglänzenden Repetieruhr auszuschlagen, welche die Knirpse auch an *seinem* Schwanz befestigt haben, damit es ebenso schmuck aussehe wie die Katze.

Dicht neben der Haustür, in einem hochlehnigen, lederbezogenen Armstuhl mit geschwungenen Beinen und Hundefüßchen wie bei den Tischen, sitzt der Herr des Hauses in Person. Er ist ein überaus wohlbeleibter kleiner alter Herr mit großen kreisrunden Augen und einem mächtigen Doppelkinn. Seine Kleidung gleicht der der Knaben, und ich brauche nichts weiter darüber zu sagen. Der einzige Unterschied ist, daß seine Pfeife etwas größer ist als die ihren und daß er mehr Qualm hervorbringen kann. Wie die Knaben hat er eine Uhr, aber er trägt sie in der Tasche. In Wahrheit erheischt etwas viel Gewichtigeres als eine Taschenuhr seine Aufmerksamkeit – und was das ist, werde ich sogleich erklären. Er sitzt da, das rechte Bein übers linke Knie geschlagen, macht eine ernste Miene und richtet zumindest eines seiner Augen unverwandt auf einen bestimmten bemerkenswerten Gegenstand in der Mitte der Talsohle.

Dieser Gegenstand befindet sich im Glockenturm des Rathauses. Der Gemeinderat besteht aus lauter sehr kleinen, rundlichen, fetten, klugen Männern mit großen Glotzaugen und dickem Doppelkinn; auch sind ihre Mäntel viel länger, ihre Schuhschnallen viel größer als bei den gewöhnlichen Einwohnern von Vondervotteimittiss. In der Zeit meines Aufenthalts im Dorf haben sie mehrere Sondersitzungen abgehalten und die folgenden drei wichtigen Beschlüsse gefaßt:

›Daß es falsch ist, den guten althergebrachten Lauf der Dinge zu verändern‹;

›Daß es nichts auch nur leidlich Gutes außerhalb von Vondervotteimittiss gibt‹; und

›Daß wir an unseren Uhren und Kohlköpfen festhalten wollen‹.

Über dem Sitzungszimmer des Rates erhebt sich der Turm, und im Turm ist das Glockengehäuse; dortselbst befindet sich seit undenklichen Zeiten der Stolz und das Wunder des Dorfes – die große Uhr der Gemeinde Vondervotteimittis. Und ebendiese ist der Gegenstand, auf den die Augen der alten Herren, die da in den lederbezogenen Armstühlen sitzen, gerichtet sind.

Die große Uhr hat sieben Zifferblätter – in jeder der sieben Seiten des Turmes eines –, so daß die Uhr mühelos von allen Behausungen aus zu sehen ist. Die Zifferblätter sind groß und weiß und die Zeiger wuchtig und schwarz. Es gibt einen Türmer, dessen einziges Amt es ist, die Uhr zu warten; aber dieses Amt ist die trefflichste aller Sinekuren – denn nie seit Menschengedenken hat der Uhr von Vondervotteimittis das geringste gefehlt. Bis vor kurzem hielt man die pure Mutmaßung einer etwaigen Störung für Ketzerei. Seit der fernsten urkundlich belegten Vergangenheit sind die Stunden regelmäßig von der großen Glocke gekündet worden. Und das gleiche galt von allen anderen Standuhren und Taschenuhren im Dorf. Nie gab es einen besseren Ort, die rechte Zeit einzuhalten. Wenn der große Klöppel es für angemessen hielt, ›zwölf Uhr!‹ zu sagen, so erhoben all seine gehorsamen Jünger gleichzeitig ihre Stimmen und antworteten wie ein getreues Echo. Kurzum, die guten Bürger liebten ihr Sauerkraut, doch wahrhaft stolz waren sie auf ihre Uhren.

Alle Leute, die Sinekuren bekleiden, genießen mehr oder weniger hohe Achtung, und da der Türmer von Vondervotteimittiss die vollkommenste aller Sinekuren innehat, ist er der angesehenste Mann von der Welt. Er ist der Hauptwürdenträger des Dorfes, und selbst die Schweine blicken mit einem Gefühl von Verehrung zu ihm auf. Sein Rockschoß ist *sehr* viel länger, seine Pfeife, seine Schuhschnallen, seine Augen und sein Bauch sind *sehr* viel größer als die irgendeines anderen alten Herrn im Dorf; und was sein Kinn anlangt, so ist es nicht nur ein Doppel-, sondern ein Dreifachkinn.

Somit habe ich denn den glücklichen Zustand von Vondervotteimittiss beschrieben: welch Jammer, daß ein so schönes Bild sich je verkehren mußte ins Gegenteil!

Seit langem ging unter den weisesten Bewohnern die Rede, daß ›nichts Gutes von jenseits der Hügel kommen kann‹; und wirklich schien diesen Worten ein gewisser prophetischer Geist innezuwohnen. Es fehlten noch fünf Minuten an Mittag, am vorgestrigen Tage, als auf dem östlich gelegenen Hügelkamm ein sehr eigenartig aussehendes Etwas in Erscheinung trat. Solch ein Vorkommnis zog natürlich die allgemeine Aufmerksamkeit auf sich, und jeder kleine alte Herr, der da in seinem lederbezogenen Armstuhl saß, richtete das eine seiner Augen in entsetztem Starren auf die Erscheinung, während das andere nach wie vor auf die Turmuhr geheftet blieb.

Um die Zeit, da nur noch drei Minuten an Mittag fehlten, erkannte man in dem fraglichen drolligen Etwas einen winzig kleinen, fremdartig anmutenden jungen

Mann. Er stieg mit großer Geschwindigkeit den Hügel hinunter, so daß jedermann ihn alsbald deutlich sehen konnte. Er war wirklich das extravaganteste Wesen, das man in Vondervotteimittiss je zu Gesicht bekommen hatte. Sein Gesicht war dunkel tabakfarben, und er hatte eine lange Hakennase, erbsengroße Augen, einen breiten Mund und zwei treffliche Reihen Zähne, welch letztere er anscheinend mit Fleiß zur Schau stellte, indem er von einem Ohr zum anderen grinste. Schnurrbart und Bakkenbart sorgten dafür, daß von dem übrigen Gesicht rein gar nichts zu sehen war. Sein Kopf war unbedeckt und sein Haar gefällig auf Papilloten frisiert. Seine Kleidung bestand aus einem enganliegenden schwarzen Rock mit Schwalbenschwänzen (aus dessen einer Tasche ein weißes Schnupftuch weit heraushing), schwarzen Kaschmirkniehosen, schwarzen Strümpfen und plump wirkenden Pumps mit riesigen Bauschen aus schwarzem Atlasband als Schleifen. Unter dem einen Arm trug er einen riesigen *chapeau-de-bras* und unter dem anderen eine Fiedel, fast fünfmal so groß wie er selbst. In der linken Hand hielt er eine goldene Schnupftabaksdose, aus der er sich, indem er mit den wunderlichsten Luftsprüngen den Hügel hinunterhüpfte, unaufhörlich mit der Miene unüberbietbarer Selbstzufriedenheit bediente. Gerechter Himmel! – das war ein Anblick für die biederen Bürger von Vondervotteimittiss!

Um es rundheraus zu sagen, der Bursche hatte trotz seines Grinsens ein ziemlich unverschämtes und finsteres Gesicht; und als er geradewegs ins Dorf hineinkurbettierte, erregte das seltsam plumpe Aussehen seiner Pumps nicht geringen Argwohn; und mancher Bürger, der ihn an jenem Tag sah, hätte etwas darum gegeben, unter das weiße Batisttaschentuch zu lugen, das so aufreizend aus der Tasche des Schwalbenschwanzes heraushing. Was aber eine rechtschaffene Entrüstung vor allem herausforderte, war der Umstand, daß der niederträchtige Geck, während er hier einen *fandango* tanzte und sich dort wie ein Kreisel drehte, bei seinen Schritten nicht die blasseste Ahnung von so etwas wie *Zeitmaß* und *Takthalten* zu haben schien.

Die guten Dorfbewohner hatten indes kaum Gelegenheit, die Augen richtig aufzusperren, als der Schurke auch schon, just als noch eine halbe Minute an Mittag fehlte, mitten unter sie sprang, hier einen *chassé* und dort einen *balancé* zum besten gab und sich dann, nach einer *pirouette* und einem *pas de zéphyr*, mit einem Luftsprung hinaufschwang in den Glockenturm des Rathauses, wo der verdutzte Türmer saß und rauchte, ein Bild der Würde und Bestürzung. Doch der kleine Lümmel ergriff ihn sogleich bei der Nase, drehte und zog daran; stülpte ihm den großen *chapeau-de-bras* über den Kopf, stieß ihm den Hut bis über Augen und Mund, erhob dann seine große Fiedel und schlug damit so lange und kräftig auf sein Opfer ein, daß man, fett wie der Türmer und hohl wie die Fiedel war, hätte schwören mögen, ein ganzes Regiment von Kontrabaßtrommlern schlage im Glockenstuhl des Turmes von Vondervotteimittiss den Teufelsmarsch.

Keiner weiß, zu welch verzweifeltem Racheakt dieser gewissenlose Überfall die Einwohner womöglich hingerissen hätte, wäre nicht der gewichtige Umstand gewesen, daß nunmehr bloß noch eine halbe Sekunde an

Mittag fehlte. Die Glocke schickte sich an zu schlagen, und es war eine Sache absoluter und vordringlicher Notwendigkeit, daß jedermann unbeirrt auf seine Uhr schaute. Doch war nicht zu bezweifeln, daß just in diesem Augenblick der Kerl im Turm mit der Uhr irgend etwas anstellte, wozu er keinerlei Recht hatte. Aber als sie nun zu schlagen anhob, hatte niemand Zeit, auf seine Machenschaften achtzugeben, denn alle mußten sie die Schläge der Glocke zählen, die nun erschollen.

»Eins!« sagte die Turmuhr.

»Eens!« echote jeder kleine alte Herr in jedem lederbezogenen Armstuhl in Vondervotteimittiss. »Eens!« sagte auch seine Taschenuhr; »eens!« sagte die Uhr seiner Frau, und »eens!« sagten die Uhren der Knaben und die kleinen goldglänzenden Repetieruhren an den Schwänzen von Katze und Schwein.

»Zwei!« fuhr die große Glocke fort; und

»Twee!« echoten alle Echos.

»Drei! Vier! Fünf! Sechs! Sieben! Acht! Neun! Zehn!« sagte die Glocke.

»Dree! Vier! Fif! Seß! Seeven! Acht! Negen! Tien!« antworteten die andern.

»Elf!« sagte die große.

»Elfen!« pflichteten die kleinen Gesellen bei.

»Zwölf!« sagte die Glocke.

»Twölf!« erwiderten sie tief befriedigt und senkten ihre Stimmen.

»Twölfe is et!« sagten all die kleinen Herren, indem sie ihre Uhren einsteckten. Aber die große Glocke hatte noch nicht ausgeredet.

»*Dreizehn!*« sagte sie.

»Der Teufel!« keuchten die kleinen alten Herren erbleichend, ließen ihre Pfeifen sinken und nahmen alle das rechte Bein vom linken Knie.

»Der Teufel!« ächzten sie, »Dörteen! Dörteen!! – Mein Gott, es ist dörteen Uhr!!«

Warum versuchen, das schreckliche Schauspiel zu beschreiben, das nun folgte? Ganz Vondervotteimittiss wurde unversehens in einen Strudel heillosen Durcheinanders gerissen.

»Wat is bloß in mein' Bauch gefahren?« brüllten alle Jungen – »sonst bin ich längst hungrig um die Zeit!«

»Wat is bloß in mein Kraut gefahren?« kreischten alle Frauen, »sonst is es schier zerkocht um die Zeit!«

»Wat is bloß in meine Pipe gefahren?« fluchten alle kleinen alten Herren, »Donner und Blitz! sonst ist sie längst ausgeraucht um die Zeit!« – und sie stopften sie voller Empörung aufs neue und pafften, in ihre Armstühle zurückgelehnt, so rasch und grimmig drauflos, daß das ganze Tal im Nu mit undurchdringlichem Qualm erfüllt war.

Unterdessen wurden alle Kohlköpfe puterrot im Gesicht, und es schien, als hätte der Teufel selbst von allem Besitz ergriffen, was Uhrengestalt hatte. Die geschnitzten Uhren an den Möbeln fingen an zu tanzen wie behext, während die auf den Kaminsimsen sich vor Raserei kaum zu halten wußten und so unermüdlich dreizehn schlugen und so toll mit ihren Pendeln wippten und wedelten, daß es wirklich gräßlich anzusehen war. Das Schlimmste aber war: Weder die Katzen noch die Schweine konnten das Benehmen der kleinen Repetieruhren an ihren Schwänzen länger ertragen und rebellierten dagegen, indem sie kratzend und stoßend und quiekend und kreischend und mauzend und schreiend im ganzen Ort umherjagten, den Leuten ins Gesicht sprangen und unter die Röcke fuhren und alle zumal den heillosesten Lärm und Wirrwarr stifteten, den ein vernünftiger Mensch sich nur vorstellen kann. Und offensichtlich setzte der elende kleine Bösewicht im Turm alles daran, das Unheil noch zu verschlimmern. Von Zeit zu Zeit konnte man durch den Qualm einen flüchtigen Blick auf den Schurken werfen. Da saß er im Glockenturm auf dem Türmer, der flach auf dem Rücken lag. Zwischen den Zähnen hielt der Schuft den Glockenstrang, den er mit seinem Kopf ständig auf- und niederrucken ließ, und vollführte auf diese Weise einen solchen Höllenspektakel, daß mir die Ohren aufs neue dröhnen, sobald ich nur daran denke. Auf dem Schoß hielt er die große Fiedel, auf der er mit beiden Händen, ohne sich im geringsten um Takt oder Ton zu kümmern, herumkratzte, und tat sich wunder was zugute – der Einfaltspinsel! – auf seine Darbietung von ›Judy O'Flannagan‹ und ›Paddy O'Raferty‹.

Bei diesem unglückseligen Stand der Dinge verließ ich den Ort mit Grausen, und nun flehe ich alle Freunde genauer Zeit und leckeren Krautes um Beistand an. Laßt uns geschlossen zu dem Dorfe ziehen und die althergebrachte Ordnung der Dinge in Vondervotteimittiss wiederherstellen, indem wir jenen kleinen Gauner aus dem Glockenturm vertreiben.

Nikolaj Leskow
Die Teufelsaustreibung

I

Diese Zeremonie kann man nur in Moskau beobachten, und auch dort nur, wenn man besonderes Glück und hohe Gönner hat.

Dank dem glücklichen Zusammentreffen verschiedener Umstände habe ich eine Teufelsaustreibung von Anfang bis Ende miterlebt und will diesen Vorgang für die wahren Kenner und Liebhaber alles Ernsten und Erhabenen unserer nationalen Art beschreiben.

Ich gehöre einerseits dem Adel an, stehe aber andererseits auch dem »Volke« nahe: Meine Mutter stammte aus dem Kaufmannsstand. Sie war in einem sehr reichen Haus aufgewachsen, ließ aber bei ihrer Verheiratung aus Liebe zu meinem Vater alles im Stich. Mein verstorbener Vater war ein Mann, wie ihn die Frauen lieben, und was er sich einmal vorgenommen, das erreichte er auch. So hatte er auch bei meiner Mutter Erfolg gehabt, doch zum Lohn für seine Tüchtigkeit gaben die Eltern meiner Mutter ihr keine Aussteuer mit außer der selbstverständlichen Mitgift an Garderobe, Betten und Gottes Barmherzigkeit, die sie zusammen mit der Verzeihung und dem auf ewig unverbrüchlichen elterlichen Segen empfing. Meine Eltern wohnten in Orjol. Sie lebten in ärmlichen Verhältnisssen, waren aber zu stolz, etwas von den reichen Eltern meiner Mutter zu erbitten und standen in keinerlei Verbindung mit ihnen. Doch als die Zeit kam, da ich auf die Universität gehen sollte, sagte mein Mütterchen zu mir: »Mach doch bitte einen Besuch bei Onkel Ilja Fedossejewitsch und grüße ihn von mir. Das ist keine Erniedrigung, denn seine alten Verwandten muß man ehren. Er ist mein Bruder und zudem ein frommer Mann und genießt in Moskau großes Ansehen. Bei allen Empfängen reicht er Brot und Salz, steht immer mit der Schüssel oder dem Heiligenbild vor allen anderen und wird beim Generalgouverneur und beim Metropoliten empfangen. Von ihm kannst du nur Gutes lernen.«

Wenn ich auch zu jener Zeit, nachdem ich den Katechismus von Philaret Drosdow bis zum Überdruß studiert, nicht an Gott glaubte, so hatte ich doch mein Mütterchen sehr lieb und dachte eines Tages bei mir: »Da bin ich nun schon fast ein Jahr in Moskau und habe der Mutter Wunsch noch immer nicht erfüllt. Ich will doch unverzüglich zu Onkel Ilja Fedossejewitsch gehen, ihm der Mutter Gruß überbringen und mal sehen, was er mich lehren kann.«

Ich war es von Kindheit an gewöhnt, mich älteren Leuten gegenüber ehrerbietig zu verhalten, besonders aber gegenüber solchen, die mit dem Metropoliten und dem Generalgouverneur bekannt waren.

Ich gab mir einen Ruck, bürstete mich ab und ging zu Onkel Ilja.

II

Es war gegen sechs Uhr abends. Das Wetter war warm, mild und etwas trübe, mit einem Wort, sehr angenehm. Das Haus des Onkels war eines der ersten Häuser in

Moskau und allen bekannt. Nur ich war noch nie darin gewesen und hatte den Onkel noch nie gesehen, nicht einmal aus der Ferne.

Indessen schritt ich mutig aus und überlegte: »Empfängt er mich, ist es gut, empfängt er mich nicht, so läßt er es bleiben.«

Ich betrat den Hof. Vor dem Portal stand eine Kutsche, vor die zwei Rappen gespannt waren, die mit ihren herabwallenden Mähnen und dem wie kostbarer Atlas glänzenden Fell zwei Löwen ähnelten.

Ich betrat die Vortreppe und sagte: »So und so, ich bin der Neffe, Student, und bitte mich Ilja Fedossejewitsch zu melden.« Aber die Diener antworteten: »Der Herr werden sogleich selbst herunterkommen, wollen spazierenfahren.« Da erschien auch schon eine sehr schlichte, echt russische Gestalt, die jedoch einer gewissen Würde nicht entbehrte. In den Augen lag eine Ähnlichkeit mit meinem Mütterchen, doch der Ausdruck war ein anderer. Er machte den Eindruck eines sogenannten soliden Mannes.

Ich stellte mich ihm vor. Er hörte mich schweigend an, gab mir ruhig die Hand und sagte: »Steig ein, wir wollen ein wenig ausfahren.«

Ich hätte es gern abgeschlagen, wurde aber aus irgendeinem Grund verlegen und stieg in den Wagen.

»In den Park!« befahl er.

Die Löwen zogen mit einem Ruck an und jagten dahin, daß der Rückteil des Wagens nur so sprang, und als wir die Stadt verlassen hatten, rasten sie noch schneller.

Wir saßen nebeneinander und sprachen kein Wort. Ich

sah nur, daß der Onkel sich den Zylinder tiefer in die Stirn drückte und daß seine Miene, wohl vor Langeweile, immer griesgrämiger wurde.

Er sah dahin und dorthin, und einmal warf er einen Blick auf mich und sagte ganz unvermittelt: »Das ist ja kein Leben mehr.«

Ich wußte nicht, was ich hätte antworten sollen, und schwieg. Wir fuhren immer weiter. Ich dachte: »Wohin wird er mich wohl bringen?«, und es kam mir allmählich vor, als sei ich in eine heikle Lage geraten.

Der Onkel schien jedoch plötzlich zu einem Entschluß gekommen zu sein und erteilte dem Kutscher eine Anweisung nach der anderen: »Rechts! Links! Beim ›Jar‹ halt!«

Als wir vor dem Restaurant hielten, stürzte eine Menge Diener heraus, und alle verbeugten sich vor dem Onkel fast bis zur Erde. Er aber rührte sich nicht aus dem Wagen, sondern befahl, den französischen Wirt zu rufen. Sie liefen davon. Der Franzose erschien und bezeigte dem Onkel ebenfalls große Ehrerbietung. Doch der Onkel rührte sich nicht. Er stieß den beinernen Stockknauf gegen die Zähne und sagte: »Wieviel fremde Gäste sind da?«

»Etwa dreißig Mann sind in den Gastzimmern«, antwortete der Franzose, »und drei Séparées sind besetzt.«

»Alle hinaus!«

»Sehr wohl!«

»Jetzt ist es sieben Uhr«, fuhr der Onkel nach einem Blick auf die Uhr fort, »um acht Uhr fahre ich vor. Wird alles fertig sein?«

»Nein«, antwortete der Wirt, »bis acht Uhr kaum. Viele haben bereits bestellt, aber um neun wird bestimmt im ganzen Lokal kein einziger Fremder mehr sein.«

»Gut.«

»Und was soll ich vorbereiten?«

»Natürlich Zigeuner.«

»Und außerdem?«

»Orchester.«

»Eins?«

»Nein, lieber zwei.«

»Soll ich nach Rjabyka schicken?«

»Versteht sich.«

»Französische Damen?«

»Nicht nötig.«

»Getränke?«

»Den ganzen Keller.«

»Speisen?«

»Die Karte!«

Man reichte ihm die Tageskarte.

Der Onkel blickte darauf und konnte anscheinend nichts entziffern, wollte aber vielleicht auch gar nicht wählen, sondern knallte mit dem Stock über das Papier und sagte: »Dies alles für hundert Personen.«

Und damit rollte er die Karte zusammen und steckte sie in seinen Mantel.

Der Franzose war einerseits erfreut, anderseits aber verlegen.

»Alles kann ich nicht für hundert Personen reichen«, sagte er. »Es sind sehr teure Sachen dabei, von denen ich nur fünf bis sechs Portionen im Hause habe.«

»Kann ich vielleicht zwischen meinen Gästen einen

Unterschied machen? Jeder soll bekommen, was er haben will. Verstehst du?«

»Jawohl.«

»Sonst, mein Lieber, wird auch Rjabyka nichts helfen. Vorwärts!«

Wir ließen den Restaurateur mit seinen Lakaien am Portal stehen und fuhren davon.

Jetzt war ich völlig überzeugt, daß ich hier nicht am rechten Platze war, und versuchte mich zu verabschieden, aber der Onkel hörte nicht. Er schien sehr besorgt. Wir fuhren immerzu und hielten nur bald den einen, bald den anderen der uns Begegnenden an.

»Um neun Uhr im ›Jar‹!« sagte der Onkel kurz zu jedem. Und die Leute, denen er dies zurief, waren durchweg ebensolch ehrwürdige alte Herren wie er, und alle nahmen die Hüte ab und antworteten dem Onkel ebenso kurz: »Bin dein Gast, bin dein Gast, Fedossejewitsch.«

Ich erinnere mich nicht, wie viele Leute wir auf diese Weise anhielten, denke aber, es waren etwa zwanzig Mann. Sobald es neun Uhr war, fuhren wir wieder beim ›Jar‹ vor. Die ganze Dienerschar stürzte uns entgegen und half dem Onkel aus dem Wagen, und auf der Vortreppe klopfte ihm der Franzose persönlich mit der Serviette den Staub von den Hosen.

»Leer?« fragte der Onkel.

»Ein General hat sich verspätet und hat sehr darum gebeten, daß er im Séparée fertig…«

»Sofort hinaus mit ihm!«

»Er wird sogleich fertig sein.«

»Ich will nicht, habe ihm genug Zeit gelassen, jetzt mag er auf der Wiese fertigessen.«

Ich weiß nicht, wie dies geendet hätte, jedoch in diesem Augenblick kam der General in Begleitung von zwei Damen heraus, setzte sich in seinen Wagen und fuhr davon. Am Portal aber fuhr einer nach dem anderen der vom Onkel im Park geladenen Gäste vor.

III

Das Restaurant war aufgeräumt, gesäubert und völlig leer. Nur ein riesengroßer Mensch saß in einem der Säle, kam dem Onkel schweigend entgegen, nahm ihm, ohne ein Wort zu sprechen, den Stock aus den Händen und versteckte ihn.

Der Onkel gab den Stock hin, ohne im geringsten zu widersprechen, und überreichte dem Riesen zugleich seine Brieftasche und seine Geldbörse.

Dieser leicht ergraute, massige Riese war der besagte Rjabyka, bezüglich dessen der Restaurateur in meiner Gegenwart den unverständlichen Befehl erhalten hatte. Er war ein Schullehrer, doch hier befand er sich offenbar in einer ganz besonderen Eigenschaft. Er schien ebenso unvermeidlich wie die Zigeuner, das Orchester und das ganze Gefolge, das sich im Augenblick vollzählig versammelt hatte. Ich verstand nur nicht, worin die Rolle des Lehrers bestand, aber dafür war es für meine Unerfahrenheit auch noch zu früh.

Das hellerleuchtete Restaurant war in vollem Betrieb: Die Musik dröhnte, die Zigeuner gingen umher und naschten am Büfett, und der Onkel besichtigte die Räume, den Garten, die Grotte und die Galerien. Er sah überall nach, ob niemand da war, der nicht dazugehörte.

Der Lehrer wich nicht von seiner Seite. Als sie jedoch in den größten Saal zurückkehrten, wo alle versammelt waren, konnte man zwischen ihnen einen großen Unterschied wahrnehmen. Der Rundgang hatte ganz verschieden auf sie gewirkt: Der Lehrer war genauso nüchtern, wie er hinausgegangen war, der Onkel aber war völlig betrunken.

Wie dies so schnell hatte geschehen können, weiß ich nicht. Jedenfalls war er in ausgezeichneter Stimmung. Er setzte sich auf den Präsidentenstuhl und übernahm das Regiment.

Die Türen wurden geschlossen, und man sagte sich: »Es gibt keinen Weg von der Welt zu uns noch von uns zu der Welt.« Uns trennte ein Abgrund, der Abgrund des getrunkenen Weins und der verzehrten Speisen, vor allem aber der Abgrund einer, ich will nicht sagen häßlichen, aber wilden, ungezügelten Ausgelassenheit, die mit Worten wiederzugeben ich nicht vermag. Das darf man von mir auch nicht verlangen, denn da ich mich hier festgehalten und von aller Welt abgeschnitten sah, verlor ich allen Mut und suchte mich selbst so schnell wie möglich zu betrinken. Ich werde also nicht schildern, wie diese Nacht verging, denn all dies zu beschreiben ist meiner Feder nicht gegeben, ich erinnere mich nur zweier besonders bemerkenswerter Episoden, der Schlacht und des Finales, aber darin war auch hauptsächlich das Grausige enthalten.

IV

Ein gewisser Iwan Stepanowitsch wurde gemeldet. Wie sich später herausstellte, war er ein angesehener Moskauer Fabrikant und Kaufmann. Diese Nachricht verursachte eine kleine Unterbrechung.

»Ich habe doch gesagt: Niemand darf herein!« erwiderte der Onkel.

»Der Herr lassen sehr darum bitten.«

»Er mag sich dorthin scheren, wo er hergekommen ist.«

Der Diener ging, kam aber nach einer Weile zurück und meldete zaghaft: »Iwan Stepanowitsch lassen sagen, daß sie ganz ergebenst darum bitten.«

»Das nützt nichts, ich will nicht.«

Die anderen meinten: »Laß ihn doch Strafe zahlen.«

»Nein, jagt ihn fort, Strafe brauche ich nicht.«

Allein der Diener erschien abermals und erklärte noch zaghafter: »Iwan Stepanowitsch sind mit jeder Strafe einverstanden, es wäre für ihn in seinen Jahren nur sehr schmerzlich, der Gesellschaft fernzubleiben.«

Der Onkel erhob sich, und seine Augen funkelten. Doch im selben Augenblick stellte sich Rjabyka in seiner ganzen Größe zwischen ihn und die Lakaien. Mit der linken Hand schob er mit einem Griff den Diener wie ein Kücken beiseite, und mit der rechten drückte er den Onkel auf seinen Platz nieder.

Aus der Mitte der Gäste wurden Stimmen für Iwan Stepanowitsch laut. Man bat, ihn hereinzulassen und ihm hundert Rubel Strafe für die Musikanten abzunehmen.

»Er ist doch unser Bruder, ein alter, gottesfürchtiger Mann, wo soll er jetzt hin? Weist man ihn zurück, so wird er vor den Augen des niederen Volkes noch Skandal machen. Man muß Mitleid mit ihm haben.«

Dies schien dem Onkel einzuleuchten. Er sagte: »Geht es nicht nach meinem Willen, so soll es auch nicht nach eurem, sondern nach Gottes Willen geschehen. Iwan Stepanowitsch ist der Eintritt gestattet, aber er muß die Pauke schlagen.«

Der Vermittler ging hinaus und kehrte sogleich zurück: »Iwan Stepanowitsch bitten, doch lieber die Strafe anzunehmen.«

»Zum Teufel! Will er nicht die Pauke schlagen, so braucht er es nicht, mag er fahren, wohin er will.«

Nach kurzer Zeit hielt Iwan Stepanowitsch es nicht mehr aus und ließ sagen, er willige ein, die Pauke zu schlagen.

»Er mag kommen.«

Ein Mann von außergewöhnlicher Größe und ehrbarem Aussehen trat herein. Sein Gesicht hatte einen strengen Zug, seine Augen waren erloschen, sein Rücken gekrümmt, und der zerzauste Bart schimmerte grünlich. Er will die anderen mit einem Scherzwort begrüßen, aber man hindert ihn daran.

»Später, später, das hat Zeit bis später!« ruft ihm der Onkel zu, »jetzt schlage die Pauke!«

»Schlage die Pauke!« fallen die anderen ein.

»Musik! Einen Marsch!«

Das Orchester stimmt einen dröhnenden Marsch an, der ehrwürdige Alte nimmt die hölzernen Schlegel und schlägt bald im Takt, bald nicht im Takt auf die Pauke.

Ein höllisches Lärmen und Schreien; alle sind befriedigt und schreien: »Lauter!«

Iwan Stepanowitsch bemüht sich, noch lauter zu schlagen.

»Lauter, lauter, noch lauter.«

Der Alte paukt aus allen Kräften wie der Mohrenfürst bei Freiligrath, und endlich hat er sein Ziel erreicht: Man hört einen fürchterlichen Krach, das Paukenfell ist geplatzt! Alle lachen, der Lärm wird unbeschreiblich, und Iwan Stepanowitsch erleichtert man zugunsten der Musikanten um fünfhundert Rubel Strafe für die zerschlagene Pauke.

Er zahlt, wischt sich den Schweiß ab, setzt sich, und während alle auf seine Gesundheit trinken, entdeckt er zu seinem, nicht geringen Schrecken unter den Gästen seinen Schwiegersohn.

Wieder erhob sich ein Lachen und Lärmen, und so ging es fort, bis ich das Bewußtsein dessen verlor, was um mich herum vor sich ging. In den wenigen lichten Augenblicken sah ich, wie die Zigeuner tanzten, wie mein Onkel, der immer auf demselben Fleck saß, mit den Beinen stampfte, dann, wie er vor jemand aufstand. Doch da tauchte Rjabyka zwischen den beiden auf, jemand flog in die Ecke, der Onkel setzte sich, aber vor ihm in der Tischplatte steckten zwei Gabeln. Jetzt verstand ich die Rolle Rjabykas.

Doch da wehte der frische Hauch des Moskauer Morgens zum Fenster herein. Ich wurde mir meiner Umgebung wieder etwas bewußt, allein nur, um an meinem Verstand zu zweifeln. Eine Schlacht war im Gange, und Bäume wurden gefällt. Ich hörte ein Krachen und Donnern. Die prächtigen exotischen Bäume schwankten, hinter ihnen drängten sich in einer Ecke dunkle Gestalten in einem Knäuel zusammen, und mein Onkel und der alte Iwan Stepanowitsch hieben mit schrecklich funkelnden Äxten auf die Wurzeln der Bäume ein... Es war wahrlich ein mittelalterliches Bild.

So wurden die Zigeunerinnen »gefangen«, die sich in der Grotte hinter den Bäumen verbargen. Die Zigeuner verteidigten sie nicht, sondern überließen sie ihrer eigenen Tatkraft. Scherz und Ernst waren nicht zu unterscheiden. Teller, Stühle und Steine aus der Grotte flogen durch die Luft, aber die Angreifer schlugen sich immer tiefer in den Wald hinein, und am verwegensten von allen zeigten sich Iwan Stepanowitsch und mein Onkel.

Endlich war die Festung genommen: Die Zigeunerinnen wurden ergriffen, umarmt und abgeküßt, eine jede bekam einen Hundertrubelschein ins Mieder gesteckt, und die Sache war zu Ende...

Ja, auf einmal wurde alles still... Alles war zu Ende. Keiner hatte die Gesellschaft gestört, aber man hatte genug. Man hatte gefühlt, daß es ohne dies »kein Leben mehr« war, aber jetzt war man befriedigt.

Alle hatten genug, und alle waren zufrieden. Vielleicht war auch von Bedeutung, daß der Lehrer sagte, er müsse in die Schule, aber es ist ja ganz gleich: Die Walpurgisnacht war vorbei, und das Leben begann aufs neue.

Die Gäste brachen nicht auf und verabschiedeten sich nicht, sondern verschwanden einfach. Weder Orchester noch Zigeuner waren mehr zu sehen. Das Restaurant bot ein Bild völliger Verwüstung: Keine Dekoration war mehr in Ordnung, kein Spiegel unversehrt. Selbst der

Deckenlüster lag in Scherben auf dem Boden, und seine Kristallprismen wurden unter den Füßen der Kellner zertreten, die sich vor Müdigkeit kaum mehr auf den Beinen hielten. Der Onkel saß allein auf dem Diwan und trank einen Kwaß. Von Zeit zu Zeit kam ihm eine Erinnerung und er stampfte mit den Beinen. Neben ihm stand Rjabyka, der es eilig hatte, in seine Schule zu kommen.

Man brachte die Rechnung. Sie war kurz, pauschal geschrieben. Rjabyka las sie aufmerksam durch und verlangte einen Abzug von anderthalbtausend. Man stritt nicht lange mit ihm und errechnete das Fazit. Die Endsumme machte siebzehntausend Rubel aus, und nachdem Rjabyka sie überprüft, erklärte er, dies sei in Ordnung. Der Onkel sagte einsilbig: »Zahle«, dann setzte er seinen Hut auf und winkte mir, ihm zu folgen.

Ich sah zu meinem Entsetzen, daß er nichts vergessen hatte und ich mich unmöglich vor ihm verbergen konnte Er erschien mir überaus schrecklich, und ich konnte mir nicht vorstellen, wie ich in dieser Stimmung unter vier Augen mit ihm verbleiben sollte. Er hatte mich mitgenommen, keine zwei vernünftigen Worte mit mir gesprochen, und nun schleifte er mich wieder mit, und ich konnte nicht von ihm loskommen. Was würde ich noch alles erleben? Mein Rausch war völlig verflogen. Ich hatte nur noch Angst vor diesem schrecklichen wilden Tier mit der unglaublichen Phantasie und dem entsetzlichen inneren Feuer. Doch unterdessen waren wir schon hinausgegangen. In der Vorhalle umringte uns eine Menge Lakaien. Der Onkel bestimmte: »Je fünf«, und Rjabyka zahlte aus. Die Hausknechte, Nachtwächter Schutzleute und Gendarmen, die uns alle irgendwelche

Dienste erwiesen haben wollten, erhielten etwas weniger. Alle wurden zufriedengestellt. Aber all dies verschlang große Summen, und noch standen im Park, so weit man blicken konnte, die Droschken. Ihre Zahl war unübersehbar, und sie alle warteten auf uns, warteten auf Väterchen Ilja Fedossejewitsch, ob Seine Gnaden nicht ihre Dienste benötigte. Wir erkundigten uns, wie viele ihrer waren, gaben jedem drei Rubel, und dann setzten sich der Onkel und ich in den Wagen, und Rjabyka reichte dem Onkel seine Brieftasche.

Ilja Fedossejewitsch entnahm ihr hundert Rubel und gab sie Rjabyka.

Jener drehte den Schein hin und her und sagte unwirsch: »Zu wenig.«

Der Onkel warf ihm noch zwei Fünfundzwanziger zu. »Auch das genügt noch nicht, es ist doch zu keinem einzigen Skandal gekommen.«

Der Onkel fügte einen dritten Fünfundzwanziger hinzu, worauf ihm der Lehrer den Stock reichte und sich verabschiedete.

V

Wir beide blieben unter vier Augen zurück und jagten nach Moskau, und hinter uns jagte schreiend und polternd in vollem Galopp das ganze Heer der Droschken. Ich verstand nicht, was sie wollten, aber der Onkel begriff es sehr wohl. Es war empörend: Um Ilja Fedossejewitsch noch ein Abstandsgeld zu entreißen, lieferten sie ihn unter dem Vorwand einer besonderen Ehrung dem allgemeinen Gespött aus.

Moskau lag vor unseren Blicken im strahlenden Licht der Morgensonne, im leichten Rauch seiner Schornsteine und im friedlichen Geläut der Glocken, die zum Gebet riefen.

Rechts und links vom Schlagbaum zogen sich Speicher hin. Der Onkel ließ an dem ersten halten, ging zu dem an der Schwelle stehenden Fäßchen aus Lindenholz und fragte: »Honig?«

»Ja.«

»Was kostet das Faß?«

»Wir verkaufen nur pfundweise.«

»Verkauf es mir im ganzen. Rechne aus, was es kostet.«

Ich erinnere mich nicht genau, ob der Mann siebzig oder achtzig Rubel verlangte.

Der Onkel warf ihm das Geld hin.

Unser Gefolge rückte heran.

»Nun, ihr Kerle, ihr Moskauer Kutscher, habt ihr mich lieb?«

»Gewiß, wir sind auf ewig Euer Gnaden Diener.«

»Seit ihr mir ergeben?«

»Treu ergeben, Euer Gnaden.«

»So nehmt eure Räder ab.«

Jene standen verständnislos da.

»Schnell, schnell«, befahl der Onkel.

Etwa zwanzig Mann, die flinker als die anderen waren, krochen unter den Bock ihres Wagens, holten die Schraubenschlüssel und drehten die Muttern los.

»Gut«, sagte der Onkel, »und jetzt schmiert sie mit Honig.«

»Väterchen!«

»Schmiert!«

»So etwas Gutes! Das steckt man doch lieber in den Mund!«

»Schmiert!«

Ohne weiter auf seinem Wunsch zu bestehen, setzte sich der Onkel wieder in den Wagen, und wir jagten davon, jene aber blieben allesamt mit abgenommenen Rädern bei dem Honig zurück, mit dem sie aber wahrscheinlich nicht die Räder schmierten, sondern den sie unter sich verteilten oder an den Getreidehändler zurückverkauften. Auf jeden Fall waren wir sie los und konnten uns ins Bad begeben. Dort glaubte ich, das Ende der Welt sei gekommen. Während ich halbtot vor Angst in der Marmorwanne saß, streckte sich der Onkel auf dem Boden aus, aber nicht einfach der Länge lang, sondern in einer geradezu apokalyptischen Stellung. Die ganze ungeheure Masse seines fetten Körpers ruhte nur auf den äußersten Spitzen der Zehen und Finger, und auf diesen schwachen Stützpunkten zitterte sein roter Körper unter den kalten Spritzern der auf ihn gerichteten Dusche, dabei brüllte er dumpf wie ein Bär, der sich einen Dorn aus der Tatze zieht. Das währte eine halbe Stunde, und während dieser ganzen Zeit zitterte er wie Gelee auf einem wackligen Tisch. Endlich sprang er rasch auf, verlangte ein Glas Kwaß, wir kleideten uns an und fuhren »zum Franzosen« auf den Kusnezki Most.

Hier ließen wir uns das Haar etwas stutzen, frisieren und kämmen und gingen dann zu Fuß in die Stadt, in des Onkels Geschäft.

Immer noch sprach der Onkel kein Wort mit mir, entließ mich aber auch nicht. Nur einmal sagte er: »Warte, nicht alles auf einmal; was du heute nicht begreifst, wirst du mit den Jahren verstehen.«

Im Geschäft sprach er sein Gebet, schaute mit Herrenaugen nach allem und stellte sich an sein Schreibpult. Die Außenseite des Gefäßes war gereinigt, aber innen saß noch viel Schlechtigkeit und wartete der Läuterung.

Als ich dies sah, verlor ich alle Furcht. Die Sache interessierte mich. Ich wollte sehen, wie er mit sich fertig wurde, ob durch Enthaltsamkeit oder durch eine göttliche Gnade.

Gegen zehn Uhr litt es ihn nicht mehr an seinem Platz. Er wartete auf seinen Nachbarn, mit dem wir Tee trinken gehen wollten, denn wenn man zu dritt kam, war der Tee um einen Fünfer billiger. Der Nachbar kam jedoch nicht: Er war eines plötzlichen Todes gestorben. Der Onkel bekreuzigte sich und sagte: »Wir müssen alle sterben.«

Ihn regte dieser Todesfall nicht auf, obwohl er seit vierzig Jahren täglich mit dem Nachbarn im gleichen Wirtshaus Tee getrunken hatte.

Wir ließen den Nachbarn von der anderen Seite bitten und gingen ins Wirtshaus, kosteten dies und jenes, tranken aber keinen Alkohol. Den ganzen Tag war ich mit dem Onkel zusammen. Gegen Abend ließ er einen Wagen kommen, und wir fuhren zu der Allgepriesenen.

Dort kannte man ihn ebenfalls und empfing ihn mit der gleichen Ehrerbietung wie im »Jar«.

»Ich möchte vor der Allgepriesenen niederfallen und meine Sünden beweinen. Das ist, wenn ich vorstellen darf, mein Neffe, meiner Schwester Sohn.«

»Bitte sehr«, sagten die Nonnen, »bitte sehr, von wem sollte die Allgepriesene die Reue annehmen, wenn nicht von Euch, dem ständigen Wohltäter ihres Klosters. Jetzt ist der rechte Augenblick, ihr zu nahen; die Abendmesse ist im Gange.«

»Mag sie erst zu Ende gehen. Ich möchte lieber ohne Zuschauer beten. Und daß man mir ein wohltuendes Halbdunkel bereitet.«

Man bereitete ihm ein Halbdunkel: alle Lampen wurden gelöscht, bis auf eine oder zwei und die große, grüne Ampel vor der Allgepriesenen selbst.

Der Onkel sank nicht in die Knie, sondern stürzte zu Boden, schlug mit der Stirn auf die Erde, schluchzte auf und blieb wie leblos liegen.

Ich saß mit zwei Nonnen in einer dunklen Ecke neben der Tür. Eine lange Pause trat ein. Der Onkel lag noch immer vor dem Altar, ohne einen Laut von sich zu geben. Mir kam es vor, als sei er eingeschlafen, und ich machte die Nonnen darauf aufmerksam. Die erfahrene Schwester dachte etwas nach und schüttelte den Kopf. Dann zündete sie ein dünnes Lichtchen an, umschloß es mit der hohlen Hand und schritt behutsam, ganz behutsam zu dem Reumütigen hin. Sie ging leise auf Zehenspitzen um ihn herum und flüsterte aufgeregt: »Es wirkt... und sogar mit Rückschlag.«

»Woran merkt Ihr das?«

Sie bückte sich, gab mir ein Zeichen, dasselbe zu tun und sagte: »Seht gerade durch den Lichtschein auf seine Beine.«

»Ja, ich tue es.«

»Seht, welch ein Kampf!«

Ich blickte genauer hin und bemerkte tatsächlich eine Bewegung: Der Onkel lag andächtig im Gebet, aber an seinen Füßen schienen zwei Kater miteinander zu raufen, bald griff der eine an, bald der andere, und dabei sprangen sie jedesmal in die Höhe.

»Mütterchen«, sagte ich, »wo kommen diese Kater her?«

»Es scheint Euch nur, als wären es Kater, es sind jedoch keine Kater, sondern es ist die Versuchung: Seht, sein Geist fliegt schon gen Himmel, aber die Füße streben noch zur Hölle.«

Ich sah, daß die Füße des Onkels tatsächlich den Trepak der gestrigen Nacht tanzten, aber ob auch sein Geist wirklich gen Himmel flammte?

Doch da seufzte er plötzlich gleichsam als Antwort auf meine Zweifel auf und rief: »Ich erhebe mich nicht, bevor Du mir nicht verziehen hast! Denn Du allein bist heilig, wir aber sind alle verdammte Dämonen!«

Und er brach in Tränen aus.

Er schluchzte so herzzerreißend, daß wir alle drei laut mit ihm weinten: »Herr, erhöre sein Flehen!«

Wir bemerkten nicht, daß er schon neben uns stand, bis er mit leiser, ehrfürchtiger Stimme zu mir sagte: »Komm, wir wollen uns stärken!«

Die Nonnen fragten: »Wart Ihr der Ehre würdig, Väterchen, den Himmelsglanz zu sehen?«

»Nein«, erwiderte er, »den Himmelsglanz durfte ich nicht schauen, aber so, so ist es mir ergangen.«

Er ballte die Faust und hob sie hoch, wie man einen Knaben am Schopf emporhebt.

»Ihr wurdet erhoben?«

»Ja.«

Die Nonnen bekreuzigten sich, und ich tat das gleiche,

der Onkel aber erklärte: »Jetzt ist mir vergeben! Unmittelbar von oben, aus der Kuppel herab, streckte sich eine Hand nach mir aus, faßte mich bei den Haaren und stellte mich auf die Füße...«

Er war also nicht verworfen und fühlte sich glücklich und von neuem Lebensmut erfüllt. Das Kloster, in dem er sich dieses Wunder erfleht, beschenkte er freigebig, meiner Mutter sandte er ihr gesamtes Erbteil zu, mich aber hatte er in einen guten alten Volksglauben eingeführt.

Seit jener Zeit verstehe ich, weshalb das Volk an dem Fallen und Erheben Geschmack findet. Dies ist die Zeremonie der Teufelsaustreibung, »so des Satans Einflüsterungen Luft machet«. Diese Ehre kann man jedoch, ich wiederhole es, nur in Moskau genießen, und auch dort nur unter besonders glücklichen Umständen und unter der Gönnerschaft der ehrwürdigsten Greise.

Leo N. Tolstoj
Wie der Teufel die Brotschnitte verdiente

Ein armer Bauer fuhr zum Pflügen hinaus, ohne gefrühstückt zu haben, und nahm eine Brotschnitte mit. Auf dem Felde drehte er den Pflug um, band das Querholz los und legte es unter einen Busch; dahin legte er auch die Schnitte und deckte seinen Rock darüber. Das Pferd wurde müde und der Bauer hungrig. Der Bauer stieß den Pflug in den Boden, spannte das Pferd aus, ließ es weiden und ging zu seinem Rock, um das Mittagsbrot zu verzehren. Der Bauer hob den Rock auf – das Brot war weg! Er suchte und suchte, drehte den Rock um und um, schüttelte ihn – das Brot war weg. Da wunderte sich der Bauer. ›Eine seltsame Geschichte‹, dachte er. ›Ich habe niemanden hier gesehen, und doch muß jemand die Schnitte weggenommen haben.‹ Das hatte aber ein kleiner Teufel getan, während der Bauer pflügte. Er hatte die Schnitte gestohlen und saß nun hinter dem Busch, um zu hören, wie der Bauer schimpfen und ihn, den Teufel, anrufen werde.

Der Bauer war recht betrübt. Aber endlich sagte er:

»Ach was, ich werde schon nicht verhungern! Der die Schnitte geholt hat, hat sie wohl nötig gehabt. Mag sie ihm gut bekommen.«

Und der Bauer ging zum Brunnen, trank Wasser, ruhte aus, fing sein Pferd ein, spannte es an und pflügte weiter.

Das Teufelchen ärgerte sich, daß es ihm nicht gelungen

war, den Bauern zur Sünde zu verleiten, und es ging zum Oberteufel, um ihm Bericht zu erstatten. Es trat vor ihn hin und erzählte, wie es die Brotschnitte fortgeschleppt habe und wie der Bauer, statt zu fluchen, bloß: »Wohl bekomms!« gesagt habe. Da wurde der Oberteufel sehr böse. »Wenn der Bauer dir wirklich über war«, sagte er, »so bist du selber dran schuld. Du hast die Sache nicht richtig gemacht. Wenn das den Bauern und nach ihnen auch den Weibern zur Gewohnheit wird, dann werden wir bald nicht wissen, wovon wir leben sollen. Das darf nicht so bleiben! Geh zurück zu dem Bauern und verdiene dir diese Brotschnitte. Wenn du binnen drei Jahren den Bauern nicht in deiner Gewalt hast, so bade ich dich in Weihwasser!«

Da erschrak das Teufelchen, lief auf die Erde zurück und überlegte, wie es seine Schuld gutmachen könne. Lange grübelte der kleine Teufel, und endlich hatte er sich etwas ausgedacht. Er verwandelte sich in einen wackeren Burschen und wurde Knecht bei dem armen Bauern. Er überredete ihn in einem trockenen Sommer, sein Getreide im Sumpfe zu säen. Der Bauer folgte dem Rat des Knechts und säte das Getreide im Sumpf. Da verdorrte bei den anderen Bauern alles in der Sonnenhitze, bei dem armen Bauern aber stand das Korn hoch, dicht und mit vollen Ähren. So hatte der Bauer bis zur neuen Ernte Getreide genug; es blieb sogar noch eine Menge übrig. Im nächsten Jahr riet der Knecht dem Bauern, sein Korn auf den Bergen zu säen. Der Sommer brachte viel Regen. Bei den anderen Bauern lag das Getreide am Boden, faulte, und die Ähren blieben leer, auf dem Berg aber stand das Korn prächtig. Und nun wußte der Bauer gar nicht, was er mit dem vielen Getreide anfangen sollte.

Da lehrte der Knecht den Bauern, das Korn einzumaischen und Schnaps zu brennen. Der Bauer brannte nun Schnaps, trank ihn selbst und setzte ihn den anderen vor. Da begab sich das Teufelchen zum Oberteufel und rühmte sich, daß es die Brotschnitte verdient habe. Der Oberteufel ging hin, sich die Sache anzuschauen.

Als er zu dem Bauern kam, hatte dieser gerade die reichen Leute zu sich geladen und bewirtete sie mit Schnaps. Die Bäuerin reichte den Gästen den Trunk. Als sie um den Tisch herumging, blieb sie an der Kante hängen und schüttete ein Glas um. Da wurde der Bauer böse und schalt seine Frau. »Du Teufelsweib«, sagte er, »ist das etwa Spülwasser, daß du es so mir nichts dir nichts auf den Boden schüttest, du ungeschickte Närrin!«

Das Teufelchen stieß den Oberteufel an. »Siehst du wohl! Jetzt verschmerzt er die Brotschnitte nicht so leicht!«

Der Bauer hatte sein Weib ausgeschimpft und reichte nun selbst den Schnaps herum. Da kam ein armer Bauer von der Arbeit, niemand hatte ihn eingeladen. Er grüßte, setzte sich, sah, daß die Leute Schnaps tranken, und da kam auch ihn, müde wie er war, die Lust an, ein Gläschen zu leeren. Lange saß er so da, und das Wasser lief ihm im Munde zusammen, aber der Bauer gab ihm nichts. Er brummte nur vor sich hin: »Wo soll ich denn Schnaps für euch alle hernehmen?«

Auch das gefiel dem Oberteufel. Aber der kleine Teufel rühmte sich: »Warte nur, es kommt noch ganz anders.«

Die reichen Bauern hatten schon recht viel getrunken,

der Hausherr hatte immer brav mitgehalten. Und nun fingen sie an, einander zu schmeicheln, sich gegenseitig zu loben und sich in allerlei glatten Lügenreden zu ergehen. Lange hörte der Oberteufel zu und war wieder sehr zufrieden. »Wenn sie durch diesen Trank zu schlauen Füchsen werden«, sagte er, »und einander betrügen, haben wir sie bald alle in der Hand.«

»Warte nur ab, was weiter kommt«, sagte das Teufelchen; »laß sie erst noch ein Gläschen trinken. Jetzt wedeln sie wie die Füchse mit den Schwänzen einer vor dem andern und wollen sich gegenseitig beschummeln, aber paß auf: Gleich werden sie wie wütende Wölfe sein.«

Die Bauern tranken jeder noch ein Glas, und ihre Reden wurden lauter und derber. Statt der glatten Worte ertönten nun Schimpfwörter, einer ärgerte sich über den andern, bald gab es Hiebe, sie schlugen sich die Nasen blutig, auch der Hausherr mischte sich ein und wurde verprügelt.

Der Oberteufel sah zu und fand auch daran Gefallen. »So ists recht«, sprach er. Aber das Teufelchen sagte: »Warte nur, es kommt noch ganz anders! Laß sie noch ein drittes Glas trinken. Jetzt wüten sie wie die Wölfe, aber wenn sie ihr drittes Glas im Leibe haben, werden sie alle zu Schweinen.«

Die Bauern tranken noch ein drittes Glas. Nun waren sie ganz besoffen. Sie brummten und schrien und wußten selbst nicht was, und keiner hörte auf den andern. Endlich machten sie sich auf den Heimweg, einige gingen allein, andere zu zweien oder zu dreien, aber alle fielen sie auf der Straße hin. Der Hausherr wollte seine Gäste begleiten, fiel aber hin, mit der Nase in eine Pfütze, wurde ganz dreckig und lag nun da wie ein Schwein und grunzte.

Das gefiel dem Oberteufel noch mehr. »Nun«, sprach er, »du hast ein gutes Getränk gebraut, hast die Brotschnitte gut ausgekauft. Sage mir nun, woraus du diesen Trank gebraut hast? Ich kann mirs nicht anders denken, als daß du zuerst Fuchsblut hineingetan hast: Davon wurde der Bauer schlau wie ein Fuchs. Dann hast du Wolfsblut zugesetzt: Davon wurde er so wild wie ein Wolf. Und zuletzt hast du sicher Schweineblut beigemischt: Davon wurde er wie ein Schwein.«

»Nein«, sagte das Teufelchen, »so habe ich es nicht gemacht. Ich habe nichts weiter getan, als den Bauern mehr Korn ernten lassen, als er brauchte. Das Tierblut ist immer in ihm, aber es kommt nicht zum Ausbruch, wenn er mit seinem Brot nur gerade auskommt. Damals klagte er nicht einmal um seine letzte Schnitte; als er nun aber Überschüsse hatte, überlegte er, wie er sich wohl ein Vergnügen machen könnte. Und da lehrte ich ihn Schnaps brennen. Und als er aus der Gottesgabe zu seinem Vergnügen Schnaps zu brennen anfing, da wurden sofort das Fuchsblut, das Wolfsblut und das Schweineblut in ihm lebendig. Nun soll er bloß immer Schnaps trinken, dann bleibt er für alle Zeiten ein Vieh.«

Da lobte der Oberteufel den kleinen Teufel, verzieh ihm die Brotschnitte und gab ihm ein höheres Amt.

Stephen Vincent Benét
Der Teufel und Daniel Webster

Es ist eigentlich eine Geschichte, die man im Grenzland erzählen muß – ungefähr wo Massachusetts an Vermont und New Hampshire grenzt.

Freilich, Daniel Webster ist tot – oder wenigstens: Er wurde begraben. Aber jedesmal, wenn ein Gewittersturm über Marshfield hinbraust, sagen die Leute, man könne seine mächtige Stimme aus den Tiefen der Gewitterwolken hören. Und sie sagen auch: Wenn man zu seinem Grab geht und laut und deutlich: »Dan'l Webster, Dan'l Webster« ruft, so finge der Boden an zu zittern und die Bäume schüttelten sich. Und nach einer Weile höre man eine tiefe Stimme: »Nachbar, wie steht es mit der Union?« Dann tue man gut daran, zu antworten, daß die Union steht, wie sie gestanden hat, auf Fels gebaut und mit ehernem Dach, einig und untrennbar – denn sonst sei er imstande, geradewegs aus der Erde zu fahren! Das hab' ich mir wenigstens erzählen lassen, als ich ein Junge war.

Ja, seht ihr – lange Zeit hindurch war er der größte Mann im Lande. Er ist niemals Präsident geworden, und dennoch war er der größte Mann. Da waren Tausende und aber Tausende, die ihm vertrauten wie Gott dem Allmächtigen, und sie erzählten viele Geschichten von ihm und allem, was ihn anging – und die klangen fast so wie die Geschichten der Patriarchen. Zum Beispiel: Wenn er anfing, irgendwo zu sprechen, so erschienen am Himmel unsere Sterne und Streifen, und als er einmal gegen einen Fluß sprach, versank der Fluß in der Erde. Wenn er mit seiner Angelrute zu den Waldbächen ging, so sprang Killal, die Forelle, aus dem Bache geradewegs in seine Tasche – denn sie wußte, gegen Dan'l Webster kam sie doch nicht auf; und wenn er sich für eine Sache einsetzte, so konnte er mit Engelszungen und Harfenbegleitung reden oder konnte donnern, daß vor seinem Zorn die Erde unter seinen Füßen erbebte. So ein Mann war Daniel Webster, und seine große Farm in Marshfield paßte gut zu ihm. Die Hühner, die er züchtete, hatten weißes Fleisch, durch und durch, die Kühe wurden wie Kinder behandelt, und sein Widder Goliath hatte Hörner, aufgerollt wie eine Windenranke, mit denen er ein Loch in eine Eisentür bohren konnte. Aber Daniel war kein Salonfarmer, der nichts von seiner Farm verstand: er kannte das Land und wußte, was not tat, und stand bei Kerzenschein auf, um zu sehen, ob die morgendlichen Arbeiten in Ordnung waren. Ein Mann mit einem Mund wie ein Bullenbeißer, einer Stirn wie ein Fels und Augen, die wie Anthrazit brannten – so war Daniel Webster auf der Höhe seines Lebens. Aber der größte Fall, den er durchgekämpft hat, ist niemals in Büchern festgehalten worden – denn er focht ihn gegen den Teufel aus, und es ging hart auf hart. Und ich will euch davon erzählen, wie es mir selbst erzählt worden ist.

Es war einmal ein Mann, der hieß Jabez Stone, und lebte in Cross Corners in Neu-Hampshire. Um es gleich vorwegzunehmen: Er war kein schlechter Mann, aber er hatte Pech. Wenn er Mais pflanzte, kam der Maisbohrer hinein; wenn er Kartoffeln pflanzte, bekamen sie den Brand; er hatte keinen schlechten Boden, aber es gedieh ihm nichts darauf; er hatte eine gute Frau und wohlgeratene Kinder, aber je mehr Kinder kamen, um so weniger gab es zu essen; waren im Acker des Nachbarn Steine, so schossen aus dem seinen geradezu Felsblöcke auf; verkaufte er ein Pferd wegen Spath, so hatte das nächste den Koller, und er mußte noch draufzahlen; anscheinend gibt es immer Leute, denen es so geht. Aber eines Tages hatte Jabez Stone die Geschichte satt.

Er hatte morgens gepflügt und seine Pflugschar an einem Stein zerbrochen – er hätte schwören können, daß gestern an dieser Stelle kein Stein gewesen war. Und wie er so stand und auf die Pflugschar starrte, fing das Pferd an zu husten – so einen rauhen, dicken Husten, der Krankheit und Tierarzt bedeutet. Zu Hause lagen zwei Kinder mit Masern, die Frau kränkelte, und am Daumen hatte er ein Nagelgeschwür. Das war der Tropfen, der das Faß zum Überlaufen brachte. »Ich schwöre«, schrie er und blickte wild um sich, »ich schwöre, das ist genug, um dem Teufel seine Seele zu verkaufen! Auf der Stelle tät' ich's, für zwei Groschen!«

Aber es wurde ihm doch sonderbar zumute, als er diese Worte ausgesprochen hatte; da er jedoch aus Hampshire stammte, wollte er sie natürlich nicht zurücknehmen. Als es jedoch Abend ward und, soweit er merken konnte, noch niemand davon Notiz genommen hatte, fühlte er sich doch von Herzen erleichtert, denn er war ein frommer Mann. Aber früher oder später dringen solche Worte stets zum rechten Ort, wie das Gute Euch sagt – und wahrhaftig: Am nächsten Tage, als man sich zum Abendessen niedersetzte, fuhr in einem hübschen Jagdwagen ein dunkelgekleideter, redegewandter Herr vor und fragte nach Jabez Stone. – Nun, Jabez erzählte seiner Familie, es sei ein Rechtsanwalt, der ihn wegen einer Erbschaft aufsuchte. Aber er wußte ganz genau, wen er vor sich hatte. Und das Aussehen des Fremden und seine Art, mit allen Zähnen zu lächeln, mißfiel ihm sehr. Sie waren weiß, diese Zähne, und sehr zahlreich – manche Leute behaupten, sie seien ein bißchen zugespitzt, aber das hätte Jabez nicht beschwören können. Und es gefiel ihm gar nicht, daß der Hund nur einen Blick auf den Fremden warf und heulend davonsauste, den Schwanz zwischen den Beinen. Aber da er mehr oder weniger sein Wort gegeben hatte, stand er auch dazu, und sie gingen zusammen hinter die Scheune und schlossen ihren Handel ab. Jabez mußte sich in den Finger stechen, um zu unterzeichnen, und der Fremde lieh ihm dazu eine silberne Nadel. Die Wunde heilte sauber und schnell, aber sie hinterließ eine kleine weiße Narbe.

Und nun ging alles plötzlich bergauf für Jabez Stone. Seine Kühe wurden fett und seine Pferde rund und glatt, seine Ernten waren der Neid der ganzen Nachbarschaft, und wenn der Blitz überall im Tal einschlug, seine Scheuern verschonte er. Bald war er einer der angesehensten Männer im Lande; man schlug ihm vor, sich zur Wahl aufstellen zu lassen, und er wurde gewählt; man fing sogar an, darüber zu reden, daß er vielleicht in den Senat käme. Alles in allem kann man sagen, die Familie Stone war glücklich und zufrieden wie die Katze in der Milchkammer. Wirklich, sie waren glücklich – bis auf Jabez Stone.

In den ersten Jahren war auch er zufrieden gewesen; es ist eine große Sache, wenn das Unglück in Glück um schlägt; darüber kann man schon alles andere vergessen. Freilich, ab und zu, besonders bei schlechtem Wetter, zwickte die kleine Narbe an seinem Finger ein bißchen. Und einmal im Jahre, pünktlich wie das Amen in der Kirche, fuhr der Fremde auf seinem hübschen Jagdwagen vorbei. Aber im sechsten Jahre sprach er vor – und seitdem war es mit Jabez Stones Seelenfrieden vorbei.

Der Fremde kam über die unteren Felder herauf und klopfte sich mit dem Spazierstöckchen auf die Stiefel. Es waren hübsche schwarze Stiefel, aber Jabez Stone sah sie nicht gerne an, besonders in der Zehengegend. Und nachdem der Fremde die Wetterlage gestreift hatte, sagte er: »Ja, ja, Herr Stone, Sie sind ein Allerweltskerl! Ein schönes Anwesen haben Sie, wirklich ein schönes Anwesen!«

»Geschmackssache«, meinte Jabez Stone, »dem einen gefällt es, dem andern nicht!« Er war eben ein Bauer aus Hampshire.

»Nun, Sie brauchen es ja nicht zu berufen«, sagte der Fremde leichthin und zeigte lächelnd seine Zähne. »Schließlich wissen wir ja, was getan wurde – es war genau nach dem Kontrakt und den Vereinbarungen. Wenn also im nächsten Jahr die... hm, ja... die Pacht fällig ist, wird es Sie nicht reuen!«

»Was die Pacht anlangt, Herr«, sagte Jabez Stone und rief im stillen Himmel und Erde um Hilfe an, »ich fange an, darüber meine Zweifel zu haben!«

»Zweifel?« fragte der Fremde nicht mehr ganz so liebenswürdig.

»Allerdings«, sagte Jabez Stone. »Denn schließlich sind wir hier in den USA, und ich bin immer ein frommer

Mann gewesen.« Er räusperte sich und wurde kühner. »Ja, Herr«, sagte er, »ich fange an, betreffs der Pacht wohlbegründete Zweifel zu hegen, wie die Sache vor Gericht wohl aussehen würde!«

»Es gibt solche und solche Gerichte«, sagte der Fremde und schnappte die Zähne zusammen, »aber wir können ja immerhin einen Blick in das Originaldokument werfen!« Er holte eine dicke Mappe hervor und blätterte die Akten durch. »Shervin, Slater, Stevens... Stone!« murmelte er. »Ich, Jabez Stone, verpflichte mich, binnen sieben Jahren... Na also, dann ist doch alles in Ordnung, sollte ich meinen.«

Aber Jabez Stone hörte nicht zu, denn er hatte etwas aus der schwarzen Aktentasche herausflattern sehen. Es sah so ähnlich aus wie eine Motte – aber es war keine Motte. Und als Jabez Stone hinstarrte, schien es ihn mit piepsender Stimme anzureden – schrecklich klein und dünn war das Stimmchen und schrecklich menschlich. »Nachbar Stone!« winselte es, »Nachbar Stone, helft mir doch – um Gottes willen, helft mir!«

Aber ehe Jabez Stone auch nur den Finger rühren konnte, hatte der Fremde ein großes buntseidenes Taschentuch gezogen und fing das Ding damit wieder ein, wie einen Schmetterling, und machte sich daran, die Ekken zusammenzuknoten.

»Entschuldigen Sie die Unterbrechung«, sagte er, »also, wie gesagt –«

Aber Jabez Stone zitterte am ganzen Leibe wie ein krankes Pferd.

»Das war doch Mister Stevens' Stimme«, sagte er heiser. »Und Sie haben ihn... in Ihrem Taschentuch!«

Der Fremde sah ein wenig schuldbewußt drein.

»Allerdings«, sagte er und lächelte geziert, »ich hätte ihn natürlich in die Botanisiertrommel stecken sollen — aber ich hatte schon ein paar ungewöhnliche Exemplare drin, und sie sollten nicht durcheinander kommen. Nun, solche kleinen Mißgriffe können passieren!«

»Ich weiß nicht, was Sie unter Mißgriffen verstehen«, sagte Jabez Stone, »aber es war Mister Stevens' Stimme! und er ist nicht tot! Das können Sie mir nicht erzählen! Er war am Dienstag noch pudelmunter —«

»Rasch tritt der Tod den Menschen an«, sagte der Fremde mit gemachter Demut. »Hören Sie nur!« Und da hörte Jabez Stone, wie eine Glocke im Tal zu läuten begann, und er lauschte, und der Schweiß strömte ihm über das Gesicht. Denn er wußte, es war die Sterbeglocke, und sie läutete für Mister Stevens, der gestorben war.

»Ach, diese Geschäfte auf lange Sicht!« seufzte der Fremde, »es ist widerlich, sie zum Abschluß zu bringen. Aber Geschäft ist Geschäft!«

Er hielt noch immer das Taschentuch in der Hand, und Jabez Stone wurde ganz krank vom Hinsehen, denn es zappelte und flatterte im Tuch.

»Sind sie... immer so klein?« fragte er schließlich, und seine Stimme klang krächzend.

»Klein?« sagte der Fremde. »Ach so, ich verstehe. Nun, sie fallen verschieden aus.« Er maß Jabez Stone mit den Augen und zeigte wieder seine Zähne. »Machen Sie sich kein Kopfzerbrechen, Herr Stone«, sagte er, »Sie werden eine ganz hübsche Mittelgröße haben! Ihnen würde ich nicht trauen, außerhalb der Botanisiertrommel! Freilich, ein Mann wie Dan'l Webster — nun, für den müßte man einen Extra-Behälter machen lassen! Und Dan'l Websters Flügelspanne dürfte verblüffend sein! Tja, der wäre noch eine fette Beute! Ich wünschte, ich sähe einen Weg, mich an ihn heranzumachen. Aber in Ihrem Falle, wie gesagt —«

»Tun Sie endlich das Taschentuch weg!« sagte Jabez Stone. Und dann verlegte er sich aufs Bitten und Betteln, aber das höchste, was er herausholen konnte, war eine Verlängerung von drei Jahren – bedingungsweise.

Wenn man jedoch so einen Handel abschließt, stellt man sich gar nicht vor, wie schnell solche Jahre verrinnen. Und in den letzten Monaten dieser drei Jahre war Jabez Stone im ganzen Staat bekannt, und man wollte ihn bei der nächsten Wahl zum Gouverneur aufstellen – aber ihm schmeckten diese Ehren wie Staub und Asche. Denn jeden Tag beim Aufstehen dachte er »Wieder eine Nacht vorbei«, und jeden Abend beim Schlafengehen dachte er an die schwarze Aktentasche und an Mister Stevens' arme Seele, und das fraß an seinem Herzen. Schließlich konnte er es nicht länger ertragen, und in den letzten Tagen seines letzten Jahres zäumte er sein Pferd auf und machte sich auf den Weg zu Dan'l Webster. Denn Dan'l war in Neu-Hampshire geboren, nur ein paar Meilen von Cross Corners, und jedermann wußte, daß alte Nachbarn sein schwacher Punkt waren.

Es war früh am Morgen, als er in Marshfield eintraf, aber Dan'l war schon auf, sprach auf lateinisch zu den Stallknechten und balgte sich mit seinem Widder Goliath, probierte einen neuen Traber und arbeitete dabei eine Rede gegen John C. Calhoun aus. Aber als er hörte, ein alter Nachbar aus Neu-Hampshire sei da und wollte ihn sehen, ließ er alles stehen und liegen – das war nun einmal Dan'ls Art. Er regalierte Jabez Stone mit einem Frühstück, das fünf Männer nicht hätten aufessen können, und ließ sich die Lebensgeschichte von jedem Manne und jeder Frau in Cross Corners erzählen, und schließlich fragte er ihn, womit er ihm dienen könne.

Jabez Stone rückte damit heraus, daß es sich um eine Pachtfrage handelte.

»Tja – Pachtfragen habe ich lange nicht vertreten, und eigentlich gehören sie nicht zu meinem Ressort, wenn sie nicht gerade am Obersten Gerichtshof laufen«, sagte Dan'l, »aber wenn ich kann, will ich Ihnen helfen!«

»Das wär' das erste Mal in zehn Jahren, daß ich einen Hoffnungsschimmer sehe«, sagte Jabez Stone und erzählte ihm die ganze Geschichte.

Dan'l schritt im Zimmer auf und ab und hörte zu, die Hände auf dem Rücken, und ab und zu warf er eine Frage ein und starrte gelegentlich auf den Boden, als wolle er Löcher in die Dielen bohren. Als Jabez Stone geendet hatte, blies Dan'l die Backen auf und pustete. Dann wandte er sich zu Jabez, und ein Lächeln erhellte sein Gesicht, als ginge die Sonne über Monadnock auf.

»Ihr habt Euch sicher dem Teufel mit Haut und Haaren verschrieben«, sagte er. »Aber ich will Eure Sache führen.«

»Wirklich? Wollen Sie wirklich?« fragte Jabez Stone und wagte kaum seinen Ohren zu trauen.

»Ja«, sagte Dan'l Webster. »Ich habe ungefähr fünfundsiebzig andere Sachen zu bearbeiten und muß den Missouri-Kompromiß ins reine bringen, aber ich übernehme Ihren Fall. Denn wenn zwei Männer aus Neu-Hampshire nicht mit dem Teufel fertig werden, können wir unser Land gleich an die Indianer zurückgeben!«

Dann schüttelte er Jabez Stone die Hand und sagte: »Hatten Sie es sehr eilig herzukommen?«

»Nun, ich gebe zu, es war kein schlechter Rekord!« sagte Jabez.

»Zurück werden Sie noch schneller kommen«, sagte Dan'l Webster und gab Befehl, Constitution und Constallation anzuschirren. Sie waren ganz gleiche Eisenschimmel mit einem weißen Vorderfuß und trabten wie geölte Blitze.

Ich will gar nicht näher beschreiben, wie aufgeregt und geschmeichelt die ganze Familie Stone war, den großen Dan'l Webster als Gast zu haben, als sie endlich in Cross Corners ankamen. Jabez Stone hatte unterwegs seinen Hut verloren, er war weggeflogen, als sie einen Wind überholt hatten, aber er machte sich nichts draus. Aber nach dem Abendessen schickte er seine Familie zu Bett, denn er hatte ein besonderes Geschäft mit Dan'l Webster. Frau Stone forderte sie auf, in den Salon zu gehen, aber Dan'l Webster kannte diese Salons und meinte, er säße lieber in der Küche. Also setzten sie sich an den Küchentisch, einen gefüllten Krug zwischen sich und ein helles Feuer im Herd, und warteten auf den Fremden, der Schlag Mitternacht fällig war, wenn man den Überlieferungen glauben konnte.

Nun, niemand hätte bessere Gesellschaft verlangen können als einen vollen Krug und Daniel Webster. Aber bei jedem Pendelschlag wurde Jabez trauriger und gedrückter. Seine Augen liefen gehetzt im Kreise herum, und wenn er sich auch einschenkte und trank, sah man doch, daß es ihm nicht schmeckte. Endlich, um 11.30 Uhr, langte er über den Tisch und ergriff Daniel Webster beim Arm.

»Herr Webster, Herr Webster«, sagte er mit dem Mute der Verzweiflung, und seine Stimme zitterte vor Angst, »um Gottes willen, Herr Webster, spannen Sie Ihre Pferde ein und machen Sie sich fort von diesem Platz – solange Sie noch können!«

»Sie haben mich einen hübsch langen Weg machen lassen, Nachbar«, sagte Dan'l Webster, »um mir mitzuteilen, daß Ihnen nichts an meiner Gesellschaft liegt!« Und er zog den Krug näher zu sich.

»Ich bin ein erbärmlicher Wicht gewesen«, stöhnte Jabez Stone, »ich habe Sie dem Teufel in den Weg gebracht, und nun sehe ich meine Torheit ein! Er soll mich holen, wenn er will. Ich bin ja nicht wild drauf, das gestehe ich offen, aber ich kann es aushalten. Doch Sie sind Stütze und Stab der Union und der Stolz von Neu-Hampshire! Sie soll er nicht haben, Herr Webster, Sie nicht!«

Daniel Webster blickte auf den verstörten Mann, der grau und zitternd im Lichte des Feuers saß, und legte ihm die Hand auf die Schulter.

»Ich bin Ihnen sehr verbunden, Nachbar Stone«, sagte er freundlich. »Sie meinen es gut! Aber hier habe ich einen Krug auf dem Tisch und einen Fall in der Hand – und ich habe im Leben noch keinen Krug und keinen Fall nicht fertiggemacht!«

Und gerade in diesem Augenblick klopfte es scharf an die Tür.

»So, so«, sagte Dan'l Webster kühl, »ich dachte schon,

Ihre Uhr ginge ein bißchen nach, Nachbar Stone.« Er ging zur Tür und machte sie auf. »Kommen Sie herein«, sagte er.

Der Fremde trat ein – er sah im Feuerschein sehr groß und dunkel aus. Unter dem Arm trug er eine Blechschachtel mit kleinen Luftlöchern im Deckel. Beim Anblick dieser Schachtel stieß Jabez Stone einen schwachen Schrei aus und zog sich in eine dunkle Ecke zurück.

»Herr Webster, vermute ich«, sagte der Fremde sehr höflich, aber seine Augen funkelten wie die eines Fuchses im Waldesdickicht.

»Anwalt in Sachen Jabez Stone«, sagte Dan'l Webster, aber seine Augen funkelten auch. »Und darf ich um Ihren Namen bitten?«

»Namen? Hm, ich habe eine ganze Menge Namen«, sagte der Fremde leichthin, »aber sagen wir ... Herr Bocksfuß ... das genügt für heute abend. So werde ich in dieser Gegend öfters genannt.«

Er nahm am Tisch Platz und schenkte sich aus dem Kruge ein. Der Wein in der Kanne war gut gekühlt, aber er rauchte in seinem Glas.

»Und nun«, sagte der Fremde und zeigte lächelnd die Zähne, »darf ich vielleicht auf Ihre Hilfe zählen – denn Sie sind ein rechtskundiger Bürger –, um mich in Besitz meines Eigentums zu setzen!«

Und damit begann die Auseinandersetzung – und sie wurde schwer und heiß. Zuerst hatte Jabez Stone noch einen Schimmer von Hoffnung, aber als er sah, wie Dan'l Webster von Punkt zu Punkt in die Verteidigung gedrängt wurde, saß er zusammengekrümmt in seiner Ecke, die Augen fest auf die hübsch lackierte Schachtel gerichtet. Denn an der Tatsache seiner Unterschrift war nicht zu rütteln – das war das Schlimme. Dan'l Webster wand sich und drehte sich und schlug mit der Faust auf den Tisch, aber er konnte sie nicht aus der Welt reden. Er bot einen Vergleich an; der Fremde wollte nichts davon hören. Er legte dar, daß das Objekt bedeutend im Wert gestiegen sei – daß Staatssenatoren erheblich teurer seien; der Fremde hielt sich an den Wortlaut des Vertrages. Er war ein großer Anwalt, Daniel Webster, aber wir wissen ja, wer der König der Advokaten ist, es steht schon in der Bibel, und es schien, als hätte Daniel Webster zum erstenmal einen Gegner gefunden, der ihm gewachsen war.

Schließlich fing der Fremde an, ein wenig zu gähnen. »Ihre geistvollen Bemühungen zugunsten Ihres Klienten machen Ihnen Ehre, Herr Webster«, sagte er, »aber wenn Sie keine anderen Gründe mehr beizubringen haben, ...ich bin etwas pressiert...«, und Jabez Stone schauderte es.

Dan'l Websters Stirn war dunkel wie ein Gewittersturm. »Pressiert oder nicht«, donnerte er, »diesen Mann kriegen Sie nicht! Er ist amerikanischer Bürger, und kein amerikanischer Bürger darf in die Dienste eines auswärtigen Fürsten gepreßt werden! Dafür haben wir im Jahre 12 gegen England gekämpft, und dafür werden wir jeden Tag wieder gegen die ganze Hölle kämpfen!«

»Ausländisch?« fragte der Fremde, »ja, wer nennt mich denn einen Ausländer?«

»Na, ich habe noch nie gehört, daß der Teu – daß Sie die amerikanische Staatsbürgerschaft beantragt haben«, sagte Daniel Webster überrascht.

»Wirklich nicht?« fragte der Fremde mit seinem abscheulichen Lächeln. »Nun, wer hätte wohl ein besseres Recht darauf als ich? Als dem ersten Indianer das erste Unrecht geschah, war ich dabei. Als das erste Sklavenschiff nach dem Kongo aussegelte, stand ich an Deck Bin ich nicht in euren Büchern und Geschichten und Überlieferungen, seit die erste Siedlung steht? Wird nicht in jeder Kirche Neu-Englands ständig von mir gesprochen? Zugegeben, der Norden behauptet, ich sei Südstaatler, und der Süden, ich sei Nordstaatler, aber ich bin weder das eine noch das andere. Ich bin recht und schlecht Amerikaner wie Sie selbst, Herr Webster, und ich bin von bester Herkunft – denn, um die Wahrheit zu sagen, Herr Webster, obwohl ich nicht gerne damit prahle, mein Name ist in diesem Lande erheblich älter als der Ihre!«

»Aha«, sagte Daniel Webster und die Adern standen wie Stricke auf seiner Stirn. »Sie stellen sich also auf den Boden der Verfassung! Und aus diesem Grunde beantrage ich für meinen Klienten ein ordnungsgemäßes Untersuchungsverfahren!«

»Hm – der Fall ist nicht ganz für ein gewöhnliches Gericht geeignet«, sagte der Fremde mit flackerndem Blick. »Und außerdem zwingt mich die späte Stunde –«

»Gut, Sie sollen sich den Gerichtshof aussuchen, sofern es sich um einen amerikanischen Richter und amerikanische Schöffen handelt«, sagte Daniel Webster in seinem Stolz. »Ich bestehe auf einem ordnungsmäßigen Verfahren! Ruck oder zuck!«

»Gut, ganz wie Sie wünschen«, sagte der Fremde und wies mit dem Finger nach der Tür. Und bei diesen Worten hörte man plötzlich draußen den Wind anschwellen und das Geräusch vieler Schritte. Sie kamen klar und deutlich durch die Nacht zur Tür. Und doch waren sie nicht wie die Schritte lebendiger Menschen...

»Um Gottes willen, wer kommt so spät?« rief Jabez Stone in hellem Entsetzen.

»Die Geschworenen, die Herr Webster verlangt hat«, sagte der Fremde und nippte an seinem dampfenden Glas. »Sie müssen entschuldigen, wenn ein paar von ihnen etwas rauh aussehen – sie haben einen weiten Weg gemacht!«

Im Kamin schlug eine blaue Flamme hoch, der Wind stieß die Tür auf, und zwölf Männer traten ein, einer nach dem anderen.

War Jabez Stone bis jetzt krank vor Angst, so wurde er nun blind vor Schrecken. Denn hier war Walter Butler, der Loyalist, der in der Revolutionszeit mit Feuer und Schwert durch das Mohawk-Tal zog; und Simon Girty, der Renegat, der weiße Männer am Marterpfahl verbrennen sah und sie mit den Indianern zusammen verhöhnt hatte; seine Augen waren grün wie Luchsaugen, und die Flecken auf seiner Lederjacke stammten nicht vom Blute des Wildes. Und König Philip, wild und stolz, wie er im Leben gewesen, mit der großen Wunde im Kopf, die ihn zu Tode gebracht hatte; und der grausame Gouverneur Dale, der Menschen aufs Rad flechten ließ. Und Morton von Merry Mount, der die ganze Plymouthsiedlung mit seinem heißen, lockeren, hübschen Gesicht und seinem Haß gegen alles Göttliche behext hatte. Und Teach, der blutige Pirat, mit dem schwarzen gelockten Bart auf der Brust. Und Ehrwürden John

Smeet mit den Würgerhänden, in seiner Genueser Robe – er spazierte so lässig und hochmütig herein, wie er zum Galgen geschritten war. Der rote Abdruck des Strickes war noch an seinem Hals, aber in der Hand trug er ein parfümiertes Taschentuch. Einer nach dem anderen kamen sie in die Küche, und der Fremde nannte nacheinander ihre Namen und ihre Taten, bis alle zwölf beisammen waren. Er hatte die Wahrheit gesprochen, der Fremde – sie hatten alle eine Rolle in Amerika gespielt.

»Nun? Sind Sie einverstanden mit den Geschworenen?« sagte er höhnisch, als sie ihre Plätze eingenommen hatten.

Auf Daniel Websters Stirn stand der Schweiß – aber seine Stimme war fest und klar. »Durchaus einverstanden«, sagte er, »obwohl ich General Arnold bei der Gesellschaft vermisse!«

»Benedikt Arnold ist gerade unabkömmlich«, sagte der Fremde mit einem finsteren Blick. »Aber, Sie verlangten ja auch einen Richter, wenn ich nicht irre!«

Er streckte noch einmal den Finger aus, und ein großer schlanker Mann im Puritanerkleid mit dem brennenden Blick des Fanatikers trat ins Zimmer und nahm den Platz des Richters ein.

»Richter Hawthorne ist ein erfahrener Jurist«, sagte der Fremde. »Er präsidierte bei mehreren Hexenprozessen in Salem – nach ihm kamen andere, die diese Aufgabe bereuten – er aber niemals!«

»Bereuen? Solche sichtbaren Zeichen und Wunder?« sagte der düstere alte Richter. »Nein! Hängen! Hängen! Alle miteinander hängen!« Und er murmelte ein paar

Worte vor sich hin, die Jabez Stone das Herz erstarren ließen.

Dann begann die Verhandlung, und, wie ihr euch vorstellen könnt, besonders rosig sah es für die Verteidigung nicht aus. Und Jabez Stone war kein guter Zeuge in eigener Sache. Er warf einen Blick auf Simon Girty, kreischte wild auf, und sie mußten ihn halb ohnmächtig wieder in seine Ecke bringen.

Aber die Verhandlung ging weiter; sie ging weiter, wie solche Verhandlungen eben weitergehen. Daniel Webster hatte in seiner Amtszeit mit allerhand harten Geschworenen und echten Hänge-Richtern zu tun gehabt, aber hier war der härteste Gerichtshof, den er je gesehen hatte, das wußte er. Die Männer saßen mit funkelnden Augen, und die glatte Stimme des Fremden redete fort und fort. Jedesmal, wenn er einen Einwand erhob, sagten die Geschworenen »Einwand genehmigt«, und wenn Daniel Webster Einspruch einlegte, hieß es »Einspruch abgelehnt«. Nun ja, übermäßig viel Noblesse konnte man ja von Herrn Bocksfuß nicht erwarten.

Endlich kam das Wort an Daniel, und er fing an zu glühen wie das Eisen im Feuer. Als er aufstand, um zu sprechen, war er entschlossen, den Fremden mit jedem Rechtstrick, den er kannte, zu schlagen, und den Richter und die Geschworenen auch. Es war ihm gleich, ob es Ungebührlichkeit gegen das Hohe Gericht war und was ihm dafür geschehen konnte. Es war ihm auch gleich, was aus Jabez Stone wurde. Er wurde wütender und wütender, während er seine Worte überlegte. Und, sonderbar genug, je mehr er darüber nachdachte, um so weniger war er fähig, eine gute Rede zu entwerfen.

Schließlich mußte er sich erheben und sprechen – und er stand auf und war gerade dabei, ihnen alle Blitze und Anklagen entgegenzuschleudern, die ihm einfielen. Aber ehe er zu sprechen begann, sah er sich den Richter und die Geschworenen noch einmal gründlich an, wie er das immer zu tun pflegte. Und er merkte, daß ihre Augen doppelt so wild funkelten wie zuvor und sie sich alle vorwärts beugten. Sie sahen aus wie eine Meute, die wartet, auf den Fuchs losgelassen zu werden, und der blaue Dunst des Unheils und des Bösen wurde immer dichter im Raum, während er sie beobachtete. Da ward ihm plötzlich klar, was er hatte tun wollen, und er wischte sich die Stirn wie ein Mann, der um Haaresbreite einer bösen Falle entronnen ist.

Denn sie waren seinetwegen hergekommen, nicht wegen Jabez Stone! Er las es in dem Glitzern ihrer Augen und in der Bewegung, mit der der Fremde den Mund hinter der Hand verbarg. Und wenn er sie jetzt mit ihren eigenen Waffen bekämpft hätte, so wäre er ihnen in die Hände gefallen; das fühlte er, wenn er auch nicht hätte erklären können, warum. Es war seine eigene Wut, sein eigener Haß, was er in ihren Augen brennen sah; und er mußte solche Gefühle unterdrücken, oder der Fall war verloren. Einen Augenblick lang stand er ganz still, und seine Augen brannten wie feurige Kohlen. Und dann fing er an zu plädieren.

Er setzte mit leiser Stimme ein – aber es war jedes Wort zu verstehen. Er konnte ja mit Harfen und Engelszungen reden, wie die Sage ging. Und das fiel ihm so leicht, wie jeder Mensch seine Alltagsworte spricht. Und er ging nicht davon aus, zu verdammen oder zu schmähen. Er sprach über die Dinge, die ein Land zu einem großen Lande und einen Mann zu einem rechten Manne machen.

Er fing bei den einfachen Dingen an, die jeder kennt und fühlt – der Frische eines schönen Morgens, wenn man jung ist, dem guten Geschmack eines Essens, wenn man hungrig ist, dem Tage, der jeden Tag neu ist, solange man ein Kind ist. Er nahm sie alle hoch und drehte sie in seinen Händen. Es waren gute Dinge – für jeden Mann. Aber ohne Freiheit siechten sie dahin. Und dann sprach er von den Geknechteten, von dem Elend der Sklaverei, und seine Stimme wurde wie eine große Glocke. Er sprach von den frühen Tagen Amerikas und von den Männern, die diese Tage beherrscht hatten. Es war keine Wahlrede, aber er sprach so eindringlich, daß jedes Wort lebte. Er gab alles Unrecht zu, das jemals geschehen war. Aber er zeigte auch, wie aus dem Guten und dem Schlechten, aus Leiden und Hunger, etwas Neues geboren wurde. Und jedermann hatte seinen Teil dazu beigetragen, sogar die Verräter.

Er wandte sich an Jabez Stone und stellte ihn dar, wie er war – ein gewöhnlicher Mensch, der Unglück gehabt hatte und sein Schicksal zum Guten zu wenden wünschte. Und weil er das gewünscht hatte, sollte er nun für alle Ewigkeit verdammt sein? Es war doch viel Gutes in Jabez Stone, und das hatte er bewiesen. Er war hart und grob in mancher Hinsicht, aber er war nur ein Mensch; und es ist nicht leicht, Mensch zu sein, aber es ist auch ein stolzes Ding, Mensch zu sein. Und er bewies, was dieser Stolz bedeutete, bis man nicht umhin konnte, es auch zu sehen. Ja, sogar in der Hölle – wenn ein Mann wirklich ein Mann war, mußte man das auch in der Hölle merken. Und nun plädierte er längst nicht mehr für einen einzelnen, obwohl seine Stimme wie eine Orgel klang. Er erzählte die Geschichte der Menschheit und ihre Irrwege und ihr endloses Suchen. Die Menschen gerieten in Fallen und wurden betrogen und geprellt – und doch war es ein großes Suchen. Und kein böser Geist, kein Dämon mit Pferdefuß konnte es jemals verstehen – dazu gehörte eben ein Mensch.

Das Feuer starb langsam im Herd, und der Morgenwind erhob sich. Als Daniel Webster endete, kroch schon die graue Dämmerung in den Raum. Und am Schluß seiner Rede kam er wieder auf die gute Erde von Neu-Hampshire zu sprechen, auf den einen Flecken Land, den jeder Mensch liebt und festhält. Er malte ein Bild davon, und zu jedem Manne aus der Jury sprach er von längst vergessen geglaubten Dingen. Denn seine Stimme drang zum Herzen, das war seine besondere Gabe und seine Stärke. Dem einen klang sie wie der Wald und seine Geheimnisse, dem andern wie das Meer und seine Stürme; einer hörte darin den Schrei eines verlorenen Volkes, der andere sah bei ihrem Klang ein kleines einfaches Bild, das er jahrelang vergessen hatte. Aber jeder fühlte etwas dabei. Und als Daniel Webster endete, wußte er nicht, ob nun Jabez Stone gerettet war oder nicht. Aber er wußte, daß er ein Wunder getan hatte. Denn aus den Augen des Richters und seiner Geschworenen war das böse Funkeln verschwunden, und sie waren für den Augenblick wieder Menschen und wußten, daß sie Menschen waren.

»Die Verteidigung hat gesprochen«, sagte Daniel

Webster und stand da wie ein Fels. In seinen Ohren dröhnte noch seine eigene Stimme, und er hörte nichts weiter, bis Richter Hawthorne sagte: »Die Jury wird sich zur Beratung zurückziehen.«

Da stand Walter Butler auf, und auf seinem Gesicht lag ein dunkler froher Stolz. »Die Jury hat ihren Spruch schon gefällt«, sagte er und sah dem Fremden voll ins Auge. »Wir befinden zugunsten des Verteidigten Jabez Stone!«

Bei diesen Worten wich das Lächeln von den Zügen des Fremden, aber Walter Butler zuckte nicht mit der Wimper.

»Vielleicht entspricht es nicht ganz den Bräuchen der Beweisführung«, sagte er, »aber auch die verdammten Seelen wollen der Beredsamkeit Herrn Websters ihren Beifall zollen!«

In diesem Augenblick spaltete ein Hahnenschrei die graue Morgendämmerung, und Richter und Geschworene waren wie eine Rauchwolke verschwunden, als seien sie niemals dagewesen. Der Fremde wandte sich zu Daniel Webster und lächelte schief.

»Major Butler war immer kühn«, sagte er, »aber für so kühn hätte ich ihn doch nicht gehalten. Nichtsdestotrotz – meinen Glückwunsch, als ritterlicher Gegner!«

»Bitte nein, erst möchte ich das Papier haben«, sagte Dan'l Webster und nahm es und riß es in vier Stücke. Es fühlte sich sonderbar warm an. »Und jetzt«, sagte er, »will ich Sie auch noch haben!«, und seine Hand umspannte wie eine Eisenklammer den Arm des Fremden. Denn er wußte, hatte man einmal jemanden wie Herrn Bocksfuß in ehrlichem Kampf besiegt, so war seine

Macht über einen auf ewig gebrochen. Und er merkte, daß auch Herr Bocksfuß das wußte.

Der Fremde wand und drehte sich, aber er konnte sich diesem Griff nicht entziehen. »Aber, aber, Herr Webster«, sagte er und lächelte mühsam. »Das ist doch einfach läcker- autsch! – einfach lächerlich! Wenn Sie sich über die Kosten des Verfahrens Kopfzerbrechen machen – ich werde selbstverständlich gerne –«

»Allerdings werden Sie bezahlen!« sagte Daniel Webster und schüttelte den Fremden, bis ihm die Zähne zusammenschlugen. »Und Sie werden sich sofort hierhersetzen und ein Schriftstück aufsetzen, und zwar des Inhalts, daß Sie niemals Jabez Stone oder seine Kinder und Kindeskinder oder irgendeinen Menschen aus Neu-Hampshire belästigen werden, bis zum Tage des Jüngsten Gerichtes! Denn wenn wir in diesem Lande Ungelegenheiten haben wollen, können wir sie uns selbst bereiten und brauchen keinen Fremden dazu!«

»Autsch!« sagte der Fremde. »Autsch! Nun ja, es waren ja nie allzu viele, aber – autsch! – ich bin einverstanden!«

Er setzte sich also hin und schrieb nieder, was Daniel Webster verlangte, aber Dan'l ließ die ganze Zeit seinen Kragen nicht los.

»Und nun darf ich vielleicht gehen?« fragte der Fremde ganz demütig, als Daniel das Dokument auf seine rechtsgültige Fassung geprüft hatte.

»Gehen?« sagte Daniel Webster und schüttelte ihn wieder. »Ich bin noch am Überlegen, was ich mit Ihnen anfangen soll. Denn Sie haben zwar sozusagen die Kosten des Falles getragen, aber Sie haben mit mir noch nicht abgerechnet. Ich glaube, ich werde Sie mit nach Marshfield nehmen«, fügte er nachdenklich hinzu. »Ich habe nämlich einen Widder namens Goliath – und der kann hübsche Löcher in eine eiserne Tür bohren. Ich habe nicht übel Lust, Sie in seinen Stall zu stecken und zuzusehen, was er mit Ihnen macht!«

Und nun begann der Fremde zu bitten und zu betteln. Und er bat und bettelte so demütig, daß Daniel, der von Natur aus großmütig war, sich wirklich entschloß, ihn laufenzulassen. Der Fremde schien schrecklich dankbar zu sein und schlug vor – zum Beweis, daß sie nun Freunde seien –, Daniel aus der Hand die Zukunft zu weissagen, ehe er wegging. Obwohl Daniel nicht viel von Handlesern hielt, stimmte er schließlich zu – der Fremde war doch etwas anderes als die gewöhnlichen.

Der Fremde sah also in Daniels Hand und prüfte die Linien und sagte ihm ein paar ganz bemerkenswerte Dinge. Aber alle aus der Vergangenheit.

»Ja, das stimmt wirklich, so hat es sich zugetragen«, sagte Daniel Webster. »Aber was kommt nun in Zukunft?« Der Fremde grinste stillvergnügt und schüttelte den Kopf.

»Die Zukunft ist anders, als Sie sie sich vorstellen«, sagte er. »Sie ist dunkel. Sie haben viel Ehrgeiz, Herr Webster!«

»Habe ich auch«, sagte Daniel Webster fest, denn jedermann wußte, daß er gern Präsident werden wollte.

»Es scheint immer in Reichweite zu sein«, sagte der Fremde, »aber Sie schaffen es doch nicht. Geringere Leute als Sie werden Präsident werden – Sie werden übergangen!«

»Nun ja, und wenn es wirklich so kommt – ich bin immer noch Daniel Webster«, sagte Dan'l. »Nur weiter!«

»Sie haben zwei kräftige Söhne«, fuhr der Fremde fort und schüttelte wieder den Kopf. »Aber beide werden in einem Krieg fallen, und keiner wird ein großer Mann!«

»Lebend oder tot, sie sind meine lieben Söhne!« sagte Daniel. »Weiter!«

»Sie haben große Reden gehalten«, sagte der Fremde. »Und Sie werden noch viele Reden halten!«

»So, so!« meinte Daniel.

»Aber Ihre letzte große Rede wird viele Ihrer Anhänger zu Ihren Feinden machen. Man wird Sie Ischariot nennen! Und noch ganz anders! Sogar in Neu-England werden die Leute sagen, Sie hätten den Mantel nach dem Winde gedreht und Ihr Land verkauft, und diese Stimmen gegen Sie werden bis zu Ihrem Tode nicht verstummen!«

»Wenn es eine aufrichtige und ehrliche Rede ist«, sagte Daniel Webster, »kommt es nicht darauf an, was die Leute sagen!« Dann blickte er den Fremden an, und ihre Augen hielten sich fest.

»Noch eine Frage«, sagte Daniel. »Ich habe mein ganzes Leben lang für die Union gekämpft. Werde ich es noch erleben, daß dieser Kampf endgültig gewonnen wird – gegen alle, die sie zerreißen wollen?«

»Solange Sie leben, nicht!« sagte der Fremde grimmig. »Aber er wird gewonnen werden. Denn wenn Sie tot sind, werden Tausende für Ihre Sache kämpfen, um der Worte willen, die Sie gesprochen haben!«

»Na also, Sie langatmiger, krummer, großmäuliger

Wahrsager«, sagte Dan'l Webster und brüllte vor Lachen, »jetzt nichts als fort mit Ihnen, dorthin, wohin Sie gehören, ehe ich Ihnen noch einen nachdrücklichen Stempel aufdrücke! Denn, bei den dreizehn Ursiedlungen, ich würde geradewegs in die Hölle fahren, um die Union zu retten!«

Und mit diesen Worten holte er zu einem Fußtritt aus, der ein Pferd umgeworfen hätte. Nur seine Stiefelspitze traf den Fremden, aber der flog im Bogen aus der Tür, mit seiner lackierten Schachtel unter dem Arm.

»So, und jetzt wollen wir sehen, was noch in unserm Krug ist!« sagte Daniel Webster zu Jabez Stone, der allmählich aus seiner Ohnmacht wieder zu sich kam, »denn es ist ein trockenes Geschäft, die ganze Nacht zu sprechen! Und ich hoffe, es gibt einen guten Brei zum Frühstück, Nachbar Stone!«

Aber die Leute sagen, daß der Teufel noch heute, wenn er in die Nähe von Marshfield kommt, einen weiten Bogen macht. Und im Lande Neu-Hampshire ist er von jenem Tage an nicht wieder gesehen worden.

Ich rede natürlich nicht von Massachusetts oder Vermont!

Anton Tschechow
Gespräch eines Betrunkenen mit einem nüchternen Teufel

Ein ehemaliger Beamter der Intendanturverwaltung, der Kollegiensekretär a. D. Lachmatov, saß daheim am Tisch beim sechzehnten Glas Wodka und dachte an die Freiheit, Gleichheit und Brüderlichkeit. Plötzlich schaute hinter der Lampe ein Teufel hervor... Erschrecken Sie nicht, liebe Leserin. Sie wissen, was ein Teufel ist? Das ist ein junger Mann von angenehmem Äußeren, mit einer pechschwarzen Visage und roten, ausdrucksvollen Augen. Auf dem Kopf trägt er, obwohl er gar nicht verehelicht ist, Hörner... Die Frisur à la Capoul. Sein Körper ist mit grüner Wolle bedeckt, und er stinkt nach Ziegenbock. An seinem Steiß baumelt ein Schwanz, der mit einer Quaste endet... Statt der Finger hat er Klauen, statt der Füße Pferdehufe. Lachmatov war, als er den Teufel erblickte, etwas verwirrt, aber dann fiel ihm ein, daß grüne Teufel die dumme Angewohnheit haben, allen Angetrunkenen zu erscheinen, und so beruhigte er sich schnell.

»Mit wem habe ich die Ehre?« wandte er sich an den ungebetenen Gast.

Der Teufel wurde verlegen und schlug die Augen nieder.

»Genieren Sie sich nicht«, fuhr Lachmatov fort. »Treten Sie ruhig näher... Ich bin ein Mensch ohne Vorurteile, und Sie können offen mit mir reden... von Mann zu Mann... Wer sind Sie?«

Der Teufel trat unschlüssig an Lachmatov heran,

klemmte den Schwanz zwischen die Beine und verbeugte sich höflich.

»Ich bin ein Teufel«, stellte er sich vor. »Bekleide den Posten eines Beamten zu besonderer Verfügung bei seiner Exzellenz, dem Direktor der Höllenkanzlei des Herrn Satan, persönlich!«

»Hab davon gehört, hab davon gehört... Sehr angenehm. Setzen Sie sich! Möchten Sie einen Wodka? Freut mich sehr... Und womit beschäftigen Sie sich?«

Der Teufel wurde noch verlegener.

»Genaugenommen habe ich keine bestimmte Beschäftigung«, antwortete er, hustete verwirrt und schneuzte sich in den ›Rebus‹. »Früher hatten wir tatsächlich zu tun... Wir führten die Menschen in Versuchung... wir brachten sie ab vom Weg des Guten... Jetzt aber ist diese Tätigkeit, entre nous soit dit, keinen Pfifferling wert... Den Weg des Guten gibt es nicht mehr, wovon also soll man die Menschen abbringen? Zudem sind sie schlauer geworden als wir... Geruhen Sie mal jemanden in Versuchung zu führen, wenn er an der Universität alle Wissenschaften absolviert und durch Feuer, Wasser und eiserne Röhren gegangen ist! Wie soll ich Sie lehren, einen Rubel zu stehlen, wenn Sie schon ohne meine Hilfe Tausende geklaut haben?«

»So ist es... Aber Sie müssen sich doch mit irgend etwas beschäftigen?«

»Ja... Unsere ehemaligen Pflichten existieren jetzt vielleicht nur noch dem Namen nach, aber Arbeit haben wir trotzdem. Wir führen Lehrerinnen an Mädchengymnasien in Versuchung, verleiten junge Männer dazu, Verse zu schreiben, lassen besoffene Kaufleute Spiegel zerschlagen... In die Politik, die Literatur und die Wissenschaft mischen wir uns schon seit langem nicht mehr ein. Davon verstehen wir nicht die Bohne. Viele von uns arbeiten am ›Rebus‹ mit, es gibt sogar welche, die die Hölle verlassen haben und unter die Menschen gegangen sind... Sie sind Teufel a. D., sind Menschen geworden, haben reiche Kaufmannsfrauen geheiratet und leben jetzt vortrefflich. Manche von ihnen arbeiten als Rechtsanwälte, andere geben Zeitungen heraus, überhaupt sind das sehr fähige und geachtete Leute!«

»Entschuldigen Sie die zudringliche Frage: Wie ist für Ihren Unterhalt gesorgt?«

»Unsere Situation ist die gleiche geblieben...«, antwortete der Teufel. »Das Budget hat sich in keiner Weise geändert... Der Staat zahlt wie früher Wohnung, Beleuchtung und Heizung... Gehalt bekommen wir nicht, weil wir alle außerplanmäßig geführt werden und weil jeder Teufel ehrenamtlich arbeitet... Überhaupt, wir leben, offen gestanden, schlecht, man könnte betteln gehn... Den Menschen ist es zu danken, daß wir gelernt haben, Schmiergelder zu nehmen, sonst wären wir schon in Massen krepiert... Wir erhalten uns nur von dergleichen Einnahmen... Man verlangt von den Sündern eben Provision, na, und... steckt sie ein... Der Satan ist alt geworden, er fährt immer weg, um sich die Zucchi anzusehen, auf genaue Abrechnung kommt es ihm jetzt nicht mehr an...«

Lachmatov schenkte dem Teufel noch ein Glas Wodka ein. Der trank es aus und erzählte weiter. Er gab alle Geheimnisse der Hölle zum besten, schüttete sein Herz aus, weinte und gefiel Lachmatov so gut, daß er ihn sogar bei sich übernachten ließ. Der Teufel schlief im Ofen und phantasierte die ganze Nacht. Am Morgen war er verschwunden.

Max Beerbohm
Enoch Soames

Ich war fast den ganzen Vormittag außer Haus gewesen, und da es zu spät war, um rechtzeitig zum Mittagessen zurück zu sein, suchte ich das »Vingtième« auf. Dieses kleine Lokal – »Restaurant du Vingtième Siècle« war sein voller Name – war '96 von den Poeten und Prosaisten entdeckt worden, hatte aber dann einer jüngeren Entdeckung weichen müssen. Ich glaube nicht, daß es lange genug existiert hat, um seinem Namen Ehre zu machen; doch zu jener Zeit war es noch da, in der Greek Street, ein paar Häuser entfernt vom Soho Square, fast gegenüber jenem Haus, wo, in den ersten Jahren des Jahrhunderts, ein kleines Mädchen, und mit ihr ein Junge namens De Quincey, in Dunkelheit und Hunger zwischen Staub und Ratten und alten Gesetzespergamenten ein nächtliches Lager aufgeschlagen hatten. Das Vingtième bestand nur aus einem kleinen weißgetünchten Raum, der am einen Ende auf die Straße, am andern in die Küche hinausführte. Der Besitzer und Koch war ein Franzose, uns geläufig als Monsieur Vingtième, die Serviererinnen seine beiden Töchter, Rose und Berthe; und das Essen war, so hieß es, gut. Die Tische waren so schmal und standen so eng beisammen, daß es Raum für deren zwölf gab, je sechs an einer Wand.

Als ich eintrat, waren nur die beiden nächst der Tür besetzt. Auf der einen Seite saß ein hochgewachsener, auffälliger, ziemlich mephistophelischer Mann, den ich hin und wieder im Dominosaal und anderswo gesehen hatte. Auf der anderen Seite saß Soames. Sie bildeten einen eigenartigen Kontrast in dem sonnenhellen Raum – hier Soames, hager, mit dem Hut und dem Umhang, die ich ihn nirgends und zu keiner Jahreszeit hatte ablegen sehen, und da dieser andere, dieser schneidend vitale Mann, bei dessen Anblick ich mich mehr als einmal gefragt hatte, ob er wohl Diamantenhändler, Zauberkünstler oder der Chef einer Privatdetektei war. Mir war klar, daß Soames keinen Wert auf meine Gesellschaft legte, dennoch fragte ich ihn, ob ich mich zu ihm setzen dürfe, da dies nicht zu tun mir harsch erschienen wäre, und nahm den Stuhl ihm gegenüber ein. Er rauchte eine Zigarette, ein unberührtes Ragout von irgend etwas auf dem Teller und eine halbvolle Flasche Sauterne vor sich; und er schwieg. Ich sagte, daß die Vorbereitungen für die Jubiläumsfeier London unerträglich machten. (In Wirklichkeit fand ich es schön.) Ich bekundete den Wunsch, am liebsten weit weg zu fahren, bis die ganze Sache vorüber sei. Vergeblich stellte ich mich auf seine Trübnis ein. Er schien mich nicht zu hören, nicht einmal zu sehen. Ich bekam das Gefühl, sein Verhalten mache mich vor dem andern Mann lächerlich. Der Gang zwischen den beiden Tischreihen im Vingtième war kaum breiter als zwei Fuß (bei ihren Darreichungen mußten sich Rose und Berthe immer aneinander vorbeizwängen und zankten sich dabei im Flüsterton), und wer an dem Tisch auf gleicher Höhe saß, saß praktisch mit am selben Tisch. Ich hatte den Eindruck, unser Nachbar weide sich an meinem vergeblichen Bemühen, Soames zu interessieren, und da ich ihm nicht erklären konnte, daß mein Insistieren rein wohltätiger Natur war, schwieg auch ich.

Ohne den Kopf zu wenden, hatte ich ihn bequem im Blick. Ich hoffte, im Vergleich zu Soames weniger vulgär zu wirken als er. Ich war mir sicher, daß er kein Engländer war, doch *was* war seine Nationalität? Obwohl sein pechschwarzes Haar *en brosse* war, vermutete ich in ihm keinen Franzosen. Mit Berthe, die ihn bediente, redete er fließend Französisch, doch kaum mit muttersprachlichem Idiom und Akzent. Ich schloß, daß dies sein erster Besuch im Vingtième war; doch Berthe behandelte ihn eher nachlässig: er hatte keinen guten Eindruck auf sie gemacht. Er hatte schöne Augen, doch waren sie – wie die Tische im Vingtième – zu schmal und zu eng beieinander. Seine Nase hatte etwas Raubtierhaftes, und die Spitzen seines Schnurrbarts waren bis über die Nasenflügel hinauf gewichst, so daß er ständig zu lächeln schien. Er war absolut sinister. Und mein Unwohlsein in seiner Gegenwart wurde noch durch die scharlachrote Weste verstärkt, die sich eng, und dem Juni so gar nicht entsprechend, um seine breite Brust schloß. Aber nicht nur der Hitze wegen wirkte diese Weste deplaziert. Irgendwie war sie an sich schon deplaziert. Am Heiligabend hätte sie sich nicht gehört. Bei der Premiere von *Hernani* wäre sie unangenehm aufgefallen. Während ich noch versuchte, mir ihre Unangemessenheit zu erklären, brach Soames unvermittelt und auf sonderbare Art das Schweigen. »In hundert Jahren!« murmelte er wie in Trance.

»Werden wir nicht mehr hier sein!« setzte ich munter, doch albern hinzu.

»Werden wir nicht mehr hier sein. Nein«, sagte er dumpf, »doch das Museum wird noch genau da sein, wo es ist. Und der Lesesaal genau da, wo er ist. Und man wird hineingehen können und lesen.« Er nahm einen tiefen Zug, und ein plötzlicher Anfall von Schmerz verzerrte sein Gesicht.

Ich fragte mich, welchem Gedankengang der arme Soames wohl gefolgt war. Er wurde nicht klarer, als er, nach einer langen Pause, sagte: »Sie denken, es macht mir nichts aus.«

»Was macht Ihnen nichts aus, Soames?«

»Mißachtung, Scheitern.«

»*Scheitern?*« platzte ich heraus. »Scheitern?« wiederholte ich leise. »Mißachtung – ja, mag sein; aber das ist ja etwas ganz anderes. Natürlich hat man Sie nicht – gewürdigt. Na und? Jeder Künstler, der – der –« Was ich sagen wollte, war: »Jeder Künstler, der der Welt wahrhaft Neues und Großes gibt, muß immer lange auf Anerkennung warten«; doch die Schmeichelei wollte nicht heraus: Angesichts seines Elends, eines so echten und unmaskierten Elends, wollten mir die Worte nicht über die Lippen.

Und dann – sagte er sie für mich. Ich errötete. »Das wollten Sie doch sagen, nicht wahr?« fragte er.

»Woher wußten Sie das?«

»Genau das haben Sie mir vor drei Jahren gesagt, als *Fungoide* erschienen.« Ich errötete noch mehr. Doch hätte es dessen gar nicht bedurft, denn: »Es ist das einzig Bedeutende, was ich Sie jemals habe sagen hören«, fuhr er fort. »Und ich habe es nicht vergessen. Es ist wahr. Es ist eine schreckliche Wahrheit. Aber – erinnern Sie sich noch, was ich Ihnen damals antwortete? Ich sagte: ›Ich gebe keinen Sou auf Anerkennung.‹ Und sie glaubten mir. Sie haben immer geglaubt, ich stände über derlei

Dingen. Sie sind oberflächlich. Was wissen *Sie* schon von den Gefühlen eines Mannes wie mir? Sie denken wohl, daß der Glaube des großen Künstlers an sich selbst und an das Urteil der Nachwelt ausreicht, ihn glücklich zu stimmen... Sie können sich die Verbitterung und Einsamkeit gar nicht vorstellen, die –« seine Stimme brach; doch dann fuhr er fort und redete mit einer Heftigkeit, die ich bei ihm nie gekannt hatte. »Die Nachwelt! Was habe *ich* denn davon? Ein Toter weiß nicht, daß man sein Grab aufsucht – seinen Geburtsort besucht – Gedenktafeln für ihn anbringt – Standbilder von ihm enthüllt. Ein Toter kann die Bücher nicht lesen, die man über ihn schreibt. In hundert Jahren! Denken Sie nur! Könnte ich *dann* noch einmal ins Leben zurückkehren – nur für ein paar Stunden – und in den Lesesaal gehen und *lesen*! Besser noch: Könnte ich jetzt, in diesem Moment, in jene Zukunft, in jenen Lesesaal versetzt werden, nur für diesen einen Nachmittag! Leib und Seele würde ich dem Teufel dafür geben! Man stelle sich vor, Seite um Seite im Katalog: endlos ›SOAMES, ENOCH‹ – endlose Ausgaben, Kommentare, Prolegomena, Biographien« – doch da wurde er von einem plötzlichen lauten Knarren des Stuhls am Nebentisch unterbrochen. Unser Nachbar hatte sich halb von seinem Stuhl erhoben. Er beugte sich, in entschuldigender Aufdringlichkeit, zu uns herüber.

»Verzeihen Sie – gestatten«, sagte er sanft. »Ich konnte nicht umhin, mitzuhören. Würden Sie mir erlauben...? In diesem kleinen Restaurant-sans-façon« – er breitete weit die Arme aus – »dürfte ich mich, wie es so schön heißt, ›einschalten‹?«

Es blieb mir nur, unsere Einwilligung anzudeuten. Berthe war in der Küchentür erschienen im Glauben, der Fremde wolle die Rechnung. Er winkte sie mit seiner Zigarre weg, und im nächsten Moment hatte er sich neben mich gesetzt und Soames fest im Visier.

»Obwohl ich kein Engländer bin«, erklärte er, »kenne ich mein London gut, Mr. Soames. Ihr Name und Ruf – auch Mr. Beerbohms – mir wohlbekannt. Sie werden fragen: wer bin *ich*?« Er warf einen raschen Blick über die Schulter und sagte dann mit gedämpfter Stimme: »Ich bin der Teufel.«

Ich konnte nicht umhin zu lachen. Ich wollte es unterdrücken, ich wußte, daß es da nichts zu lachen gab, meine Grobheit beschämte mich, jedoch – ich lachte mit steigender Lautstärke. Die stille Würde des Teufels, die Überraschung und der Abscheu seiner hochgezogenen Brauen ließen mich desto mehr Tränen lachen. Es warf mich hin und her, ich hing in meinem Stuhl, ich konnte nicht mehr. Ich benahm mich unmöglich.

»Ich bin ein Gentleman, und«, sagte er mit ernster Betonung, »ich dachte, ich wäre in der Gesellschaft von *Gentlemen*.«

»Nicht!« japste ich schwach. »Bitte nicht!«

»Seltsam, *nicht wahr*?« hörte ich ihn zu Soames sagen. »Es gibt Menschen, die allein schon die Erwähnung meines Namens – ach-so-schrecklich-komisch finden! In Ihren Theatern braucht der langweiligste Komödiant nur ›Der Teufel‹ zu sagen, und umgehend schenkt man ihm ›das laute Lachen, das den leeren Geist verrät‹. Ist es nicht so?«

Ich hatte nun wieder gerade so viel Luft, um ihm meine

Entschuldigung anzubieten. Er nahm sie an, wenn auch kalt, und wandte sich wieder Soames zu.

»Ich bin Geschäftsmann«, sagte er, »und erledige die Dinge am liebsten ›hier und jetzt‹, wie man in den Staaten sagt. Sie sind Dichter. *Les affaires* – Sie verachten sie. Nun gut. Aber mit mir wollen Sie einen Handel machen, nicht? Was Sie soeben gesagt haben, läßt mich ungemein hoffen.«

Soames hatte sich nicht gerührt, außer um sich eine neue Zigarette anzuzünden. Er saß vornübergebeugt da, die Ellbogen auf dem Tisch, und starrte zum Teufel hoch. »Weiter«, nickte er. Das Lachen war mir jetzt vergangen.

»Er wird um so angenehmer sein, unser kleiner Handel«, fuhr der Teufel fort, »wo Sie doch – gehe ich fehl? – ein Diabolist sind.«

»Ein katholischer Diabolist«, sagte Soames.

Der Teufel quittierte die Einschränkung mit einem Lächeln. »Sie wünschen also«, fuhr er fort, »jetzt, an diesem heutigen Nachmittag – den Lesesaal des Britischen Museums zu besuchen, ja? aber heute in hundert Jahren, ja? *Parfaitement.* Zeit – eine Illusion. Vergangenheit und Zukunft – so allgegenwärtig wie die Gegenwart oder zumindest ›gleich-um-die-Ecke‹, wie Sie das nennen. Ich schalte Sie auf jedes Datum. Ich versetze Sie – puff! Sie wollen im Lesesaal sein, gerade als wäre es der Nachmittag des 3. Juni 1997? Sie wollen jetzt, in diesem Augenblick, in diesem Saal stehen, gleich hinter der Schwingtür, ja? und bleiben, bis geschlossen wird? Hab ich recht?«

Soames nickte.

Der Teufel schaute zur Uhr. »Zehn nach zwei«, sagte er. »Schließung im Sommer gleiche Zeit wie jetzt: sieben Uhr. Das gibt Ihnen fast fünf Stunden. Um sieben Uhr – puff! – sind Sie wieder hier, hier an diesem Tisch. Ich speise heute abend *dans le monde – dans le higlif*. Damit endet mein diesmaliger Besuch in Ihrer großartigen Stadt. Ich komme dann, Mr. Soames, und hole Sie auf meinem Weg nach Hause hier ab.«

»Nach Hause?« echote ich.

»Möcht' es niemals so bescheiden sein!« sagte der Teufel leichthin.

»Abgemacht«, sagte Soames.

»Soames!« beschwor ich ihn. Doch mein Freund verzog keine Miene.

Der Teufel machte Anstalten, seinen Arm über den Tisch zu strecken und Soames' Arm zu berühren; doch er hielt in der Bewegung inne.

»In hundert Jahren, wie auch jetzt«, lächelte er, »Rauchverbot im Lesesaal. Sie machen also besser –«

Soames nahm die Zigarette aus dem Mund und ließ sie in sein Glas Sauterne fallen.

»Soames!« rief ich noch einmal. »Können Sie nicht« – doch da hatte der Teufel die Hand schon über den Tisch gestreckt. Er ließ sie langsam sinken – auf das Tischtuch. Soames' Stuhl war leer. Seine Zigarette schwamm vollgesogen in dem Weinglas. Das war alles, was von ihm geblieben war.

Der Teufel ließ seine Hand ein paar Augenblicke liegen, wo sie war, und blitzte mich in vulgärem Triumph aus den Augenwinkeln an.

Ein Schauder überlief mich. Mit einiger Mühe beherrschte ich mich und erhob mich von meinem Stuhl. »Äußerst clever«, sagte ich herablassend. »Aber – *Die Zeitmaschine* ist ein herrliches Buch, finden Sie nicht? So ungemein originell.«

»Sie gefallen sich in Ihrem Spott«, sagte der Teufel, der sich ebenfalls erhoben hatte. »Aber es ist eine Sache, über eine nicht mögliche Maschine zu schreiben; es ist eine ganz andere Sache, eine übernatürliche Gewalt zu sein.« Dennoch, ich hatte es ihm gezeigt.

Auf das Geräusch unseres Aufstehens hin war Berthe erschienen. Ich erklärte ihr, daß Mr. Soames weggerufen worden sei und daß wir, er und ich, hier zu Abend speisen würden. Erst als ich wieder an der frischen Luft war, wurde mir langsam schwindlig. Ich habe nur die verschwommenste Erinnerung daran, was ich in dem gleißenden Sonnenlicht jenes endlosen Nachmittags unternahm, wohin ich wanderte. Ich erinnere mich noch an das Gehämmere der Zimmerleute den ganzen Piccadilly entlang und den kahlen chaotischen Anblick der halb errichteten »Tribünen«. War es im Green Park oder in den Kensington Gardens, oder *wo* war es, da ich mich auf eine Bank unter einen Baum setzte und versuchte, eine Abendzeitung zu lesen? Im Leitartikel stand ein Satz, der sich mir immer wieder in meinem erschöpften Geist wiederholte – »Wenig ist dieser erlauchten Dame, voll der Weisheit aus sechzig Jahren höchster Staatsgewalt, verborgen.« Ich weiß noch, wie ich hektisch einen Brief aufsetzte (nach Windsor per Expreßboten, der auf Antwort warten sollte):

»*Madame*, – Wohl wissend, daß Eure Majestät voll ist der Weisheit aus sechzig Jahren höchster Staatsgewalt, gestatte ich mir die Bitte um Euren Rat in der folgenden heiklen Angelegenheit. Mr. Enoch Soames, dessen Gedichte Euch bekannt sein mögen oder auch nicht...«

Gab es denn *keine* Möglichkeit, ihm zu helfen – ihn zu retten? Geschäft ist Geschäft, und ich wäre der letzte, der jemandem helfen oder ihn dazu ermuntern würde, sich aus einer berechtigten Verpflichtung herauszuwinden. Nicht den kleinen Finger hätte ich gerührt, um Faust zu retten. Doch der arme Soames! – dazu verdammt, ohne Aufschub einen ewigen Preis für nichts als eine fruchtlose Suche und eine bittere Enttäuschung zu bezahlen...

Absonderlich und unheimlich erschien es mir, daß er, Soames, in Fleisch und Blut, in seinem wasserdichten Umhang, just in diesem Augenblick im letzten Jahrzehnt des nächsten Jahrhunderts leben sollte, gebeugt über Bücher, die noch nicht geschrieben, sehend und gesehen von Menschen, die noch nicht geboren waren. Unheimlicher und absonderlicher noch, daß er noch heute abend und dann auf immer in der Hölle sein würde. Zweifellos war die Wahrheit sonderbarer als die Dichtung.

Endlos lang war jener Nachmittag. Ich wünschte fast, ich hätte Soames begleitet – nicht unbedingt, um im Lesesaal zu bleiben, sondern um einen munteren Besichtigungsgang durch das neue London zu unternehmen. Ruhelos verließ ich den Park, in dem ich gesessen hatte. Vergeblich versuchte ich mich als eifrigen Touristen aus dem achtzehnten Jahrhundert vorzustellen. Der Druck der langsam verrinnenden und leeren Minuten war uner-

träglich. Lange vor sieben Uhr war ich zurück im Vingtième.

Ich saß wieder genau da, wo ich am Mittag gesessen
hatte. Lustlos wehte die Luft durch die offene Tür in
meinem Rücken herein. Ab und an erschienen Rose oder
Berthe für einen Moment. Ich hatte ihnen gesagt, ich
würde erst zu essen bestellen, wenn Mr. Soames eintraf.
Ein Leierkasten fing an zu spielen und überdeckte abrupt
den Lärm von ein paar Franzosen, die sich ein Stück
straßauf stritten. Immer, wenn die Melodie wechselte,
hörte ich den Streit noch toben. Auf dem Heimweg hatte
ich eine weitere Abendzeitung gekauft. Ich schlug sie auf.
Andauernd wanderten meine Augen zwischen ihr und
der Uhr über der Küchentür ...

Fünf Minuten, jetzt, genau sieben Uhr! Ich erinnerte
mich, daß Uhren in Restaurants fünf Minuten vorgestellt
werden. Ich zwang meine Augen in die Zeitung. Ich
schwor, nicht mehr davon aufzuschauen. Ich hielt sie
senkrecht, in voller Breite, vor mein Gesicht, so daß ich
nichts anderes mehr sehen konnte ... Ein recht zitterndes
Blatt? Nur der Luftzug, redete ich mir ein.

Langsam wurden meine Arme steif; sie schmerzten;
doch konnte ich sie nicht sinken lassen – noch nicht. Ich
hatte einen Verdacht, ich hatte eine Gewißheit. Und
wenn schon ... wozu war ich denn sonst hergekommen?
Doch ich hielt die Zeitungsbarriere aufrecht. Nur der
Klang von Berthes schnellem Schritt von der Küche her
befähigte mich, zwang mich, sie zu senken, und zu sagen:
»Was wollen wir essen, Soames?«

»*Il est souffrant, ce pauvre Monsieur Soames?*« fragte
Berthe.

»Er ist nur – müde.« Ich bat sie, etwas Wein zu bringen – Burgunder – und was immer an Essen bereit war. Soames saß vornübergebeugt am Tisch, geradeso, wie ich ihn zuletzt gesehen hatte. Es war, als wäre er überhaupt nicht weg gewesen – er, der so unvorstellbar weit weg gewesen war. Das eine oder andere Mal war mir am Nachmittag der Gedanke gekommen, daß seine Reise vielleicht gar nicht fruchtlos sein würde – daß wir alle uns vielleicht in unserer Einschätzung der Werke Soames' geirrt hatten. Daß wir schrecklich recht gehabt hatten, wurde schrecklich deutlich aus seinem Blick. Doch: »Verlieren Sie nicht den Mut«, stammelte ich. »Vielleicht lag es nur daran, daß Sie – nicht genügend Zeit verstreichen ließen. Zwei, drei Jahrhunderte weiter, vielleicht –«

»Ja«, ertönte seine Stimme, »daran habe ich auch schon gedacht.«

»Und jetzt – jetzt aber zum Nächstliegenden! Wo wollen Sie sich verstecken? Wie wäre es, wenn Sie den Paris-Expreß von Charing Cross nähmen? Wir haben noch fast eine Stunde. Und fahren Sie nicht bis Paris. Steigen Sie in Calais aus. Leben Sie in Calais. Er würde nie auf die Idee kommen, Sie in Calais zu suchen.«

»Es ist mein Schicksal«, sagte er, »meine letzten Stunden auf der Welt mit einem Esel zu verbringen.« Doch ich war nicht beleidigt. »Und einem verräterischen Esel dazu«, fügte er seltsamerweise hinzu und schubste mir ein zerknülltes Stück Papier herüber, das er in der Hand gehalten hatte. Ich warf einen Blick darauf – anscheinend irgendein Gekritzel. Unwirsch wischte ich es beiseite.

»Kommen Sie, Soames! Reißen Sie sich zusammen! Das ist nicht nur eine Frage von Leben oder Tod. Das ist eine Frage von ewigen Qualen, verstehen Sie doch! Sie wollen doch nicht sagen, daß Sie hier ergeben warten, bis der Teufel Sie holen kommt?«

»Mir bleibt nichts anderes übrig. Ich habe keine Wahl.«

»Kommen Sie! Das ist jetzt zu viel des ›Vertrauens und Ansporns‹! Das ist wildgewordener Diabolismus!« Ich goß ihm Wein ein. »Jetzt, da Sie das Scheusal gesehen haben –«

»Sinnlos, ihn zu beschimpfen.«

»Sie müssen doch zugeben, daß er nichts Miltonsches an sich hat.«

»Ich kann nicht sagen, daß er nicht um einiges anders ist, als ich ihn mir vorgestellt habe.«

»Er ist zutiefst vulgär, er ist ein Hochstapler, er ist einer von denen, die sich in den Korridoren der Züge an die Riviera herumtreiben und Damen die Schmuckschatulle stehlen. Stellen Sie sich das vor, ewige Qualen unter *seiner* Leitung!«

»Sie denken doch wohl nicht, daß ich mich darauf freue?«

»Und warum machen Sie sich dann nicht still und leise davon?«

Wieder und wieder füllte ich sein Glas, und jedesmal leerte er es mechanisch; doch der Wein entfachte keinen Funken Tatendrang in ihm. Er aß nichts, und auch ich aß kaum etwas. Tief im Herzen glaubte ich nicht daran, daß er noch irgendeine Chance hatte zu entkommen. Doch alles besser als dieses passive, ergebene, elende Warten.

Ich sagte Soames, daß er, zur Ehre der menschlichen Rasse wenigstens, versuchen sollte, sich zu widersetzen. Er fragte, was die menschliche Rasse je für ihn getan hätte. »Und überhaupt«, sagte er, »können Sie nicht begreifen, daß ich in seinem Bann stehe? Sie haben doch gesehen, wie er mich berührt hat! Das ist das Ende. Ich habe keinen eigenen Willen mehr. Mein Schicksal ist besiegelt.«

Ich machte eine Geste der Verzweiflung.

Immer wieder wiederholte er das Wort »besiegelt«. Ich erkannte langsam, daß der Wein sein Gehirn umnebelt hatte. Kein Wunder! Mit nichts im Magen war er in das Zukünftige gegangen, nichts im Magen hatte er noch immer. Ich bedrängte ihn, wenigstens etwas Brot zu essen. Ich wurde wahnsinnig bei dem Gedanken, daß er, der doch so viel zu erzählen hatte, nichts mehr erzählen könnte. »Wie war es denn«, fragte ich, »dort draußen? Kommen Sie! Erzählen Sie! Erzählen Sie mir Ihre Abenteuer.«

»Das gäbe einen erstklassigen ›Stoff‹ ab, nicht?«

»Es tut mir schrecklich leid für Sie, Soames, ich übe jede erdenkliche Nachsicht; doch haben Sie nicht das mindeste Recht anzudeuten, ich würde einen ›Stoff‹, wie Sie es nennen, aus Ihnen machen!«

Der arme Kerl preßte die Hände an die Stirn. »Ich weiß nicht«, sagte er. »Irgendeinen Grund hatte ich ... Ich versuche, mich zu erinnern.«

»So ist's recht. Versuchen Sie, sich an alles zu erinnern. Essen Sie noch etwas Brot. Wie sah der Lesesaal aus?«

»Ziemlich normal«, murmelte er schließlich.

»Waren viele Leute dort?«

»So wie immer.«

»Wie sahen sie aus?«

Soames versuchte, sie sich vorzustellen. »Sie sahen«, sagte er schließlich, »einander alle ziemlich ähnlich.«

Mir schwante Entsetzliches. »Alle in Jaeger gekleidet?«

»Ja. Ich glaube. Grau-gelbliches Zeug.«

»Eine Art Uniform?« Er nickte. »Vielleicht mit einer Nummer darauf? – eine Nummer auf einer großen Metallscheibe, die auf dem linken Ärmel angenäht war? DKF 78.910 – in der Art?« Genauso war es. »Und alle – Männer und Frauen – sahen sehr gepflegt aus? sehr utopisch? und rochen ziemlich stark nach Karbol? und alle hatten keine Haare?« Immer hatte ich recht. Soames war sich nur nicht sicher, ob die Männer und Frauen unbehaart oder kahlgeschoren waren. »Ich hatte nicht die Zeit, sie mir genau anzusehen«, erklärte er.

»Nein, natürlich nicht. Aber –«

»Sie starrten *mich* an, kann ich Ihnen sagen. Ich erregte großes Aufsehen.« Endlich hatte er das getan! »Ich glaube, ich jagte ihnen ziemliche Angst ein. Sie wichen zurück, wenn ich mich ihnen näherte. Sie folgten mir in einiger Entfernung, überall, wo ich hinging. Die Männer an der runden Aufsicht in der Mitte schienen in eine gewisse Panik zu geraten, wenn ich sie um Auskünfte bat.«

»Was taten Sie, als Sie ankamen?«

Nun, er war natürlich sofort zum Katalog gegangen – an die S-Bände, und war lange vor SN-SOF gestanden, unfähig, diesen Band aus dem Regal zu nehmen, weil sein Herz so sehr schlug... Zunächst, sagte er, sei er nicht enttäuscht gewesen – er habe nur gedacht, es gäbe ein neues System. Er ging zu der Aufsicht und fragte, wo der Katalog für die Bücher des *zwanzigsten* Jahrhunderts sei. Man sagte ihm, es gebe noch immer nur einen Katalog. Wieder schaute er nach seinem Namen, starrte auf die drei kleinen aufgeklebten Zettelchen, die ihm so vertraut waren. Dann setzte er sich eine Weile hin...

»Und dann«, sagte er schleppend, »schaute ich im *Lexikon der Nationalbibliographie* sowie einigen Enzyklopädien nach... Ich ging wieder zu der Aufsicht und fragte, welches das beste Buch über die Literatur des ausgehenden neunzehnten Jahrhunderts sei. Sie meinten, das Buch von Mr. T. K. Nupton gelte als das beste. Ich suchte es im Katalog und füllte ein Formular dafür aus. Man brachte es mir. Mein Name stand nicht im Index, aber – Ja!« sagte er mit plötzlich veränderter Stimme. »Das war's, was ich vergessen hatte. Wo ist der Zettel? Geben Sie ihn mir wieder.«

Auch ich hatte jenes rätselhafte Geschreibsel vergessen. Ich sah, daß es zu Boden gefallen war, hob es auf und reichte es ihm.

Er glättete es, nickte und lächelte mich ungnädig an. »Ich blätterte Nuptons Buch so durch«, hub er wieder an. »Nicht sehr leicht zu lesen. So eine Art phonetische Schreibweise... Alle modernen Bücher, die ich sah, waren phonetisch.«

»Dann möchte ich nichts weiter hören, Soames, bitte.«

»Die Eigennamen schienen alle auf die alte Art geschrieben zu sein. Sonst wäre mir mein eigener Name wahrscheinlich gar nicht aufgefallen.«

»Ihr eigener Name? Wirklich, Soames, das freut mich aber *sehr*.«

»Und der Ihre.«

»Nein!«

»Ich dachte mir, daß Sie hier auf mich warten würden. Und so machte ich mir die Mühe, den Abschnitt abzuschreiben. Lesen Sie.«

Ich ergriff den Zettel. Soames' Handschrift war typisch matt. Dies und die ärgerliche Schreibweise und meine Erregtheit machten es mir um so schwerer zu begreifen, worauf T. K. Nupton hinauswollte.

Das Dokument liegt in diesem Augenblick vor mir. Seltsam, daß die Worte, die ich nun für Sie, geneigter Leser, abschreibe, für mich von Soames gerade achtundsiebzig Jahre später abgeschrieben wurden...

Aus »Englische Litteratuur 1890-1900«, S. 234, fon T. K. Nupton, herausgegeben fom Schtaat, 1992:

»Beischpiilswaise schriip ein Schraiber namens Max Beerbohm, der im tswantsigsten Jaarhundett nox lebte, eine Ertsäälung, in der er eine fiktiiwe Geschtalt naamens ›Enoch Soames‹ porträtiirte – ein drittklassiger Dixter, der six für ein grooßes Gxenie hält und einen Pakt mit dem Täufl schliißt, um tsu erfaaren, was die Naaxwelt fon iim dänkt! Es handelt six dabei um eine etwas gekwelte Satiire, die einen gewissen Weert darin besittst, dass sii auftsaigt, wii ärnst six dii jungen Männer der Axttseenhundertnäuntsiger naamen. Nuun da der Beruuf des Litteraaten Teil des Minnisteeriums für Öffentlixen Diinst ist, wissen unsere Schraiber, wo sii schteen, und haben gelännt, ihre Pflixt tsu tuun, oone an das Morgen dänken tsu müssen. ›Der Aabaiter ist seine Aabait wert‹, das ist alles. Zum Glück gibt es häuttsutaage keine Enoch Soamese meer!«

Indem ich diese Wörter laut murmelte (ein Mittel, das ich meinem Leser empfehle), konnte ich sie nach und nach erfassen. Je klarer sie wurden, desto größer wurden meine Verwirrung, mein Kummer, mein Entsetzen. Das Ganze war ein Alptraum. Dort, in der Ferne, die großen grauesten Verhältnisse, die der geliebten armen Kunst des Schreibens harrten, hier, am Tisch, der arme Kerl, der mich mit einem Blick festnagelte, der mich ins Schwitzen brachte, und den – den offensichtlich – doch nein: wie verkommen mein Charakter mit den Jahren auch werden würde, niemals würde ich ein solches Scheusal werden und –

Noch einmal untersuchte ich das Geschreibsel. »Fiktiiwe« – doch hier saß Soames, nicht weniger fiktiv, leider! als ich. Und »gekwelte« – was in aller Welt war das? (Bis zum heutigen Tag kann ich mir keinen Reim auf dieses Wort machen.) »Das ist alles sehr – verwirrend«, stammelte ich schließlich.

Soames sagte nichts und war so grausam, seinen Blick nicht von mir zu nehmen.

»Sind Sie sicher«, wich ich aus, »ganz sicher, daß Sie die Sache korrekt abgeschrieben haben?«

»Völlig.«

»Nun, dann wird es dieser erbärmliche Nupton sein, der da irgendeinen idiotischen Fehler gemacht haben – machen werden muß... Sehen Sie mal, Soames! Sie kennen mich doch besser, als daß Sie mir so etwas...

Schließlich ist der Name ›Max Beerbohm‹ weiß Gott nicht ungewöhnlich, und es laufen doch bestimmt einige Enoch Soamese herum – oder besser, ›Enoch Soames‹ ist ein Name, der jedem einfallen könnte, der eine Erzählung schreibt. Und ich schreibe keine Erzählungen: Ich bin Essayist, ich beobachte, zeichne auf… Ich gebe zu, das ist ein außergewöhnlicher Zufall. Aber Ihnen muß doch klar sein –«

»Mir ist die ganze Sache klar«, sagte Soames ruhig. Und fast wie früher, aber mit mehr Würde, als ich jemals bei ihm festgestellt hatte, fügte er hinzu: »*Parlons d'autre chose.*«

Ich akzeptierte diesen Vorschlag unverzüglich. Ich kehrte ohne Umschweife zur unmittelbareren Zukunft zurück. Ich vergeudete fast den ganzen langen Abend mit neuerlichen Appellen an Soames, sich doch zu verdrükken und irgendwo Zuflucht zu suchen. Ich weiß noch, wie ich schließlich sagte, daß, sollte es mir wirklich bestimmt sein, über ihn zu schreiben, die vermutete Erzählung dann wenigstens eines haben sollte: ein Happy-End. Soames wiederholte die letzten drei Wörter im Ton äußersten Zorns. »Im Leben wie in der Kunst«, sagte er, »ist das einzige, was zählt, ein *unausweichliches* Ende.«

»Aber«, drängte ich hoffnungsvoller, als mir zumute war, »ein Ende, das abgewendet werden kann, ist *nicht* unausweichlich.«

»Sie sind kein Künstler«, keuchte er. »Und Sie sind auf so hoffnungslose Art kein Künstler, daß Sie schon nicht in der Lage sind, sich etwas auszudenken und es als wahr erscheinen zu lassen, nein, Sie lassen sogar etwas Wahres so erscheinen, als hätten Sie es sich ausgedacht. Sie sind ein elender Stümper. Genau wie mein Glück.«

Ich protestierte, daß der elende Stümper nicht ich sei – nicht ich sein würde, sondern T. K. Nupton; und wir gerieten in einen recht heftigen Streit, bis es mir plötzlich schien, Soames sehe sein Unrecht ein; er war richtig körperlich niedergeduckt. Doch wunderte ich mich, daß – und da erriet ich unter kaltem Pochen, warum – er so an mir vorbeistarrte. Der Überbringer jenes »unausweichlichen Endes« stand in der Eingangstür.

Es gelang mir, mich auf meinem Stuhl umzudrehen und nicht ohne den Anschein von Leichtigkeit zu sagen: »Aha, kommen Sie nur herein!« Tatsächlich empfand ich kaum mehr Furcht, da er so absurd wie ein Schurke in einem Rührstück aussah. Wie sein schiefer Hut und seine Hemdbrust schimmerten, wie er ständig seinen Schnurrbart zwirbelte, insbesondere aber sein großspuriger Spott – all das deutete an, daß er nur kam, um sich eine Schlappe einzuhandeln.

Mit einem großen Schritt war er an unserem Tisch. »Es tut mir leid«, höhnte er vernichtend, »Ihren angenehmen Abend zu beenden, aber –«

»Mitnichten: Sie komplettieren ihn«, versicherte ich ihm. »Mr. Soames und ich würden uns gern ein wenig mit Ihnen unterhalten. Wollen Sie sich nicht setzen? Mr. Soames hat nichts – aber auch gar nichts – von seiner nachmittäglichen Reise gehabt. Wir wollen nicht so weit gehen zu sagen, daß die ganze Angelegenheit ein Schwindel war – ein übler Schwindel. Im Gegenteil, wir sind der Ansicht, daß Sie es gut gemeint haben. Aber natürlich ist der Handel, wie er beschlossen war, geplatzt.«

Der Teufel antwortete wortlos. Er schaute Soames nur an und wies mit ausgestrecktem Zeigefinger Richtung Tür. Soames erhob sich schon von seinem Stuhl – ein erbärmlicher Anblick –, als ich, mit verzweifelter rascher Bewegung, zwei Speisemesser, die auf dem Tisch lagen, ergriff und die Klingen übereinander kreuzte. Der Teufel wich abrupt zurück an den Tisch hinter ihm, wandte das Gesicht ab und erschauerte.

»Sie sind nicht abergläubisch!« zischte er.

»Keineswegs«, lächelte ich.

»Soames«, sagte er wie zu einem Gehilfen, aber ohne das Gesicht zu drehen, »machen Sie diese Messer gerade!«

Mit einer abwehrenden Handbewegung hin zu meinem Freund sagte ich emphatisch zum Teufel: »Mr. Soames ist *katholischer* Diabolist!« Doch mein armer Freund gehorchte dem Teufel, nicht mir; sodann erhob er sich, unter dem Bann seines Herrn, und schlurfte an mir vorbei. Ich wollte noch etwas sagen. Er aber sagte etwas. »Versuchen Sie«, war das Stoßgebet, das er mir zurief, als der Teufel ihn grob zur Tür hinausstieß, »*versuchen* Sie, ihnen klarzumachen, daß es mich gegeben hat!«

Im nächsten Moment war auch ich zur Tür hinaus. Ich starrte in alle Richtungen – die Straße hinauf, hinüber, hinab. Betäubt stand ich da. Betäubt wandte ich mich um und ging schließlich wieder zurück in den kleinen Raum; wahrscheinlich habe ich Berthe oder Rose für mein Abendessen und für meinen Lunch bezahlt und auch für Soames': Ich hoffe es jedenfalls, denn niemals wieder habe ich das Vingtième betreten. Seit jenem

Abend habe ich die Greek Street gemieden. Und selbst auf den Soho Square setzte ich auf Jahre hinaus nicht einen Fuß, denn dort war es, in ebenjener Nacht, da ich ruhelos, endlos umherstreifte, erfüllt von dumpfer Hoffnung wie einer, der nicht von der Stelle weichen will, an der er etwas verloren hat... »Vorbei an toten Fenstern, fort und fort« – diese Zeile verfolgte mich auf meinem einsamen Gang und mit ihr die ganze Strophe; sie klirrte mir im Kopf und hämmerte mir ein, wie tragisch verschieden von der heiteren Szene in der Vorstellung des Dichters tatsächliches Erlebnis mit jenem Prinzen war, in den wir, unter allen Prinzen, nicht unser Vertrauen setzen sollen.

Doch – seltsam, wie die Gedanken eines Essayisten, mögen sie nie so schmerzgeprüft sein, wandern und schweifen! – erinnere ich mich, wie ich an einer breiten Türschwelle verhielt und überlegte, ob es wohl dieselbe gewesen war, auf der der junge De Quincey lag, krank und schwach, während die arme Ann, so schnell sie ihre Füße tragen konnten, in die Oxford Street, beider »hartherzige Stiefmutter«, rannte und mit dem »Glas Portwein mit Gewürzen« zurückkam, ohne das er, wie er vermeinte, tatsächlich gestorben wäre. War das die Türschwelle, die De Quincey im Alter ehrfurchtsvoll besuchte? Anns Schicksal ging mir durch den Kopf, der Grund ihres plötzlichen Verschwindens aus dem Leben ihres Freundes; und ich machte mir Vorwürfe, daß in mir Vergangenes die Gegenwart verdrängte. Armer verschwundener Soames!

Ludwig Hevesi
Jules Verne in der Hölle

Ein Brief des verstorbenen Schriftstellers
an den Herausgeber

Inferopel, oo. Bratmond A. D. oooo*

Endlich, lieber Freund, komme ich dazu, Ihnen meine
ersten Eindrücke aus der Hölle zu schildern. Erwarten Sie
nichts Zusammenhängendes, denn ich bin erst gestern
bei einem Damentee zu Scharpie zerzupft worden; eine
der leichtesten Strafen in dieser mit Unrecht so berühmten Strafanstalt. Schon das Wort Scharpie macht Sie ja
stutzen. So weit zurück sind sie hier noch in der Wund-
behandlung. Überhaupt ein in mancher Hinsicht schlecht
gehaltener Ort, mit teilweise ganz veralteter Wirtschaft.
Denken Sie doch, es gibt noch nicht einmal eine Isother-
menkarte der Hölle, so daß ich nichts Verläßliches über
die Wärmeverteilung daselbst erfahren konnte. Jedenfalls bekam ich zunächst einen Stockschnupfen, denn
mein Eingangspförtlein lag am infernalischen Nordpol.
Die Formalitäten waren recht einfach. Ein verdammter
Zahnarzt reparierte schnell mein Gebiß, um mir das
Zähneklappern zu erleichtern. Und ein gebratener Che-
miker, der zur Abkühlung hierher pardoniert worden,
stellte durch Reagenzien fest, ob ich eine saure oder ba-
sische Seele sei. Ein dritter Beamter, mit der weißen
Mütze eines Koches, bezeugte mir auf einem Zettel, daß

---

* A. D. bedeutet hier Anno Diaboli. Zahlen werden nur durch Nullen
ausgedrückt, weil hier ohnehin Ewigkeit herrscht.

ich zu den ungenießbaren Subjekten gehöre. Es gibt hier nämlich zwei Kategorien von Seelen: eßbare und nicht eßbare. Ich habe, wie ich später sah, allen Grund, mich zu freuen, daß ich zu letzteren gehöre. Interessant war das Fremdenbuch, in das man mir einen Blick gönnte, jedenfalls aus Stolz über so hohe Besuche. Nur die erste Seite wollte man mir nicht zeigen; ich würde ohnehin geblendet werden, hieß es. Weiterhin sah ich auf einem Blatte die Unterschriften: Dante Alighieri und Publius Vergilius Maro. Seine Höllenfahrt war also keine Erfindung! Ich fragte nach der Adresse einer Teufelin namens Joconde, die ich in jüngeren Jahren in Paris gekannt hatte. Man schlug sofort den infernalischen Lehmann auf, der eine ganze Vorstadt voll Bibliotheken bildet. Es sollen 34 913 Milliarden Namen darin verzeichnet sein. Zehn Magazine enthalten bloß die Namen der Namenlosen, also Vorgeschichtliche und dergleichen. Ein Edisonscher Namenaufschlager von mir unbegreiflicher Konstruktion fand auf den siebenten Tastendruck meine Joconde, die jetzt freilich Dolores heißt. Sie bedient im satanischen Konservatorium eine Tickmaschine, zur Erzeugung von *Tic douloureux* im großen. Was besagten Edison betrifft, ist er ein steckengebliebenes Erfindergenie, von dem der jetzige Edison (Thomas Alva) im vierten Glied abstammt.

Wie ich nach Inferopel gelangt bin, kann ich mir noch nicht erklären. War es eine Bewegung, eine Polarisation, eine Änderung meines Aggregatszustandes, ich weiß es nicht. Jedenfalls war die Reise unangenehm. Es ging zunächst durch eine Zone höherer Mephitik. Auch knallte es unausgesetzt auf allen Seiten, und man wurde immerfort von unsichtbaren Peitschenschmitzen getroffen. In der Luft lag ein schauerliches Singen und Klingen von zahllosen Telephondrähten; Gebetdrähte nannte man sie mir später. Ich weiß nicht, ich hatte das Gefühl, als ob ich einen Führer hätte. Auch dieses Gefühl kann ich nicht näher bestimmen. Nicht einmal andeutungsweise. Ich hatte etwas wie die Projektion nach oben von einer sub-liminaren Vorstellung, daß in meiner Nähe ein Wesen sei, das... lachen Sie mich aber nicht aus... ein Wesen etwa wie ein sechseckiger Klang (!). Ich kann nicht dafür, ich hatte eine unerklärliche Mischempfindung wie von der Nähe eines Etwas, dessen Eltern ein Sechseck und das dreigestrichene f einer Oboe wären. Was wissen denn Sie, in Ihrem stumpfen Erdenfleisch, was für Wesensmöglich-keiten jenseits obwalten! Was für Mesalliancen dort vor-kommen mögen! Ich sah es nicht, ich hörte es nicht, ich roch und griff und schmeckte es nicht, aber es war da. Mit keinem Sinne faßbar, lag es mir in allen Sinnen. E... ES...! Ich nannte es so, denn ich wußte ja nicht einmal, ob es ein Männlein oder Weiblein war. Allerdings neigte ich zur letzteren Annahme. Da stand nämlich an einer gewissen Stelle eine Tafel mit einer transparenten Kund-machung: »Links fliegen.« Von einer Art anonymer An-stiftung bewogen, tupfte ich mit dem Zeigefinger auf den Punkt, der diesen Text schloß. Mit lautem »Au!« fuhr ich zurück, verbrannt oder verbrüht, denn in der Hölle ist jeder Punkt ein Siedepunkt. Doch warum hatte ich ihn berührt? ES fiel mir ein. Gewiß hatte ES mich veranlaßt, aus Mutwillen, um sich einen Jux zu machen. Und das sah jedenfalls einem Frauenzimmer ähnlich.

Eine bittere Kälte machte sich plötzlich geltend. Ich

hörte etwas wie eine unhörbare Stimme – ES sprach zu mir –: »Hier herum sind die Kältefabriken, wo Kältemischungen zubereitet werden. Von 1000 Grad unter Null abwärts. Denn Kälte brennt mehr als Wärme. Die höchsten Wärmegrade erzeugen wir auf kaltem Wege.« Immer deutlicher hörte ich dieses unhörbare Sprechen. Plötzlich sah ich einen Mann stehen, der war buchstäblich vergletschert. Augen, Mund, Bart bildeten einen kleinen Rhonegletscher. In seinen Taschen hatten sich niedliche Taschengletscher festgesetzt. Er reichte mir ein viereckiges Blättchen aus geschliffenem Kristalleis; seine Visitenkarte. Erstaunt las ich darauf: »Andreas Celsius, Generaldirektor der infernalischen Kältefabriken.« Mein Rückenmark begann sich in einen Eiszapfen zu verwandeln; selbstverständlich von unten nach oben. Ich kroch in den nächsten feurigen Ofen, um mich etwas aufzutauen, und bat zwei Pusteteufel, die mit ganz altmodischen Blasebälgen hineinfauchten, nur recht fleißig zu sein. Die Hitze tat mir wohl; es ist eben doch alles relativ in der Welt. Weiterhin kam ich an mehreren Pech- und Schwefelgruben vorbei, aus denen es gen Himmel ächzte und stöhnte. Sie waren alle ohne Schutzgeländer, ganz polizeiwidrig. Bei uns in Amiens, solange ich im Gemeinderat saß, war das nicht gestattet. Auch von rauchverzehrenden Vorrichtungen keine Spur. In einem mannshohen eisernen Mörser stampfte ein enormer rotborstiger Teufel einen armen Sünder. »Schon seit 3000 Jahren«, raunte ES mir zu. Aber bei jedem Stampfer, den er mit dem Stößel tat, schrie er selber gottsjämmerlich auf. Nämlich, der Mörser hatte unten ein Seitenloch, durch das eine große Zehe des Teufels in den Mörser hineinragte. So traf er mit jedem Stoß auch sich selbst mit auf die Zehe. Ich fand das, bei aller Naivität der Mechanisierung, doch ganz praktisch. Und das ging schon seit 3000 Jahren so fort; dabei kann einem die Zeit nicht zu kurz werden. Mit Erstaunen sah ich da und dort auch Kessel, in denen gewisse Leute in Öl gesotten wurden. Holzfeuerung! So primitive Methoden kommen noch immer vor. Ich konnte gar nicht zusehen, mir war das zu unwissenschaftlich. Und im Gegensatz dazu wieder die geistreichste Ausgefallenheit: eine Versammlung von Leuten, die unaufhörlich kreuz und quer durcheinander purzelten. »Raten Sie«, sagte ES, schon fast artikuliert »woran die laborieren. Ach, Sie werden es ja nicht erraten. Von der Wanderniere haben Sie jedenfalls schon gehört? Nun, diese Leute haben einen wandernden Schwerpunkt. Bald ist er im Kopfe, bald fällt er plötzlich ins rechte Knie, um gleich wieder in die linke Schulter emporzuschnellen. Und immer folgt ein Purzelbaum, der den Schwerpunkt hübsch zuunterst bringt.« Es war in der Tat wie eine Produktion im Varieté. Ein verdammtes Publikum – nämlich ein Publikum von Verdammten – stand herum und sah ganz erheitert zu. Überhaupt bemerkte ich, daß immer die einen Gequälten über die Qualen der anderen lachten. Das ist ja so menschlich: wie könnten sie sonst ihre eigene Pein ertragen?

In diesem Augenblick ergriff mich eine Hand – es konnte doch nichts anderes sein – die Hand irgendeines unabsehbaren Ungetüms – ich fühlte mich hinweggerafft, sah drei schneidend grelle Stahlblitze, fühlte drei zerschmetternde Schläge gegen meinen Brustkorb, Funken sprühten mir aus den Augen, Nasenlöchern, Ohren und Poren – ich verlor das Bewußtsein. Als ich es wiederfand, lag ich in einem Kahn, der einen breiten Strom hinabtrieb. ES war bei mir und erzählte, der Oberspeiteufel Mmmm, dessen rechter Arm drei Kilometer lang sei, habe mich für einen Feuerstein gehalten und Feuer aus mir geschlagen, um sein Stummelpfeifchen in Brand zu setzen. Er raucht natürlich Seelen, meist von Tabakschwärzern, mischt sie aber jetzt mit Seelen von Morphinisten. So hat er den Doppelgenuß von Nikotin und Opium. Ich sei in der Tat ein recht guter Feuerstein, sehr kieselsäurehaltig, wie übrigens schon die chemische Eintrittsuntersuchung auf sauer oder basisch dargetan habe. Nun, ich muß gestehen, daß ich lieber etwas anderes wäre als ein Silikat. Das ist sozusagen keine Existenz für einen gebildeten Menschen. Meine Rippen schmerzten mich ganz erklecklich. ES zog eine kleine Spritze hervor und erwies mir eine subkutane Wohltat. »Allerdings«, antwortete ES auf meine verwunderte Frage, »Dr. Pravaz ist ja auch in der Hölle, er verkauft uns allen insgeheim Pravazsche Spritzen. Viel Bestechlichkeit und Mißbrauch da unten. Aber, mein Gott, in manchen Augenblicken könnte man's sonst wirklich nicht aushalten. Sie fragen, womit wir bestechen? Was unsere Schätze sind? Sie müssen wissen...«

Leider konnte ich nicht zuhören, denn es wurde nachgerade zu heiß. Der Strom, auf dem wir dahinglitten, mußte siedend heiß sein, denn er sandte schwere, branstig-brenzliche Dämpfe empor. Ein dicker, gelblicher Qualm wälzte sich über uns stromabwärts, so weit das Auge reichte. Mir rann es von allen Stirnen; Schweiß und Kieselsäure gemischt. »Wissen Sie, was das für ein Strom ist?« sagte ES und plätscherte mit unsichtbarer Hand in dem siedenden Naß. Mir grauste, wie ich das Geplätscher sah. Die Hand mußte längst gesotten sein; nämlich wenn sie siedbar war. »Es sieht wie Öl aus«, sagte ich. – »Öl?« ES lachte. – »Oder... wie Paraffin«, riet ich weiter. – »Paraffin?« ES lachte stärker. – »Oder wie Margarine! ... Kunerol! ... geschmolzene Butter!« – »Aha!« sagte sie mit einem echt weiblichen Naturlaut. Gewiß, sie war ein Frauenzimmer. Ein schrecklicher Gedanke stieg in mir auf. »Es wird doch nicht?...« – »Gewiß wird es!« – »Fett?« schrie ich schaudernd. – »Schmalz«, sagte ES ruhig. – »Menschenfett?« – »Sagen wir Sünderschmalz. Wie es von den ungeheuren Kochkesseln der Fresser, Säufer, Völler abgeschöpft wird. Aus vielen Bächen strömt es seit Jahrtausenden hier zusammen und wird eine Donau, eine Wolga von Schmalz.«

»Liebes Fräulein«, sagte ich, »ich vergehe vor Hitze, haben Sie nicht eine kleine Erfrischung bei sich? Eine ganz kleine, vielleicht eine Schale Gefrornes. Nur mache ich Sie aufmerksam, daß ich Vanille nicht mag. Himbeer vielleicht oder Erdbeer.« Ich sagte das mit dem Galgenhumor eines sterbenden Spaßvogels. – »Sie sollen sofort eine ganz gründliche Abkühlung haben«, sagte ES, nicht ohne Schalkheit. Wahrhaftig, ES flirtete schon mit mir. Und da stieß auch schon der Kahn an ein Ufer. Ein Eiland lag mitten im Strome, mit einer hochgetürmten Burg, die aber keine war. Sondern eine Fabrik. Von Makroben. Großartige Reinkulturen von Makroben, die in einer eigenen Mikroskopierungsanstalt mikrobisiert und so nach der Erdoberfläche versandt werden. »Das ist Nosonesos, die Insel der Krankheiten«, sagte ES. Sehr interessanter Platz. Ich habe leider nicht Raum und Zeit, das alles haarklein zu beschreiben, also nur in Kürze: Wir stiegen aus, und ich wurde mit Bazillen des kalten Fiebers geimpft. Ein wohltätiger Schüttelfrost stellte sich ein, ich war wieder ein Mensch. Ein Ex-Mensch wenigstens. Wir stiegen wieder in den Kahn und fuhren weiter. Ich klapperte mit den Zähnen, als hätte ich deren vierundsechzig im Munde. Ein Kopf tauchte aus dem Strom, krebsrot gekocht, starrte mich an, sagte: »Ein gutes Gebiß« und tauchte wieder unter.

Der Strom verengte sich allmählich, zwischen Felsenufern. Klippen tauchten auf, alle dick übersintert und mit rötlichen Kristallen gespickt. »Wärmekristalle«, sagte ES, mit einem Gleichmut, als meinte ES: »Gänseblümchen.« Ich erfuhr das Nähere später. Alle unsere irdischen Wärmetheorien sind nämlich keinen Pfifferling wert. Wärme ist einfach ein Körper. Und Licht auch. Und Schwere auch. Und Kraft auch... Mir blieb der Verstand stehen... und so steht er noch heute. Ich habe mich trotz aller Erklärungen noch nicht hineingefunden. Aber was würden Sie sagen, wenn Sie »Kraft« gesehen hätten, wie es in einer Art metallischer Form, mit dem Hammer auf dem Amboß geschmiedet wurde? Hufeisen aus Kraft an den Hufen von plutonischen Höllenrossen. Kraft in Draht gezogen, Schwere zu Münzen geprägt, Licht in Konservenform, in Blechbüchsen. Heilige Physik! rief ich immer wieder aus. Wie gesagt, die Klippen waren alle ganz bekränzt mit Girlanden von Wärmekristallen. Wärmestalaktiten, möchte ich sagen. Sie haben auch flüssige Wärme und geronnene, gefrorne, fossile (denken Sie an die Steinkohlen). Es ist, als ob auch alle Imponderabilien hier verkörpert würden, wie die Seelen, während vermutlich im Himmel die Körper verseelt werden. Animiert, in besonderem Sinne...

Nun, ich hatte nicht lange Zeit zum Staunen und Fragen, denn mich ergriff eine haarsträubende Ahnung. Wir schossen immer schneller dahin. Es waren augenscheinlich Stromschnellen. »Es wird doch nicht ein Wasserfall kommen?« rief ich ganz aufgeregt. – »Nein!« entgegnete ES mit einem seltsamen Spott im Tone. – »Aber diese Rapids... ich sah solche am Niagara... es muß ja ein Fall kommen!« – »Ach, ein Fall, das ist was anderes«, sagte ES fast höhnisch, »aber Sie sagten vorhin Wasserfall. Ist denn dies Wasser?« – »Ein Schm... Schmalzfall!« stammelte ich ganz entgeistert. »Ein Katarakt von siedigem Fett... Halt! Halt! Ich will aussteigen!« Ich war offenbar höchst lächerlich, denn ES lachte laut auf. »Aussteigen – unmöglich. Strömung zu stark. Wir müssen hinab... *shoot the falls*... Was weiter? Der Zambesifall ist ja nur wenig höher als der Niagara, und unsere Schmalzfälle sind nur wenig höher als der Zambesifall.« Ich verstummte. Die Zunge lag mir im Munde wie gekocht ... Pfeilschnell schossen wir dahin. Ein Brodeln und Britzeln und Prasseln und Blasenwerfen ringsum... und neben dem Kahn das kleine, brillantensprühende Geplätscher, wenn ES spielend die Hand in das entsetzliche Element tauchte. Wäre es doch lieber Blut gewesen! Aber Fett! Schmalz! Pfui! Pfui! Ich hatte auf der Zunge einen Geschmack wie Pfujolinsäure. Von doppeltpfujolinsaurem Fidoncoxydul ... Und es kam, unentrinnbar... Hinab! ...Nein, keine Schilderung! Ich müßte erst ein Wörterbuch erfinden, um Ihnen das...

Als ich aus dem Abgrund meiner Betäubung erwachte, war mein einziger Gedanke: Ich bin gekocht. Wie ein Branzino, in Öl. Ach wo? Öl: Wenn es nur das wäre... »Nein, gekocht sind Sie nicht«, sagte ES, dicht an meinem Ohre. Ich hätte sie umarmen mögen, wegen dieser trostreichen Versicherung. »Sie sind ja keine eßbare Seele, also wird Ihnen alles fremd bleiben, was Nahrungsmitteln zustoßen kann. Unlogisch sind wir in der Hölle nicht.« Ich muß gestehen, mir fiel ein Stein vom Gemüte. Alles mag ich, nur nicht frikassiert werden. »Sie haben recht«, sagte ES. »Und Sie werden das erst recht spüren, wenn Sie Seine Diabolität sehen werden, die sich seit Jahren mit der Verdauung des großen X.* beschäftigt. Ein satanischer Genußbegriff. Ich verdaue ihn, pflegt er immer zu sagen und... er weiß es. Daß der X. es weiß und sich doch verdauen lassen muß...! Nna!«

Wir lagen unter einem blühenden Asa Foetida-Strauch in parkartiger Gegend. Gewählte Mißdüfte schmeichelten allem, was Riechmembran heißt. Von Zeit zu Zeit rief ein Kuckuck oder vielmehr es schrie einer, den eben der Kuckuck holte. »Dort liegt die Moresschule«, sagte ES. – »Was für eine?« – »Sie heißt so, weil man dort Mores gelehrt wird« ... Aber ein Schmerzensschrei gehörte ja zur Stimmung des Ganzen. Eine violette Sonne – eigentlich ein innerer Mond der Erde, in deren Schoße wir uns befanden – stand am Gewölbe und ließ uns orangegelbe Schatten werfen. Nicht nur mich, ...auch sie! Ihr Selbst war meinem noch erdblöden Auge nicht sichtbar, wohl aber der Schatten, den sie werfen mußte. Infernalische

* Ich setze hier lieber X. Jules Verne schreibt einen Namen, den zu nennen ich Anstand nehme.

Optik! ... Und ach, sie war... Ja, wie war sie denn? Ich sah den Schatten Astartes oder Kalypsos oder Nell Gwynns. Einen Schatten, der eigentlich auch Licht war und in allen Reflexmöglichkeiten irisierte. »Miß Nell«, begann ich, so versuchsweise. – »Ich heiße nicht Nell«, sagte sie, »ich heiße einstweilen Ophel.« – »Einstweilen?« – »Ja. Ich bin noch nicht mehr als ein Ophel. Vor 5000 Jahren hieß ich überhaupt bloß L. Vor 4000 Jahren schon El. Vor 3000 Hel. Vor 2000 Phel. Und heute Ophel ... Sie verstehen nicht? ... L. die Liebe. El (semitisch) das Erlauchte. Hel die nordische Göttin. Phel, *fel*, die Galle, die Trägerin des Zornes. Ophel ... das büßende Opfer, Shakespeares Ophelia...« – »Und wie werden Sie dann heißen?« inquirierte ich sehr angeregt. – »Das weiß ich noch nicht. Das entscheiden höhere Mächte, ich möchte sagen: namengebendere, benamsendere Gewalten. Die werden meinen höllischen Namen vervollständigen... Auf Achitophel oder Rhachitophel oder Mephistophel... vielleicht auch nur auf Kartophel.« Sie verbiß das Lachen. Sie machte sich offenbar über mich lustig und log mich immer bunter an. Und merkwürdig, das Lachen, durch seine Vibration, machte sie immer deutlicher, erkennbarer. Und plötzlich ging mir ein Licht auf. Sie war es ja, die ich suchte; meine Joconde, von anno dazumal, aus den schönen Pariser Jugendjahren, wo wir beide uns die Hölle verdient haben... Jetzt Teufelin Dolores... Und ich, ich hatte noch gar keinen infernalischen Namen.

Doch ich werde unwillkürlich novellistisch. Ich, ein Naturwissenschaftler! Es ist Zeit, daß ich schließe. *Mille amitiés* von Ihrem alten

Jules Verne

Nachschrift: Komme eben aus dem Kabinett Sr. Diabolität. Wurde in sieben mal sieben Teile zerschnitten hinein-
getragen, die aber merkwürdig gut zusammenpaßten.
War natürlich sehr neugierig auf den berühmten Luzifer.
Bin enttäuscht. Das Ganze hat einen etwas mumpizisti-
schen Anstrich. Er ist stark gealtert, an vielen Stellen
seines Körpers schon kahl, und die Hörner sind stark
abgestoßen. Trägt blaue Brillen, weil er nicht mehr ins
Feuer sehen kann. Machte mich damit nervös, daß er die
Zunge immer abwechselnd zum rechten und zum linken
Ohre herausstreckte. Seine Anatomie gestattet ihm das.
Von Zeit zu Zeit rieb er sich den Magen und grunzte:
»Es weiß es!« Während ich ihm meinen Vortrag hielt,
lief er unausgesetzt im Gemach herum und gebrauchte
den Schwanz als Fliegenklatsche. Massenhaft Fliegen.
Machte ihm Vorschläge, den Höllenbetrieb auf das Ni-
veau der modernen Wissenschaft zu heben. Nicht einmal
ein Kataster vorhanden. Schlug ihm unter anderem vor,
Radiumheizung einzuführen; ewig dauerndes Heizmate-
rial, große Ersparnis. Wie primitiv, Millionen Seelen auf
Rechauds stehen zu haben (nicht einmal Thermophore
gibt es noch) und sie nach jeweiliger Verwendung wieder
»warm zu stellen«. Er gähnte. Hat von neuerer Physik
keine Ahnung. Hielt eine Selenzelle für ein Seelenverlies.
Glaubte Polonium aus polnischen Seelen herstellen zu
können. Und klatschte dabei immer Fliegen tot. Eine saß
just auf meiner Nase. Patsch! hatte ich die schwere Quaste seines Wedels mitten im Gesicht, mit einem Nachdruck, daß ich in Ohnmacht fiel... Wurde zur Hoftafel
geladen, berührte aber fast nichts. Erstens wird alles hei-
ßer gegessen, als es gekocht wird. Und dann bin ich an

Speisen wie Seelenpüree, weiße Tyrannenleber und grillierte Vatermörder noch nicht gewöhnt. Eine Speise sah aus wie überzuckerte Hühneraugenringe, scheint aber etwas Messalineskes gewesen zu sein. Ich aß bloß etwas *chaudfroid à la financière*, erfuhr aber hinterher, daß es *financier à la chaudfroid* gewesen war. Ich entschuldigte mich später bei dem Herrn, von dem ich gegessen.

Nach Tisch mit Mynheer Van Swinden Ausflug zum Mittelpunkt der Hölle. Ungeheurer kugelförmiger Hohlraum, von Flammen in allen Farben durchlodert. Teils Kalospinthe, teils Chromokrene. Ganze Fackelzüge von flackernden Blitzen. Russische Irrwische spielten Fußball mit Nitroglyzerinbomben. Van Swinden zeigte mir triumphierend, wie die armen Seelen vor Pein die Wände hinaufliefen, millionen- und milliardenweise, und von oben wieder ins Feuer herabfielen. Diese unaufhörlich hinantrappelnde Woge erschüttert die ganze Erdwand so, daß der große Ball sich dreht. Dies die Ursache der Achsendrehung der Erde. Er hatte das schon geschrieben, als er noch auf Erden weilte. Großer Durchschauer der Erdrinde. Höllenerrater und Achsendreher. Nochmals adieu.

J. V.

Rudyard Kipling
Gnade auf Abruf

Wäre die Ordnung dort oben bloß eine Abspiegelung irdischer Einrichtungen, wie uns jener Altvordre versichert, der es an sich selbst erfahren hat, so könnte man folgern, daß in der Verwaltung des Universums sämtliche Amtsbereiche zusammenarbeiten.

Aus eben dem Grund waren Asrael, als Engel des Todes, und Gabriel, als vornehmster Diener Adams und Bote der Throne, mit dem Fürsten der Finsternis zur Beratung versammelt in den Amtsräumen des Erzengels aller Engländer, der – wie der Himmel nur zu gut weiß – noch englischer als seine Engländer ist.

Ihm war gemeldet worden, zwei Schutzengel hätten die ihnen Befohlnen zusammengetan gegen jede bestehende Ordnung! Die Affäre betraf sowohl Gabriel, welcher das offizielle Oberhaupt aller Schutzengel ist, als auch den Satan, weil ja die Schutzengel menschliche Seelen sind, rekonditioniert zur Verfügung der Unteren Hierarchie. Auch war noch nicht klar, ob die Gesetze, welche das Paar so eklatant übertreten hatte, unabänderlich waren oder bedingt. Ferner hatte Ruya'il, der weibliche Schutzgeist, hartnäckig verweigert, dem Erzengel aller Engländer die Worte oder Gedanken der ihr anvertrauten Frau mitzuteilen, als jene sich mit dem Manne getroffen, für den Kalka'il, der männliche Schutzgeist, verantwortlich war. Und Kalka'il war in dem fraglichen Punkt nicht minder verschlossen gewesen. Beide Schutzgeister verschanzten sich hinter dem Salomonischen

Spruch: – »Wer weiß, ob der Odem der Menschen auffwerts fahre, und der Odem des Viehes unterwerts unter die Erden...?« In dem Bestreben, allzeit gerecht zu entscheiden, hatte darum unser englischer Erzengel auch den des Tods beigezogen, da es an Asrael ist, die Seelen vom Fleische zu sondern.

Die vier Mächtigen waren dabei, nunmehr die Einzelheiten des Falles zu klären.

»Ich fürchte«, sprach Gabriel zuletzt, »kein Schutzengel ist gehalten, die ihm Befohlenen, seien sie Mann oder Frau, – wie sagt man bei euch? – preiszugeben! Indes« – damit wandte er sich an den Engel des Todes –, »was ist *deine* Auslegung?«

»Nun eben – Prediger Drei, Einundzwanzig – ›Wer weiß, ob der Odem der Menschen...‹«, warf der Satan dazwischen.

»Verbindlichsten Dank! Aber nach meinem Dafürhalten kommt's darauf an, was man unter dem ›Wer‹ versteht«, hielt ihm Asrael entgegen. »Es heißt ja, daß er – wer immer jener ›Wer‹ sein mag« – der Glorienschein verblaßte beim Neigen des Hauptes –, »keiner Hierarchie angehört!«

»Dies hab' ich allzeit so verstanden«, sagte der Satan.

»Für mich«, sprach bekümmert der Erzengel aller Engländer, »ist so laxe Loyalität in den Reihen unsrer S. G. nur die Folge des schädlichen Brauchs, rekonditionierte Seelen mit dermaßen heiklen Aufgaben zu betrauen!«

Das hatte Satan gegolten, der beifällig grinste.

»Natürlich sind sie nicht frei von menschlichen Schwächen«, bekräftigte er. »Übrigens, *wo* sind auf Erden der Mann und die Frau zusammengekommen?«

»Auf der – – – Endstation, unter der Uhr, soviel ich weiß.«

»Interessant – ein Rendezvous?«

»Keineswegs! Ruya'il behauptet, die Frau sei bloß stehengeblieben, um in der Handtasche nach der Fahrkarte zu suchen. Und Kalka'il sagt, der Mann sei mit ihr zusammengestoßen. Also der reine Zufall – obzwar ein Verstoß gegen bestehende Vorschrift. Für mich freilich nur trivial, weil ja –«

»War's eine Verletzung der Vorbestimmtheit des Lebens?« erkundigte sich Asrael. Er meinte damit jene Festlegung in den Stirnnähten jedes Dreijährigen, die bei den minder fortschrittlich gesinnten Departements als Schicksalsvorgabe gilt.

»Für sich allein besehn«, meinte der Erzengel, »*war* es die Lebensbestimmung. Hier ist die Abschrift. Freilich stützen wir uns neuerdings mehr auf Milieu und Erziehung, um solcher Selbstsuggestion vorzubeugen.«

»Laßt uns erst einmal sehen!« Damit nahm Satan den bedruckten Zettel zur Hand und las vor: »›*Sollte Der oder Jener sich Der oder Jener verbinden, so sei ihre Lage letztendlich von einer Art, daß auch noch die Hölle Mitleid empfände!*‹ – Hmm! Das ist kein direktes Verbot, denn es schließt *a priori* die Freiheit des Handelns nicht aus. Auch ist dieses ›Sollte‹ von eminenter Bedeutung, und« – er sagte es nur zu sich selbst – »so wird's wieder einmal an *mir* sein!«

»Unsinn!« widersprach ihm der Erzengel aller Engländer. »Ich hab' mit dem Paar weit Besseres im Sinn!

Und Vorbestimmung des Lebens – die gilt heutzutag nicht viel mehr als orientalisches Schnörkelwerk – wirklich!« Jedoch der flachstirnige Gabriel, in dessen Befugnis dergleichen Lappalien fallen, blieb ungerührt.

»Ich kann nur hoffen, daß du recht behältst«, sagte der Satan nach einer Weile. »Du hast mit dem Paar also Besseres vor?«

»Ja!« sprach der Erzengel aller Engländer und räusperte sich bedeutsam. »›Right or wrong‹ – ich bleib' Optimist. Ich *glaub'* an den generellen Aufschwung des Lebens. Natürlich schließt er bei meinem englischen Volk auch Turbulenzen in sich, wie du weißt!«

»Deine Engländer – o ja, ich weiß!« seufzte der Satan.

»Immerhin, und nach meiner bescheidenen Meinung, entwickeln sie neue Richtlinien. Man muß ihnen deshalb mit neuen Methoden unter die Arme greifen. Gewiß hast auch du beim Umgang mit den Temperamentvolleren unter ihnen dieses neue Empfinden für erweiterte Horizonte bemerkt!«

»In gewissem Sinn – jaa«, erwiderte Satan gedehnt. »Doch entsinne ich mich, dergleichen schon einmal gesehen zu haben, kurz nach der Erfindung des Buchdrucks: Damals sind deine Leute zu mir hinuntergekommen, überquellend von Worten – geradezu caxtonisiert!* Etliche waren tief überzeugt, ganz neue Sünden erfunden zu haben! Na gut! Geschält und gesotten (wir hatten *damit* genug zu tun) stellten dergleichen Novitäten sich als bloße Variationen der Sieben Todsünden heraus –

* William Caxton führte um 1474 den Buchdruck in England ein. Anm. d. Ü.

als Hochmut, Neid, Zorn, Trägheit, Völlerei, Geiz und Wollüstigkeit. – Ja, Technik – die gesteh' ich dir zu. Originalität – *nie*. Und bei diesem neuen, sogenannten *Zeitgeist*, den sie da ausposaunen, wirst du's nicht anders erleben!«

»Ach – wie kann man nur so pessimistisch sein!« rief der Erzengel erheitert. »Ich wünsche mir nur, du kämst mit den beiden zusammen, an denen mir so viel liegt! Bezaubernde Menschen! Tüchtig, kulturvoll und den positivsten Einflüssen ihrer Umgebung offen. Praktisch und ernsthaft und – na, undsoweiter veranlagt, wird jeder von ihnen, in seinem Bereich, genau jene Anstöße geben, die meinem Volk zum gegenwärtigen Zeitpunkt so förderlich wären. Deshalb gewähre ich ihnen den vollen Spielraum zur Propagierung und Realisierung ihrer Ideen, und das schließt in sich: tadellose Umgebung, Wohlstand, Kultur, Gesundheit, irdisches Glück (wie sollten unfrohe Menschen andere froh machen können?), entsprechend der Größe jener Bestimmung, für die ich sie – ausersehn habe.«

Der Erzengel aller Engländer rieb sich die sanften Hände und sah strahlenden Blicks auf seine Kollegen.

»Nochmals: Ich kann nur hoffen, du behältst recht«, sagte der Satan. »Indes, bist du wirklich so sicher, daß du mit deiner Methode des – sagen wir – Leuteverhätschelns auch das Beste aus ihnen herausholen wirst?«

»Besseres, als ich geglaubt habe«, warf jetzt Asrael ein. »Sie haben erstaunliche Dinge vollbracht – mit Meinem Schwert an ihrer Kehle –, auch dann noch, als sie schon feilschen mußten mit mir! Mitunter sind sie ein recht harter Brocken!«

»Nehmen wir nur den Fall Hiob«, spann Satan seinen Gedankengang fort. »Er hat seine ›Höchstform‹, wie dein Volk es zu nennen beliebt, erst erreicht, nachdem *ich* ihm auf die Sprünge geholfen – nicht wahr?«

»Möglicherweise nicht ganz – an seinem Alter gemessen. Heutzutage jedoch legen *wir* dem Manne von Uz die Latte nicht mehr so hoch. *Qua* Literatur rein rhetorisch, *qua* Theologie anthropomorph und diskret. N-nein, du kommst um die Tatsache nicht herum, daß neue Standards auch neue Methoden erfordern, geänderte Perspektiven und, vor allem, erweiterte Akzeptanzen – ja, erweiterte Akzeptanzen! Da fällt mir ein« – der Erzengel aller Engländer wandte sich Asrael zu –, »daß ich bei dir eine halboffizielle Anfrage eingereicht habe – vielleicht liegt sie dir noch nicht vor – in bezug auf die Milderung etlicher Amtsnuancen in deinem Wirkungsbereich, soweit sie deine – finalen Schritte betreffen. Du weißt ja, der Lebensstandard ist höher geworden bei meinem Volk, und man führt Klage über – nun, über die Roheit gewisser vitaler Phänomena deiner Provenienz.«

Sekundenlang wies Asrael dem hoffenden englischen Engel voll das Gesicht, doch keine Muskel zuckte darin, als er sagte: – »Der Tod *ist* nun einmal brutal. Übrigens, mit der Geburt ist es nicht anders. Irgendwie scheint ja beides zusammenzuhängen. Was hieltest du von einem amtsübergreifenden Ausschuß –«

»*Wenn* nicht einer Kommission – die hätte mehr Spielraum, um mögliche Wege zu praktischer Koordinierung zu finden! Das wäre die Lösung!« führte der Engel den Gedankengang Asraels weiter. »Tatsächlich habe ich ja die einschlägigen Bestimmungen schon in der Kanzlei aufsetzen lassen! Ich gehe sie gern mit dir durch – falls du die paar Minuten erübrigen kannst!«

»Nichts lieber als das!« rief der Satan begeistert. »Doch leider, ich bin ja nicht immer Herr meiner Zeit.« Damit erhob er sich. Die andern taten's ihm nach und warfen sich, als man gebührend Abschied genommen, hinaus in die vor den Fenstern sich höhlende Leere des Raums.

»Im Grunde ist *das*«, meinte Satan nach einiger Zeit, innerhalb derer nun schon das dritte Universum hinter ihnen versunken war, »ein perfektes Exempel dafür, wie man den Färber zur Färbung der eigenen Hand zwingt! ›Wir legen dem Manne von Uz die Latte nicht mehr so hoch‹ – oder nicht? Was bin ich doch froh, mit den Schulmeistern allzeit gut ausgekommen zu sein!«

»Und meine *Usancen* passen ihm nicht!« murrte Asrael. »Wäre er – leider Gottes! – nicht unsterblich, so könnt' ich ihn einiges anschauen lassen!«

Diese Bemerkung brachte sie so sehr zum Lachen, daß der Regent einer Außerplanmäßigen Galaxie ihnen von seinem Thron herab einen Gruß entbot und, nach Satans abwehrend schroffem Bescheid, man sei in Eile und könne nicht haltmachen, in verbindlichem Ton hinterherrief – »Unser Segen mit euch!«

»›Und der Friede‹ hat er aber weggelassen«, bemerkte Asrael kritisch.

»Das ist nicht nötig. In dieser Gegend weiß man noch gar nicht, daß es dich gibt«, erklärte Gabriel, der sich ja außerhalb aller Schöpfung befand.

»Tatsächlich?« Asrael schien ein wenig verwirrt. »Dann sollte sich unser junger englischer Freund hierher versetzen lassen! Binnen kurzem wäre ich hinter ihm her, sollt' ich meinen!«

»Mitnichten«, entgegnete Gabriel erheitert. »*Er* würde *dich* abtun, kraft Milieu und Erziehung! Du bist für ihn bloß ein orientalischer Schnörkel – ganz wie die Vorbestimmtheit des Lebens für seine Seelen. Hältst du's für möglich, daß in seiner Kanzlei niemand weiß, was ›Kismet‹ bedeutet?«

»Eigentlich nicht – angesichts dessen, was er uns hinunterschickt«, murrte der Satan. »Hast du den Hieb gegen mich bemerkt, als er den ›schädlichen Brauch‹ mit unsern Schutzgeistern erwähnt hat? Da tut man sein Bestes, ihm seine verdammten Seelen aufzupolieren – und dann – –«

»Das machst du wirklich gewissenhaft«, stimmte Gabriel bei. »Ich habe das in meinem letzten Bericht für unsre Belegschaft ausdrücklich erwähnt!«

»Besten Dank! Die Arbeit ist schwerer, als du dir vorstellen kannst. Wenn du ein wenig Zeit hättest, könnt' ich dir zeigen, wie schwierig es –«

»Wenn's dir nicht –?« meinte Gabriel höflich.

»Nicht im geringsten – also, komm mit! ... Hinaus in den Raum – laß die Zeit hinter dir! Entschuldige, wenn ich vorangehe ... Jetzt!«

Kopfüber warfen die drei sich in Richtung des Punktes, wo die Unendlichkeit in sich zurückkehrt – und legten die Schwingen erst wieder zusammen, als sie am untersten Grunde von Zeit und Raum angelangt waren, wo solch doppelte Last sie hinabdrückte zum absoluten Nullpunkt aus Lautlosigkeit und aus Nacht.

»Es ist nur der Druck«, meinte Satan beruhigend.

»Wir sind viel zu rasch herniedergekommen. Versuch mal, zu schlucken – da gibt es sich wieder. Inzwischen wollen wir etwas mehr Licht in die Sache bringen.«

Aber der Glanz des Glorienscheins, den er in seiner Eigenschaft trug, hatte es schwer gegen die Schrecknis des Großen Dunkels. »Sind wir schon jenseits der Gnade?« flüsterte Asrael erschrocken, weil der Lichtschein plötzlich so schwach war.

»Nun sind sie in Meine Hände gegeben«, gab Satan zur Antwort.

»War hier herum nicht jener Hinweis für deine Gäste, alle Hoffnung fahrenzulassen?« Suchend durchspähte Gabriel das abgründige Dunkel.

»Den haben wir abmontiert. Wir arbeiten derzeit mit Hoffnung zu späterem Fälligkeitsdatum«, erwiderte Satan. »Das funktioniert sicherer.«

»Es hat aber nicht den Anschein, als ginge hier etwas vor sich«, wandte Asrael ein.

»Die Vorgänge hier sind großteils mental. Indes, dann und wann... *Jetzt* zum Beispiel!« Ein winziger Laut war zu hören, kaum stärker als das Aufklaffen verklebter fiebriger Lippen – doch die Stille vervielfachte ihn zu alptraumhaftem Getöse. »Da kommt einer wieder zu sich – ist dabei, sich wieder zu konditionieren«, erklärte der Satan.

»Ein schreckliches Los. Manchmal macht es mir angst«, sagte Asrael.

»Und mir *immer*«, setzte Gabriel hinzu. »Wahrscheinlich, weil Wir ihre Diener sind.«

»Wobei *mir* die härteste Arbeit verbleibt«, sprach Satan mit Nachdruck.

»Ach – heutzutag hast du doch jede Möglichkeit zur Arbeitsersparnis – oder bin ich im Irrtum?« meinte Gabriel vage.

»Aber nichts, was mir die Verantwortung abnimmt. Zum Beispiel der Mann und die Frau, über die wir uns vorhin beratschlagt haben. Welche Schlüsse würdest du aus den Aussagen ihrer Schutzgeister ziehen?«

»Im Falle ihrer Verbindung war nur *eine* Folgerung möglich«, erwiderte Gabriel. »Du hast ja selber die Abschrift der Lebensbestimmung gelesen.«

»Und was tat unser junger, englischer Freund? Sich ergehen in schillernden Allgemeinplätzen von Aufschwung und Idealismus und in seinem kostbaren Plan, die beiden mit jederlei Überfluß zu verwöhnen, weil ›unfrohe Menschen andre nicht froh machen können‹! Hast du's nicht selber mit angehört? Nein, ihm ist nicht zu helfen!« rief der Satan verärgert.

»Oh – so weit möcht' ich nicht gehen. Er ist eben englisch«, entgegnete Gabriel lächelnd.

»Und hast du«, beharrte der Satan, »ihn denn gesehen, wie er mich angeschaut hat, als ich vorlas ›… *daß auch noch die Hölle Mitleid empfände*‹? Das bedeutet doch, daß es bei Eintritt des Ärgsten wieder einmal an *mir* liegen wird, die Angelegenheit auszubügeln! Man erwartet von *mir*, daß ich *seine* Drecksarbeit mache – natürlich nur inoffiziell – und dafür auch noch alle Verhaßtheit auf die eigene Kappe nehme – aber das offiziell! *Ich* soll jenem Paar die Hölle heiß machen – und unser gemeinsamer junger Freund wird von meinem Erfolg profitieren!«

»So etwas ist ja auch anderwärts durchaus gebräuchlich«, bestätigte Asrael. »Nehmen wir nur unsern achtbaren Michael: Schon seeehr wenig würde genügen, ihn glauben zu machen, sein Schwert sei ebenso wirksam wie meines.«

»Ich möchte jetzt meine Behauptung erhärten«, wandte sich Satan an Gabriel. »Wenn du gestattest – wir brauchen nur einen von ihnen –, dann soll sich Ruya'il, der Schutzgeist der Frau, hier bei uns melden. In England ist es jetzt Nacht, und ich kann während seiner Absenz alle bösen Träume blockieren. Wir werden dieses Verhör nach Art ihrer Kinofilme aufziehen müssen, aber ich hoffe, du wirst mir das nachsehn.«

Gabriel erteilte jene Erlaubnis, ohne die kein Schutzgeist seinen Dienstort verlassen darf, auch nicht einen Atemzug lang – und schon im nächsten Moment stand Ruya'il vor unsren dreien, mit vom Glanz geblendeten Augen und in jener Menschengestalt, die sie zuletzt auf Erden gehabt. Asrael trat auf sie zu.

»Nur eine ganz kurze Frage«, begann er. »Ich glaube, wir hatten schon das Vergnügen, Mrs. –« (er nannte Namen, Adresse und Sterbedatum). »Sie haben mich seinerzeit ja aus eigenem Antrieb gerufen. Weshalb?«

»Weil ich mit Gregory wieder zusammensein wollte«, sprach sie monoton.

»Dieser Satz umschreibt das gesamte Problem«, sagte der Satan und übernahm die Befragung: »Sie waren in Unserer Hand, Mrs. –, zur Rekondition für Wiederverwendung. Zu welchem Zweck?«

»Es war wegen Gregory.«

»Der wurde zu Kalka'il rekonditioniert. *Ihret*wegen?«

»Jawohl.«

»Und zu welchen Bedingungen wurdet ihr zwei als Schutzgeister eingesetzt, bitte?«

»Zu keinen. Gregory und mir stand es frei, in Erfüllung unserer Pflichten zusammenzukommen, wenn wir es einrichten konnten. Und das taten wir auch. Es war aber nicht *seine* Schuld.«

»Dasselbe hat mir wortwörtlich schon Eva gesagt – es waren die letzten Worte vor ihrem Tod«, raunte Asrael, an Gabriel gewendet.

»Tatsächlich!« resümierte der Satan. »Ihr beide seid also zusammengekommen, und ganz nebenbei haben euch das eure Schutzbefohlenen nachgemacht! Damit hätten wir, glaube ich, alles – nein, einen Moment noch: Sie kennen doch –?« und er nannte den Namen der Endstation.

»Ja.« Die Augenlider begannen zu zucken.

»In London und – auch hier bei uns?«

»Oh, *bitte*, nein! Aber ich kenne sie.« Eine Träne rann langsam und glitzernd über die Wange.

»Entschuldigen Sie. Und vielen Dank – ich will sie nicht länger inkommodieren.«

»Da könnt ihr jetzt sehn, wie ich dran bin«, sagte der Satan zu seinen Begleitern. »Unser junger, englischer Freund hätte das alles schon vor dem Verhör in seinem Notizbuch vermerkt haben sollen. Und als er mich beizog, hätte er es mir mitteilen müssen – dann hätte ich meinen Standpunkt gekannt. Aber nein, er hat's nicht getan, sondern macht mir die Arbeit zehnmal so schwer, als sie ohnehin ist, indem er das Wesentliche vertuscht – und fällt mir überdies in den Rücken mit seinen hirnrissigen Verbesserungsplänen! Dabei erwartet er aber von mir, daß ich was voranbringe!«

»Ich fürchte nur, daß der erste Fehler in *meiner* Abteilung passiert ist, indem man dort ausgerechnet *diese* zwei Schutzgeister auf die beiden angesetzt hat«, warf Gabriel ein. »Auf jeden Fall nehm ich's auf meine Kappe und entschuldige mich.«

Satan war erheitert. »Das ist nicht nötig. Wir stehen schon seit Adams Zeiten gegeneinander. Fehler *passieren* da einfach! Was ich euch zeigen wollte, ist nur, wie loyal und hilfsbereit unser junger Freund im Grunde doch ist!«

»Und wie willst du vorgehn im Hinblick auf jene beiden?« erkundigte sich Asrael.

»Nur probeweise. Doch horcht!«

Er hob stilleheischend die Hand. Ein ersterbendes Flüstern, das eins zu sein schien mit dem Weltraum, drang an ihr Ohr.

»*Mein Gott! Mein Gott! Warum hast Du mich verlassen?*«

»War das ein Echo?« fragte Gabriel sofort. »Oder nur nachgesagt?«

»Nur nachgesagt. Aber wir messen dergleichen Sprüchen nicht viel Bedeutung bei. Oft ist es nur Hysterie – oder auch Eitelkeit. Eindeutig feststellen läßt sich so etwas erst später.«

»Und der metallische Laut, gleich nach den Worten?« wollte Asrael wissen.

»Bei der Frau«, erklärte der Satan, »war's einer von ihren Ringen, als sie ihren Kopfputz aufgesetzt hat, um zur Verhandlung zu gehn. Und im andern Fall war es ein

Orden, der dem Manne verliehen wurde von seinem Souverän. Das zeigt uns, wie glücklich sie sind.«

Es verstrich eine Weile irdischer Zeit.

»Kein Zweifel – da ist auch Musik«, sprach Gabriel weiter. »Aber die Worte?«

Beides war überaus leise, doch hinlänglich klar:

>»Ein Lied muß ich singen – oh!
So laß es erklingen – oh!«

Eine Pause – unterdrücktes Geplapper – und gleich hinterher mit nahezu unerträglicher, herzbewegender Rührung:

>»Oh, Jammer! Oh, tödlicher Schmerz!
Die Liebe brach ihm das Herz!«

Und dann der Fall eines Körpers.

»Ach, das kommt bloß von einer Bühne«, vermutete Satan. »Die zwei sind jetzt im Theater – es paßt alles zusammen: ›Unfrohe Menschen können andre nicht froh machen‹, nicht wahr? Na gut, jetzt, wo ihr die beiden gehört habt, schlage ich vor (wenn's euch nichts ausmacht), daß wir die Sache besprechen! Asrael kennt ja die Daten, sie sind bei den Akten – und wir warten dann das Resultat ab.«

Nach einem Blick in die Zukunft nannte Asrael ein Datum irdischer Rechnung, und man schied voneinander.

Als der Tod, auf dem Rückweg zu seinem Bereich, jene Galaxis durchmaß, wo man von ihm noch nichts wußte, vernahm ihr Regent eine Stimme unter den Sternen, deren Worte für ihn keinen Sinn ergaben:

»Wie Brand will Sein Wort dich verzehren,
   Das Ihm von den Lippen loht.
Sein Herz ist voll blindem Begehren,
   Seine Augen verkünden den Tod.«

Der Erzengel aller Engländer, der sich wie sein Volk im Laufe der Jahre weitergebildet hatte, war optimistisch wie niemals zuvor. Er habe nunmehr, so vertraute er den drei Erzengeln an, ein Bataillon besonders geeigneter Seelen zusammengestellt – weil ja Massenbewegung das Merkmal der Zeit sei –, bilde diese Seelen nun aus und wolle deren vereintes Bemühen um die Wohlfahrt der Welt mit verbesserten Sanitärmitteln und einem von Staats wegen desinfizierten, öffentlichen Transportwesen unterstützen.

»Welch weite Vorausschau und Planung!« sagte der Satan. »Entsinnst du dich übrigens jenes Paars, an dem du vor einiger Zeit so großen Anteil genommen? ›... von Anfang der Creatur hat sie GOtt geschaffen ein Männlein und Fräulein‹ – nicht wahr? Ist nicht Ruya'il der Schutzgeist der Frau gewesen?«

»Ganz richtig«, versetzte der Erzengel aller Engländer. »Und sie haben auch eine gewisse Rolle gespielt – keine so große, wie sie sich einbildeten, aber doch eine Rolle – beim Ebnen des Wegs zur jetzigen Entwicklung, die ich ein wenig zu lenken die Ehre hatte – aus dem Hintergrund nur und ganz unauffällig.«

»Sehr gut! – Hast du nicht damals recht lobend von ihnen gesprochen?«

»Trotzdem« – der Engel verschränkte die Arme über dem etwas gerundeten Bauch –, »trotzdem würde ich sie eher *nicht* zu den Menschheitsbewegern zählen. Man kann ja, so sagt man in unsrer Abteilung, den Dienst an den Menschen in zwei Kategorien einteilen – in ›Saviours‹ und ›Paviours‹ – ha ha!«*

»*Sehr* hübsch gesagt!« rief der Satan erheitert.

»Ihr versteht? Um die Wahrheit zu sagen – es hat sich aus meinen Notizen auf einer Rangliste ergeben. Nein – ich werde das an sich erstklassige Paar doch zur Zweiten Kategorie zählen müssen – zu den Pflasterern eben.«

»Was ist aus ihnen geworden?« frug der Satan anzüglich.

Der Erzengel aller Engländer sah fragend auf Asrael, welcher sagte: »Alle zwei schon bei meinen Akten.«

»Das tut mir leid – wirklich leid!« Bedauernd schnalzte der Erzengel mit der Zunge. »Ich war natürlich nur darauf aus, das Beste aus ihren begrenzten Fähigkeiten herauszuholen, und, wie ich glaube und ohne mich meiner Methoden rühmen zu wollen, nicht ohne Erfolg! Übrigens habe ich da einen kleinen Entwurf zur Förderung des Ineinandergreifens von Echter Glückseligkeit und Lebensleistung. Es würde nur zehn Minuten – –«

Doch seine Zuhörer konnten nicht länger bleiben, sie mußten anderswohin – und trafen einander erst wieder am Rande des Abgrunds zur Hölle.

»Wäre ich jetzt nervös«, bemerkte der Satan, »so hätte mein junger, englischer Freund bloß ›ein Lachen dafür‹ wie er sich auszudrücken beliebt. Was hat er denn *dir* gesagt, als wir uns trennten?«

»Oh«, sagte Asrael, »unser amtsübergreifender Aus-

* deutsch nicht nachvollziehbar: Erretter und Pflasterer. Anm. d. Ü.

schuß hat seinen Erwartungen nicht entsprochen. Wir wurden uns über den Wortlaut eines *modus moriendi* nicht einig.«

»Und außerdem hat er gemeint«, setzte Gabriel hinzu, »›Dieser Asrael hat keinen kritischen Sinn‹.«

»Wie sollt' ich ihn haben?« versetzte Asrael schlicht. »Ich bin nur Vollzugsorgan und sonst nichts! Mir obliegt nur die Auslieferung auf Gnade und Ungnade! *Apropos* – was ist aus dem Paar geworden, über das ihr soeben mit ihm gesprochen habt?«

»Das wirst du gleich sehen.« Der Satan blickte sich um. Sein Glorienschein bewirkte ein momentanes Aufflackern der höllischen Aktivitäten. Er sandte ein paar stumme Fragen durch die Leere des Raums – und nickte befriedigt. »Geht in Ordnung«, sagte er dann. »*Sie* war auf einem unsrer Belastungs-Prüfstände, und *er* ist ebenfalls Kandidat für den Finaltest. Wir waren nämlich so frei« – der Satan äffte die Art des Erzengels aller Engländer nach –, »uns zu sagen, daß man vielleicht etwas mehr aus seiner Pflastererarbeit herausholen könnte, nachdem unser junger Freund ihn fallengelassen dort oben. Also haben wir ihn – so ähnlich wie Hiob – mit einem Jahrgeld bedacht, für das seine Freunde aufkommen, und ihn in ein sogenanntes Rowton-Logierhaus gesetzt, mit einem unheilbaren Leiden. Nach *unsrer* bescheidenen Meinung wiegt sein Realisierungsergebnis der letzten fünf Jahre die frühere Bauarbeit auf.«

»Und – war ihm das auch bewußt?« fragte Gabriel.

»Kaum. Er war ja komplett ›untendurch‹, wie die Engländer sagen. Ich will euch die beiden gleich vorführen. Haben sie einander nicht erstmals an der – -Endstation getroffen? ... Na eben! ... Kommt hinter mir her, bis ihr mich haltmachen seht! – So! ... Da wären wir nun.«

»Aber das *ist* ja die Endstation! Zug um Zug, und« – Gabriel wies auf die Zeitungsaushänge – »buchstabengetreu!«

»Natürlich, was sonst? Wir führen den Fortschritt nicht nur im Mund – wir *sind* progressiv!«

»Aber warum« – Gabriel mußte husten, weil eine Lokomotive dicke Rauchwolken bis unters Dach spie – »warum elektrifizierst du dein Bahnsystem nicht? Es stinkt ja zum Himmel!«

»Habe ich ja«, versetzte Asrael professionell. »Was du riechst, ist bloß Äther« – er sog prüfend die Luft ein –, »ist Lachgas – dient alles der Anästhesie!«

»Tatsächlich! Und Geruch löst Erinnerung aus«, stimmte der Satan bei.

»Und was ist der Sinn von dem ganzen?« erkundigte sich Gabriel.

»Sehr einfach. Sehr viele Leute auf begrenzte, irdische Zeit neigen dazu, einen Bund mit andern Personen zu schließen – noch dazu unter Eid, so leid mir das tut –, und zwar auf immer und ewig. Der Großteil solcher Absprachen gerät in Vergessenheit oder wird überlagert von späteren Aktivitäten, die Anspruch auf unser besonderes Augenmerk haben. Der verbleibende Rest – etwa zwei Prozent – kommt schließlich hierher und repräsentiert natürlich ein höheres Maß an Charakter, an Leidenschaft und auch Beständigkeit, das *ipso facto* sehr stark auf unsere Maßnahmen anspricht. Anfänglich pflegten wir diese Personen an den Pranger zu stellen und der Lächerlichkeit preiszugeben. Als dann die Kutschen aufkamen, quartierten wir solche Leute in nachgebauten Straßengasthöfen ein. Später, mit Fortschreiten des Transportwesens, haben wir sämtliche Londoner Kopfbahnhöfe hier nachgebildet. (Du solltest das an einem Samstagabend erleben!) Doch das nur am Rande. Die Grundüberlegung ist, daß jede Seele bei uns die Ankunft eines Zuges erwartet, worin sich jene Person befindet, mit der sie sich früher auf ewig verbunden hat. Und, wie die Engländer sagen, sie brauchen ›nur halb‹ aufeinander zu warten.«

Der Satan grinste bei dem Gedanken an die hölleneigene − -Endstation, und wie sie den Männern und Frauen nach einem heißen und stickigen, ölstinkenden Sommernachmittag vorkommen mußte − gerechnet nach Sommerzeit, zwanzig nach sieben statt zwanzig nach sechs.

Ein Zug fuhr jetzt ein. Die Träger riefen die Gleisnummer aus, und viele Leute scharten sich an der Sperre zusammen, doch etliche blieben unter der Uhr − die Herren strichen die Halsbinde glatt, die Damen rückten die Hüte zurecht. Eine ältere Frau mit Reisetasche wandte sich an einen Fremden: »*Ich* bleib' immer dort, wo ich gesagt habe, daß man mich findet. Man verfehlt dann einander viel weniger leicht.«

»Da haben Sie recht«, versetzte der Mann. »So halt' ich es *auch*.« Und schon eilten beide zur Sperre hinüber, wie an Schnüren gezogen!

Die Reihe der Passagiere quoll durch den Ausgang − sie und die harrende Menge schienen einander mit Blikken verschlingen zu wollen. Etliche, von einer Ähnlichkeit oder Stimme getäuscht, rannten auf einmal los, riefen Namen, ja breiteten schon die Arme – mußten indes alsbald ihren Irrtum erkennen, taten dann so, als wär' nichts geschehen und verdrückten sich in der wartenden Menge. Als auch der letzte Reisende durch war, erhob sich enttäuschtes Gemurr.

Ein sehr dicker Jude hielt plötzlich an, machte kehrt und arbeitete sich zurück zu dem Kartenabsammler, der schon unterwegs war zu einem anderen Bahnsteig.

»Kein Mensch mehr im Zug, Sir«, begann der Beamte, »aber – danke schön, Sir – Sie können sich ja überzeugen, wenn Sie es wünschen.«

Doch der Jude war schon dabei, sämtliche Sitzreihen abzusuchen und jede geschlossene Tür aufzureißen – bis er schließlich fast weinend am geleerten Gepäckwaggon angelangt war. Hinter ihm her kam eine aufgelöste Erscheinung in Golfadjustierung, auf der Suche nach den abhanden gekommenen Golfschlägern, und brach in Verwünschungen aus, als eine unscheinbare Frau ihn hinterrücks ansprach: »Suchst du vielleicht was fürs Herz, Kleiner?«

Ein neuer Zug wurde ausgerufen. Die Leute strömten hinüber – manche voll Hoffnung, andere bloß von letzter Willenskraft aufrecht gehalten. Etliche waren an den Verkaufsständen ostentativ in Zeitungen und Magazine vertieft, doch war ihre Aufmerksamkeit nur gespielt, denn sie schraken zusammen, sobald ein Vorbeistürmender sie streifte.

»Sie sind allesamt unter beträchtlicher Spannung«, sagte der Satan. »Folgt mir hinüber in das Hotel – dort sind wir mehr unter uns –, für den Fall, daß manche von ihnen vergebens gewartet haben.«

Die Erzengel folgten ihm langsam, bis man nicht mehr weiterkonnte, weil ein schäbig wirkender Kerl zwischen zwei Karren mit undeklariertem Gepäck den Stationsvorstand festhielt und heiser einsprach auf ihn, bis der gewiefte Beamte sich auf die bewährte Weise losmachte von ihm: »Ganz recht, Sir – verstehe vollkommen! Aber an Ihrer Stelle würd' ich mich erst einmal hinsetzen, drüben in dem Hotel, und noch ein wenig zuwarten. Seien Sie sicher, Sir – wenn Ihre Bekannte auftaucht, gebe ich Ihnen Bescheid!«

Damit trollte der Kerl sich murrend und gab den Weg frei.

»Das *ist* er«, bemerkte der Satan. »Und ›siehe, er *ward* mir in die Hand gegeben‹ – mit Haut und Haar! Habt ihr gehört, wie er all seine Titel genannt hat, um beim Stationsvorstand Eindruck zu schinden?«

»Was wird jetzt aus ihm?« fragte Gabriel.

»Das ist nicht so sicher. Meine Abteilungsvorstände haben in ihrem Bereich freie Hand, sie können da alles mögliche arrangieren. Dort drüben zum Beispiel ist eine, die niemals geduldet würde in der andern Station, über uns.«

Eine harmonikaspielende Frau mit einem Blechnapf vor sich stand am Bahnsteig von Gleis Nummer eins, wo zahlreiche Leute auf einen Zug warteten. Nach kläglichem Vorspiel begann sie zu singen:

Am Himmel steht die Sonne still –
Es kann nicht dunkel werden.
Und keiner, der gebieten will,
Daß Abend sei auf Erden.

Um alle Kraft bin ich gebracht,
   Die Qual nur blieb mir treu,
O hört mich an – o hört mich!
   Und jedes Ding darauf bedacht,
   Daß sich mein Tod erneu'!

Aber das Lied schien nicht zu gefallen – nur wenige Münzen klingelten in dem Blechnapf.

»Früher einmal haben die Leute weiß Gott was gegeben, nur um sie hören zu können«, sagte der Satan und nannte dabei ihren Namen. »Jetzt spart sie ihr Kleingeld, um wegzukommen von hier.«

»Gelingt denn das jemals?« erkundigte sich Gabriel.

»O ja – sogar ziemlich oft. Sie machen sich aus dem Staub – bis an ihr Ende. Dann holt man sie wieder zurück. Ein alter Inquisitionseffekt – aber sie sprechen stets darauf an. Dort drüben im Leseraum könnt ihr es sehen – sie machen Pläne und gehen die Kontinent-Bradshaws* durch. Übrigens haben wir uns bei der Hotelausgestaltung etliche Freiheit gestattet. Hoffentlich findet sie deinen Beifall!«

Damit nötigte er die Begleiter in ein enorm erweitertes Bahnhofshotel mit Passagen und frei betretbaren Zimmerfluchten, die abermals in eine Wirrnis von Gängen und Sälen ausmündeten. Und durch dieses Labyrinth bewegten sich unter Geflüster Männer und Frauen, öffneten Türen um Türen zu lautlosen Sälen, wo höfliche Aufwärter sie hinauskomplimentierten zu weiterer, fruchtloser Suche. Andere saßen in überbeheizten Zimmern an en-

---

* George Bradshaw – Begründer der seit 1839 monatlich erscheinenden Fahrpläne. Anm. d. Ü.

gen Schreibtischen und stellten, wie Satan ja schon erwähnt hatte, aus Bradshaws und Schiffahrtsprospekten die Daten für Hochzeitsreisen zusammen oder schrieben ausführliche Briefe, die sie couvertierten und heimlich einwarfen. Des öfteren sprang einer auf und stürzte hinaus auf den Vorplatz, um dort ein abfahrendes Taxi zurückzuhalten, weil er darin ein bekanntes Gesicht zu sehen vermeinte. Auch gab es Frauen, die zogen aus ihren Handtaschen zerlesene Briefe, traten nahe ans Fenster, lasen sie wieder und wieder und bekamen nasse Augen darüber.

»Hier ist alles zur Hand, um ihrer Einbildung Vorschub zu leisten«, sprach der Satan nicht ohne Stolz. »Ich frage mich nur, welcher Prüfung man *unseren* Mann – «

Der schäbig aussehende Kerl war emsig mit Schreiben beschäftigt, als ein Page ihm ein Telegramm überbrachte. Er sah auf, nahm die Drahtnachricht freudestrahlend entgegen, las sie, starrte den Boten an – und brach zusammen. Der Satan haschte nach dem Papier – es hatte den folgenden Wortlaut: – *»Nochmals genauest erwogen. Vergib. Vergiß.«*

»Tssk – das ist ernst gemeint!« sagte der Satan. »Nun, wir werden ja sehn, wie er's verdaut!«

Geschulte Wärter schafften den röchelnden, leblosen Körper in eine Nebenkammer und betteten ihn auf ein Sofa. Als der Satan und seine Begleiter die Kammer betraten, trafen sie dort den diensthabenden Arzt an – einen Herrn von höchst kompetenter Erscheinung.

»›Der da gesündigt hat – er falle dem Arzt in die Hände‹«, bemerkte der Satan. »Die Frage ist nur, wie wird er entscheiden?«

»*Kann* er das denn?«

»Natürlich – wie immer. Dies ist ja die letzte Prüfung. Ich behaupte ja nicht, daß ich solche Methoden billige – aber wenn man sich in die Entscheidungen von Untergebenen einmischt, untergräbt man die Autorität.«

»Du wirst doch nicht sagen wollen, das Telegramm sei gefälscht?« rief Gabriel erregt.

»Es gibt auch verschlagene Geister«, versetzte glattzüngig der Satan. »Aber warten wir's ab.«

Der Mann war inzwischen mit Kognak und Riechsalz zu sich gebracht worden. Als er das Bewußtsein wiedererlangte, begann er zu stöhnen.

»Jetzt kann ich mich wieder besinnen«, sagte er dann.

»Das ist wirklich nicht nötig.« Der Arzt sprach ganz langsam. »Wir können Ihre Erinnerung löschen – «

»Aber, aber!« sagte der Satan, ganz wie man ein ungebärdiges Kind zur Rede stellt.

»– aber nur, wenn auch *Sie* das wollen«, sprach der Arzt weiter, blickte dem Satan voll ins Gesicht und raunte dabei: »Bin *ich* hier der Diensthabende, oder sind *Sie* es? – ›Wer weiß, ob der Odem der Menschen – –‹«

»Nur, wenn ich es will?« fragte stockend der Mann.

»Ja – wenn Sie mir die Erlaubnis erteilen«, sagte der Arzt.

»Und was wird dann aus mir?«

»Auf jeden Fall sind Sie dann schmerzfrei. Stimmen Sie zu?«

»Keinesfalls. Vorher möcht' ich noch *Sie* zum Teufel gehn sehen!« Die Miene des Arztes hellte sich auf, doch was er sagte, klang nicht erfreulich.

»Dann ist es besser, Sie gehen jetzt.«

»Gehen? Wohin denn, zum Teufel?«

»Da bin ich nicht zuständig. Wir brauchen das Zimmer für andere Patienten.«

»Dann ist's wirklich besser, ich gehe.« Er knöpfte sich das Flanellhemd ungeschickt zu, wälzte sich von dem Sofa und torkelte dann zur Tür, wo er sich umwandte und undeutlich sagte: – »Schaun Sie – ich muß noch was sagen – ich glaube... Ich – ich bring' Sie vor das Gericht, mach' reinen Tisch. Reinen Tisch, daß Sie's nur wissen... ich werde gegen Sie Klage erheben!«

Doch wie immer die Klage auch lauten mochte – sie wurde zum unverständlichen Murmeln, als er das Zimmer verließ, und der Doktor schritt hinter ihm her, den Kognak in Händen, mit dem er dem Kläger die Zunge gelähmt.

»Na also«, sagte der Satan. »Da habt ihr jetzt eine volle Belastungsprobe gesehn.«

»Und weiter?« wollte Gabriel wissen.

»Was – ›weiter‹?«

»Es steht ja geschrieben, *noch die Hölle soll Mitleid empfinden*.«

»Hab ich euch nicht schon früher gesagt, am Ende kommt alles auf *mich*?« versetzte der Satan verdrossen.

Da fiel ihm Asrael ins Wort, voll eisiger Würde: »Meine Anweisung lautet«, so sprach er, »auf Gnade und Ungnade auszuliefern. Wo ist es?«

Wortlos wies ihm der Satan die Richtung.

Wartend standen die drei in jenem Behandlungsraum mit dem Porzellanwaschtisch und dem Glasregal voller Gefäße, den Sauerstoffflaschen unter dem Kunstledersofa und dem beklemmenden Dunst nach Betäubungsmitteln – und warteten weiter, bis auch die Qual jenes anderen Wartens, das sich vor der Tür mit Gescharr und Gemurmel bemerkbar machte, hereindrang und sich auf sie legte: zunächst nur den Glanz ihrer Schwingen verdunkelnd; dann ihre Schultern krümmend unter dem Tanz der Staubteilchen, die im reglosen Strahl der Sonne aufleuchteten und sich senkten auf unsre drei, bis auch der Glanz der Gewänder, das Funkeln der Schwerter, ja noch die Strahlen des Glorienscheins darunter erloschen. Nur mehr das Licht in den Augen war da.

Der erste, stöhnende Laut kam von Asraels Lippen. »Wie lange noch?« murmelte er. »Wie lange?« Aber der Satan blieb stumm und barg sich im Schutz seiner Schwingen.

Dann war es plötzlich wie Hysterie an der sich öffnenden Tür, eine Schwester im weißen Spitalshabit zog eine Frau in das Zimmer und half ihr danach auf das Sofa.

»Aber ich kann ja nicht – *darf* nicht!« protestierte die Frau, fortwährend bemüht, die helfenden Hände von sich zu schieben. »Ich – ich bin verabredet! Ich muß den Siebenuhrzwölfer erwarten – wirklich, ich muß! Es ist – ach, Sie wissen ja nicht, *wie* wichtig es ist! So lassen Sie mich doch *gehen*... Bitte, lassen Sie mich hinaus! Ich geb' Ihnen all meinen Schmuck!«

»Jetzt legen wir uns erst mal hin – trinken ein Täßchen Tee! Gleich ist er fertig«, sagte die Schwester beruhigend.

»Tee? – Und wenn da was drin ist? – Und es *wird* etwas drin sein, das weiß ich gewiß! Nein, laßt mich hinaus da! Ich meld' es der Polizei, wenn ihr mich nicht gehn laßt!

Ich sag' es – ich sag's! Herrgott, wer hilft mir? ... Dick! Dick! Man will mich vergiften! Komm mir zu Hilfe – zu Hilfe! *Ich* bin es, Dickie!«

Alsbald erschöpfte sich das Gezeter und ward zum erstickten, schluchzend-vertraulichen Flüstern: »Schwesterchen! Tut mir *so* leid – der Auftritt soeben! Ich mach' es nicht wieder – auf Ehre, es kommt nicht mehr vor – wenn Sie mich bloß zum Zug lassen – zum Siebenuhrzwölfer! Ich bin dann gleich wieder da und will auch ganz brav sein! Bitte, so nehmen Sie doch Ihren Arm weg!«

Doch schon kam es über sie. Die Schwester beugte sich vor und hauchte ihr sanft auf die Stirn – bis die grauen Haare sich teilten und unseren dreien den Blick freigaben auf die Vorbestimmung des Lebens, wo sie verzeichnet war seit Anbeginn. Der Körper fiel kraftlos zurück – die Frau sank in Schlaf.

»Seien – sei'n Sie doch nicht so halsstarrig«, murmelte sie. »Nun, wie wär's – nur auf eine Minute? Sie dürfen mich nicht zu spät kommen lassen zum Siebenuhrzwölfer, weil – ja weil... Oh! Denken Sie dran... Ich bringe Sie vor Gericht, wohlgemerkt – ich bring' –« Damit verstummte die Frau. Und wie ehedem Kalka'il, so blickte jetzt auch die Schwester dem Satan voll in die Augen und sagte nur eins: – »Fort mit euch!«

Und der Satan neigte das Haupt.

Dann scharrte und polterte es an der Tür, und der schäbig aussehende Mann wankte herein.

»Verzeihung!« begann er, »aber ich muß meinen Hut hier drin vergessen haben!«

Die Frau auf dem Sofa erwachte, drehte sich nach ihm

herum, stützte das Kinn in die Hand und kicherte glück-lich: – »Was *soll* er dir jetzt noch, mein Lieber?«

Die drei fanden sich ins Leere gewirbelt – zwei von ihnen ein wenig verwirrt, der dritte etwas betreten.

»Wie ist das gekommen?« Gabriel glättete sein Gefie-der.

»Nun ja – das läßt sich nicht leugnen – man hat uns hinausgeworfen«, sagte der Satan.

»Hinausgeworfen? *Mich?*« rief Asrael entrüstet.

»Nicht zu reden von deinem Dienstälteren«, erwiderte Satan. »Hast du denn nicht bemerkt, daß jene Schwester zufällig Ruya'il war –«

»Dann werd' ich sofort offizielle Schritte einleiten!« Doch Asraels Miene strafte ihn Lügen.

»Ich glaube, du wirst noch dahinterkommen, daß sie unterm Schutz jener Regelung steht, die du deinem jun-gen, englischen Freund so lichtvoll erläutert hast. Du weißt ja, es hängt *alles* ab von der Auslegung jenes ›Wer‹!«

»Selbst *wenn* es so ist«, sagte Gabriel, »so rechtfertigt es doch nicht diese Knall-und-Fall-Überstürzung – die-sen kintopphaften Trick unserer – na, unsres Hinaus-wurfs!«

»›Ich glaube‹, sagte die Kleine, als sie nach dem Kin-dermädchen gespuckt hatte, ›das habe ich nur erfunden!‹ Indes, liebe Brüder im Herrn« – und der Fürst der Fin-sternis grinste dabei –, »glaubt ihr denn *wirklich*, man hätt' uns dort unten noch länger gebraucht?«

Kurd Laßwitz
Wie der Teufel den Professor holte

»Aber ganz gewiß«, sagte der *Professor*, indem er liebevoll die Asche seiner großen Flor de Ynclan betrachtete, »ganz gewiß hat er mich geholt; in eigener Person.«

»Hohoho!« lachte der *starke Herr*. »Also doch?«

»Und das haben Sie noch gar nicht erzählt?«

»Wer denn?« fragte die *blaue Dame*. »Wer hat Sie geholt?«

»Haben Sie denn nicht gehört?« rief die kleine Frau Brösen ungeduldig. »Der *Teufel* hat den Professor geholt.«

»Aber da sitzt er ja –«

»Weil er ihn eben lebendig geholt hat!« rief der starke Herr.

»Das versteh' ich nicht!«

»Er muß es erzählen.«

Man rückte näher am Tische zusammen.

»Wie sah er denn aus?«

»Wann war denn das?«

»Am vorigen Sonnabend« – der Professor tat einen nachdenklichen Zug an seiner Zigarre –, »ich saß wie gewöhnlich abends an meinem Schreibtisch – da klopfte es, und auf mein verwundertes Herein – aber erschrekken Sie nicht!«

»Gräßliches will ich nicht hören, nein, nein, nein«, schrie die blaue Dame.

»Gräßlich war es allerdings. Im ersten Augenblick war ich nicht wenig erschrocken.«

Die blaue Dame hielt sich die Ohren zu; aber nicht fest.

»Auf einmal steht jemand im Zimmer und knipst die Hängelampe an, daß ich die Gestalt ganz deutlich erkenne.«

»In einem Mantel, mit feurigen Augen? Ich seh's vor mir!« rief Frau Brösen.

»Es war ein Lodencape und eine goldene Brille; ein Mann in meiner Größe und Statur, mit grauen Haaren und Schnurrbart, eigentlich ganz gemütlich, aber das Gräßliche war eben – «

»Der Pferdefuß?«

»Der Schweif?« kreischte die blaue Dame.

»Nein; – er sah genau aus wie ich selbst – lachen Sie nicht! Ich dachte natürlich an eine Halluzination, und Sie wissen, was das bedeutet bei meinem angegriffenen Gehirn. Ich blieb zunächst ganz starr sitzen. Da sagte mein Doppelgänger sehr höflich:

›Es tut mir leid, daß ich Sie holen muß, Herr Professor, aber ich habe den bestimmten Entschluß gefaßt – ‹

›Holen, was heißt das? Ich bin nicht Arzt und habe jetzt keine Zeit!‹ rief ich unwillig.

›Nun, eben *holen*‹, sagte der andere. ›Ich bin nämlich der Teufel.‹

›Der Teufel?! Aber Sie sehen ja aus – ‹

›Ja, Sie müssen schon entschuldigen. Wenn ich zu Ihnen komme, habe ich diese Ihre Gestalt. Es ist nämlich jeder sein eigener Teufel! Aber nun seien Sie so gut und kommen Sie mit.‹

›Wohin denn? Ich glaube weder an Hölle noch an Teufel im Volkessinne.‹

›Ist auch gar nicht nötig. Ich hole jeden in seinem Sinne, wie er seine Welt sich ausmalt. Sie z. B. werde ich in einem kleinen Weltraum-Automobil mitnehmen. Sie reisen ja so gerne nach den Sternen.‹

›Bitte sehr, das tue ich hier am Schreibtisch; ich habe durchaus keine Lust zum Reisen. Außerdem brauchte ich mehrere Wochen Vorbereitung. Erst müßte ich meine Reiseapotheke packen.‹

›Ist nicht nötig. Zu Ihrem Vergnügen hole ich Sie ja nicht. Sie sollen zu Ihrer Läuterung hunderttausend Billionen Kilometer reisen. – Das habe ich mir so ausgedacht.‹

›Und dann?‹ fragte ich.

›Nun, das wird sich ja finden. Vielleicht machen wir einen Meteor aus Ihnen, oder Sie werden für tausend Jahre auf den Mars verheiratet – Marsjahre natürlich.‹

›Ich danke für beides. Es fällt mir gar nicht ein, mitzukommen. Ich habe hier noch dringende, angefangene Arbeiten.‹

›Das hilft alles nichts. Die können Sie unterwegs fertigmachen.‹

›Also den Hals wollen Sie mir nicht umdrehen?‹

›Ich denke nicht daran, wenn Sie gutwillig mitkommen. Wir möchten uns Ihre wertvolle Gehirntätigkeit noch eine Zeitlang erhalten, wenn auch freilich nicht mehr auf der Erde.‹

›Aber schließlich leb’ ich doch in der *Erdseele* weiter, nicht wahr?‹

›Lassen Sie mich in Ruhe‹, rief der Teufel ärgerlich. ›Ich bin nicht hier, um mich ausfragen zu lassen. Die Erdseele hole ich schließlich auch noch mal!‹«

»Die Erdseele?« unterbrach die blaue Dame den Professor. »Was ist denn das?«

»Ach, stören Sie doch jetzt nicht«, sagte Frau Brösen. »Der Professor hat doch erst neulich einen Vortrag darüber gehalten!«

»Da konnt' ich ja nicht kommen, da war mein Mädchen fortgelaufen.«

»Na«, rief der starke Herr, »nach Ansicht des Professors ist eben die Erde ein beseeltes Wesen, und wenn wir hier als Menschen nicht mehr leben können, dann leben wir weiter als Erinnerungen der Erdseele.«

»Sagt Fechner«, schaltete der Professor ein.

»Ich auch?« fragte die blaue Dame.

»Sie kommen sogleich in die Sonnenseele«, sagte der Professor, »weil Sie schon jetzt zu den schönsten Erinnerungen der Erdseele gehören.«

»Erzählen Sie doch weiter!« rief Frau Brösen und klopfte auf den Tisch.

Der *sanfte Jüngling*, der eben etwas sagen wollte, fuhr zusammen und schwieg.

Der Professor nahm einen Schluck aus seinem Glase und sagte:

»Ich bemerkte mit Vergnügen, daß theoretische Fragen den Teufel in einige Verlegenheit zu bringen schienen. Um Zeit zu gewinnen, kramte ich in meinen Manuskripten und wollte eben fragen, ob ich nicht meinen Zeißfeldstecher mitnehmen könnte, aber auf einmal – ich weiß nicht, wie es kam – war ich aus meinem Zimmer heraus und fand mich neben dem Teufel auf einem bequemen Sessel. Die Füße ruhten auf einem Tritt, und ein Geländer umgab uns, sonst aber schwebten wir ganz frei im Raume. Merkwürdigerweise hatte ich gar kein Schwindelgefühl.«

Der starke Herr hustete eigentümlich. Der Professor ließ sich nicht stören.

»Ich nahm mir vor«, fuhr er fort, »mir vom Teufel nicht imponieren zu lassen. Vielleicht konnte ich ihm doch irgendwie beikommen, daß ich ihn los würde. Wäre Faust ein richtiger Mathematiker gewesen, so hätte er sich nicht sein ganzes Leben mit dem Teufel herumzuschlagen brauchen. Ich fühlte mich ruhiger und sagte nichts. Da begann der Teufel: ›Nun, wie gefällt Ihnen unser Weltautomobil? Das ist aus Ihrem Ideal, dem absolut festen und durchsichtigen Stellit gefertigt, da können Sie alles aufs schönste überblicken.‹

Ich sah mich um. Hinter uns war absolute Nacht, völlige Schwärze. Über, neben und unter uns erkannte ich einzelne Sterne, die nach vorn immer dichter standen, bis sie in der Fahrtrichtung zu einem einzigen hellen Glanze zusammenflossen. Ich konnte mir das gar nicht erklären. Was war das für ein Sternenhimmel? In welcher Gegend der Welt waren wir? Ich mußte wohl längere Zeit bewußtlos gewesen sein.

›Wie lange sind wir schon unterwegs?‹ fragte ich.

›Etwa eine halbe Stunde‹, antwortete der Teufel. ›Ich mußte Sie ein bißchen einschläfern, um Sie bequemer hier hereinzubringen. Na, nicht wahr, so was haben Sie noch nicht gesehen?‹

›Oh‹, sagte ich, ›das wird sich ja alles natürlich erklären. Mit welcher Geschwindigkeit fahren wir wohl?‹

›Ungefähr mit der zehnfachen Lichtgeschwindigkeit.‹«

»Hohoho!« lachte der starke Herr. »Das müßte allerdings mit dem Teufel zugehen.«

»Das tat's ja auch«, fuhr der Professor gelassen fort. »Ich überschlug schnell die Sachlage. Zehnfache Lichtgeschwindigkeit, da mußten wir die Entfernung Sonne – Erde in 50 Sekunden zurücklegen.

Bis zum Neptun ist's dreißigmal so weit. Ich sagte also:

›So so! Da müssen wir ja schon längst aus dem ganzen Sonnensystem hinaussein.‹

›Das sind wir in der Tat.‹

Nun glaubte ich zu begreifen, warum hinter uns die schwarze Nacht war. Da wir soviel schneller als das Licht dahinrasten, konnten uns die Lichtwellen nicht einholen, und es war dunkel. Die von den Seiten kommenden Strahlen dagegen trafen uns. Aber der Glanz da vorn? Durch unsre riesig schnelle Bewegung, dem Licht der Sterne entgegen, mußten die Lichtwellen so stark verkürzt werden, daß selbst die längsten sichtbaren Wellen, die des roten Lichts, bis unter die Länge der überhaupt sichtbaren Wellen herabsanken und somit gar keinen Eindruck mehr auf unser Auge machen konnten. Woher also die Helligkeit vor uns? Es hätte dort auch Dunkelheit herrschen müssen. Der Teufel sah mir wohl an, daß mir etwas nicht klar war, und sagte höhnisch:

›Nun, Herr Professor, das Licht da vorn können Sie wohl nicht natürlich erklären.‹

In diesem Augenblick fiel mir die Lösung ein, und ich sprach ganz ruhig: ›Das ist doch sehr einfach. Was uns da vorn leuchtet, das sind keine Lichtstrahlen, wie wir Menschen sie zu sehen gewohnt sind, sondern das sind die für unser Auge sonst unwirksamen langen, etwa Wärme- oder elektrischen Wellen jenseits des roten Endes des Spektrums. Durch unsre Eigenbewegung werden sie so verkürzt, daß wir sie als Licht empfinden. Es ist ein schöner Beweis dafür, daß die Sterne sehr viel ultrarote Strahlen aussenden, die wir noch nicht beobachten konnten.‹

Der Teufel brummte etwas vor sich hin. Er ärgerte sich, weil ich es richtig getroffen hatte. Gleich darauf aber drückte er die Augenbrauen zusammen und zog die Mundwinkel etwas auseinander, wie ich zu tun pflegte, wenn ich so eine recht knifflige Frage stellen will – es war zu gemein, daß der Kerl genauso aussah wie ich –, und nun sagte er:

›Wenn Sie das helle Licht da vorn inkommodiert, so kann ich es auch abblenden. Sehen Sie, ich habe hier einen für alle Strahlen undurchlässigen Schirm, den drehe ich jetzt nach vorn – so – nun kann von vorn kein Licht mehr einfallen, und doch ist noch Licht da –‹

›Ja, aber es ist viel schwächer.‹

›Woher kommt nun dieses Licht?‹

Ich geriet in Verlegenheit. Mogelte der Teufel vielleicht? War der Schirm gar nicht völlig undurchsichtig? Nein, die Erscheinung war nicht bloß eine Abschwächung der früheren; es zeigte sich eine ganz andere Sternverteilung. Der starke Glanz in der Mitte war verschwunden. Von den Sternen in unsrer Fahrtrichtung konnte das Licht nicht herrühren. Hatten wir etwa jetzt einen Spiegel vor uns? Ich drehte mich um, hinter uns war es dunkel. Der Teufel grinste. Mir wurde unbehaglich. Ich durfte mich vom Teufel in theoretischen Fragen nicht schlagen lassen. Wer weiß, was er dadurch für Rechte gewann. Das Licht konnte nur von hinten kommen, und doch fuhren wir ihm entgegen – wie – – aber freilich, so mußte es sein –

›Na, Professorchen?‹ fragte der Teufel wieder mit unheimlicher Gemütlichkeit.

›Ich weiß es natürlich‹, sagte ich. ›Das ist das Licht, das wir auf seinem Wege einholen, deswegen scheint es, als käme es von vorn. Und da wir durch unsere Eigenbewegung die Lichtwellen auseinanderziehen, so sehen wir auch nicht die eigentlichen leuchtenden, sondern die kurzwelligen ultravioletten Strahlen der hinter uns liegenden Sterne; die werden uns jetzt sichtbar. Vorher fiel dieses Licht nur nicht auf, weil es durch die Strahlen von vorn überglänzt war.‹«

»Das verstehe ich nicht«, sagte Frau Brösen.

»Na, denken Sie sich mal«, rief der starke Herr, »eine lange, lange Kolonne Infanterie marschiert vor Ihnen, die holen Sie mit ihrem Wagen ein und fahren daran vorbei: Da kommen Sie an allen Sektionen vorüber, aber zuerst an der letzten und dann an den früher abmarschierten immer später. Das ist genauso, als wenn der Wagen hielte und die Kolonne marschierte rückwärts an Ihnen vorbei.«

»Wissen Sie nicht«, fiel die blaue Dame ein, »wie wir das letztemal ins Manöver fuhren, und mein Miezchen verlor das seidne Tuch? Da war's so. Aber da sahen wir doch immer die Leute von hinten?«

»Die Lichtwellen haben aber keinen Rücken«, brummte der starke Herr, »die übermitteln Ihnen überhaupt bloß den Eindruck der Schwingungen aufs Auge, die von den Gegenständen ausgehen. Wenn der Professor hätte bis auf die Erde sehen können, so hätte er jetzt alles genau der Zeit nach umgekehrt gesehen, der Uhrzeiger hätte sich von rechts nach links gedreht, und die Menschen wären alle wirklich rückwärts gelaufen.«

»Jawohl«, sagte der Professor. »Und ich hab' es sogar gesehen. Denn um den Teufel zu ärgern, bemerkte ich: ›Schade, daß es kein Mittel gibt, das uns die Dinge auf der Erde in erkennbarer Weise sichtbar macht. Dann könnten wir alles, was dort geschehen ist, jetzt zur Abwechslung einmal rückwärts ablaufen sehen. Wir müßten freilich viel langsamer fahren, denn bei unsrer Geschwindigkeit würde ja die Zeit rückwärts *rasen*, und man würde nichts deutlich wahrnehmen.‹ ›Haha!‹ lachte der Teufel. ›Sie könnten natürlich so ein Fernrohr nicht machen, aber für mich ist das eine Kleinigkeit. Sehen Sie mal hier durch das Glas. Für unsre jetzige Entfernung wird es noch reichen. Einen Augenblick – so, ich habe nur unsere Geschwindigkeit so gemäßigt, daß wir das Licht in normaler Geschwindigkeit einholen. Wohin wollen Sie sehen?‹

›Nun, in unsre Stadt. Wahrhaftig, da hab' ich's schon. Das ist ja die Ecke von der Schlammstraße, sogar die Hausnummer kann ich erkennen, No. 21.‹«

»Wie?« Die blauc Dame stieß einen Schrei aus. »Das ist ja unser Haus! Was sahen Sie denn?«

»Ich sah durch das offne Fenster in das Garderobenzimmer – «

»Da hat das Mädchen wieder das Fenster aufgelassen, und ich habe doch – «

»Aber so hören Sie doch erst!« sagte Frau Brösen zu der blauen Dame.

»Ich konnte ganz gut alles erkennen«, fuhr der Professor fort. »Denn die Sonne schien ins Zimmer. Es war nämlich um die Mittagszeit am vorigen Sonnabend. Da wir jetzt schon eine Stunde mit zehnfacher Lichtgeschwindigkeit gefahren waren, so hatten wir nunmehr das Licht eingeholt, das vor zirka zehn Stunden von der Schlammstraße ausgegangen war.«

»Gott sei Dank«, rief die blaue Dame. »Da war ich nicht zu Hause.«

»Es war aber jemand in dem Zimmer. Ich mußte mich nur erst daran gewöhnen, daß ich alles in umgekehrter Zeitfolge sah. Ich wäre auch gar nicht daraus klug geworden, wenn ich nicht immer nur momentan die Augen geöffnet und mir so eine Reihe von Augenblicksbildern geschaffen hätte. Aber wenn ich Ihnen die so nennen wollte, wie ich sie sah, immer das spätere zuerst, ein weibliches Wesen zur Tür hinausgehen, dann dasselbe Wesen im Zimmer, ein Kleid in einen Schrank legen, was aber herausnehmen bedeutete, dann erst den Schrank öffnen usw., so würden Sie gar nicht klug daraus werden.«

»O Gott, o Gott! Sagen Sie nur, wie's wirklich war! Es waren gewiß Diebe da!«

»Ich weiß nicht. In richtiger Zeitfolge verlief die Sache etwa so, daß ein Mädchen erst in einer Schublade suchte und ein Paar weiße Handschuhe herausnahm – «

»Ach, die vierknöpfigen!«

»Dann aus dem Schrank einen Rock und eine weiße Bluse – «

»Das war meine gestickte, wissen Sie, die mit den echten – «

»Und wie sie mit den Sachen zur Tür hinausging, blieb sie an der Klinke hängen, und es gab einen großen Riß in den Spitzen – – «

»O Himmel! Himmel! Das war mein Mädchen, die wollte ja abends auf den Ball, die hat sich meine Sachen geborgt! Oh! Ich muß nach Hause, gleich!«

Die blaue Dame sprang auf. Der sanfte Jüngling machte eine Verbeugung.

Der Professor fuhr fort: »Ich suchte nun noch weiter mit dem Glase, aber der Teufel nahm es mir aus der Hand.«

»›Nun‹, sagte er mit funkelnden Augen – «

Die blaue Dame seufzte und setzte sich wieder.

›Nun, Herr Professor, erklären Sie mir doch einmal dieses Glas auf natürlichem Wege.‹

›Das habe ich gar nicht nötig‹, sagte ich ganz ruhig. ›Sie können von mir eine Erklärung nur von natürlichen Vorgängen verlangen, aber Ihr Glas ist irgendeine teuflische Erfindung, will sagen, eine Spiegelfechterei, die die Naturwissenschaft nichts angeht. Da müßten Sie mir erst beweisen, daß es ein richtiggehendes optisches Instrument und nicht eine psychologische Täuschung ist, ehe Sie eine Theorie von mir erwarten dürfen.‹

›Verdammter Kerl, so ein Professor!‹ knurrte der Teufel. Ich tat, als hätte ich nichts gehört.

›Aber‹, fing er wieder an, ›daß wir überhaupt mit zehnfacher Lichtgeschwindigkeit fahren, die ich jetzt wiederhergestellt habe, das ist doch ein rein technisches Problem, das müssen Sie lösen. Wenn Sie das nicht können, geb' ich mir gar nicht erst soviel Mühe mit Ihnen. Ich mache bloß diese Klappe auf, dann fallen Sie heraus, und die *Sternschnuppe* ist fertig.‹

Die Sache wurde fatal. Ich dachte nach. So habe ich noch nie nachgedacht und will's auch nicht wieder tun. Glücklicherweise bin ich Philosoph. Ich sagte mir: Ich muß die Sache ganz abstrakt fassen. Der Teufel konnte mir noch viele Fragen stellen, um mich hineinzulegen. Ich mußte den Teufel selbst erklären! Der Teufel brüllte mich an, er dachte offenbar, er hätte mich schon.

›Wird's bald?‹ schrie er.

›Wissen Sie‹, sagte ich, ›es gibt zwei Erklärungen. Eine psychologische und eine metaphysische. Nach der psychologischen sind Sie weiter nichts als mein Traumgebilde, eine Phantasie überhaupt, eine Menschheitsphantasie.‹ Der Teufel machte eine Bewegung, als wollte er die Klappe öffnen und mich in den Weltraum fallen lassen.

›Das nutzt Ihnen gar nichts‹, sagte ich schnell, ›damit können Sie nichts beweisen. Denn wenn Sie nur eine Phantasie sind, so würde auch mein Fall nur Phantasie sein, und ich würde doch an meinem Schreibtisch, oder wo ich sonst eingeschlafen bin, wieder ganz munter erwachen.‹

›Sie wachen!‹ brüllte er wieder.

›Ich glaube es auch‹, sagte ich. ›Denn wenn sich diese Geschichte nur als Traum entpuppte und nicht jetzt wirklich von mir erlebt würde, so wäre sie ziemlich abgedroschen. Dieses Traummotiv habe ich schon zu oft verwertet.‹

›Nun also!‹

›Also die metaphysische Erklärung. Da gibt es wieder zwei Erklärungen. Die eine ist naturphilosophisch-kosmologisch, die andere ist mehr ethisch-noologisch.‹

›Herr, Sie können einen rasend machen! Ich will nicht immer zwei Erklärungen, ich will die richtige.‹

›In Ihrer Frage, wie Sie das machen, so schnell zu fahren, liegen aber zwei Probleme. Ich kann fragen: Woher kommt es, daß Sie über diese Energiemenge verfügen, die Sie zu der Geschwindigkeit brauchen; und ich kann fragen: Woher kommen Sie selbst?‹

Der Teufel sah mich mit einem Gesichte an, daß ich mich schämte, so dumm-erstaunt aussehen zu können.

›Sie haben doch überhaupt nicht zu fragen‹, polterte er dann, ›sondern ich.‹

›Aber eine Frage erlauben Sie mir noch‹, sagte ich sehr höflich. ›Es ist nur, damit ich bei meiner Erklärung nicht erst überflüssige Auseinandersetzungen mache.‹

›Na‹, sagte er etwas milder, ›das will ich noch gelten lassen. Ich will sie sogar beantworten. Aber das ist die letzte Frage, sonst — ‹

›Sagen Sie mir, bitte, können Sie *Wunder* tun?‹

Da ging eine seltsame Veränderung mit dem Teufel vor. Seine Züge verzerrten sich, er sah gar nicht mehr aus wie ich, er sah aus wie ein tief unglücklicher Mensch und doch wie ein gewaltiger Herr von furchtbarer Willensstärke, den eine Ohnmacht überrascht hat. Ich erschrak. Aber es dauerte nur einen Augenblick. Dann war er wieder der alte. Er runzelte die Stirn und fragte: ›Was soll das heißen? *Erschaffen* kann ich nichts!‹

›Ich meine‹, erwiderte ich, ›können Sie an der ursprünglichen Verteilung der Welt-Energie willkürliche

Änderungen hervorrufen, so daß plötzlich für unsere Erkenntnis gänzlich unerwartete und unerklärliche Dinge auftreten?‹

Er lachte bitter. ›Für euch Menschen unerklärlich? Das wäre was Rechtes, wie weit könnt ihr denn sehen? Ihr seid endliche Geister, und dem Unendlichen gegenüber seid ihr ohnmächtig. Ich aber kann hineingreifen ins Unendliche, wo noch zahllose Weltsysteme mit unendlichen Energieformen schweben, und kann aus ihnen hereinschieben in euren Milchstraßenraum, was ich brauche, daß euch die Haare zu Berge stehen.‹

›Aha‹, sagte ich, ›so haben Sie also diese Bewegungsenergie mit der fabelhaften Intensität, die uns zehnfache Lichtgeschwindigkeit gibt, aus irgendeinem unendlich fernen Sternsysteme hierhergeschoben?‹

›Ungefähr so, wenn auch nicht so einfach, wie Sie sich das denken. Nicht aus einem Systeme wie diesem hier, sondern aus einem ganz andern Orte, von dem Sie keine Vorstellung haben können.‹

›Nun also‹, meinte ich, ›da ist ja die Sache natürlich erklärt. Es fragt sich nur, warum Sie sich diese Mühe machen. Ich möchte mir erlauben zu bemerken, daß Sie da etwas sehr Törichtes getan haben.‹

Da fuhr der Teufel in die Höhe. Es sprühte jetzt tatsächlich Feuer aus seinen Augen, und ich bereute meine Worte.

›Elender Wurm‹, brüllte er mich an, ›wie kannst du es wagen, über die Handlungen unendlicher Geister zu urteilen. Zermalmen würde ich dich, wenn nicht – wenn nicht –‹, und mit ruhiger Stimme sprach er weiter: ›Wenn Sie nicht eigentlich ganz recht hätten, Herr Professor.‹

Und damit sank er wieder wie gebrochen zusammen.

Bei diesem Umschlag ging meine Angst in stille Freude und Sicherheit über. Was konnte mir denn passieren, solange ich recht behielt? Ich glaubte es klar zu erkennen: So mächtig dieser Teufel war, eine Macht war über ihm, das war die Vernunft. Nur wenn ich ihm darin unterlag, mochte ich verloren sein. Aber was nutzte mir das alles, wenn es mir nicht gelang, wieder zur Erde zu entkommen, zu der ich gehörte? Ich wollte doch nicht hier durch Ewigkeiten im Raume reisen. Fragen durfte ich nicht mehr. Was nun?«

»Oh, oh, oh!« seufzte der sanfte Jüngling und nippte an seiner Zitronenlimonade.

Der Professor fuhr fort: »›Sie sprachen da‹, begann ich vorsichtig, ›von den Handlungen unendlicher Geister. Das klingt gerade so, als wenn es mehrere dieser Art gäbe.‹

›Es gibt nur zwei‹, sagte der Teufel müde, ›der eine bin ich, und von dem andern sprech' ich nicht gern.‹

›Hm! Der andre —‹

›Schweigen Sie davon!‹ unterbrach er mich unwirsch.

›Ich wollte nur sagen, der könnte doch auch ins Unendliche greifen und hier die wunderbarsten Dinge produzieren.‹

›Nein!‹ brüllte er jetzt wieder wütend. ›Der tut's eben nicht. Der hat es nicht nötig. Der ist ja doch die Weltvernunft selbst. Der hat die ganze Geschichte so schön eingerichtet, daß alles von selber läuft. Der macht keine Fehler, so braucht er keine Wunder, um sie zu korrigieren. Und das ist eben mein Unheil, das ist meine Tragödie!‹

›Aha! da sind Sie ja auch erklärt, Herr Teufel! Die Macht haben Sie zwar, aber nicht die Vernunft!‹

›Ein Elend ist's, ein vermaledeites. Ich bin nur dazu da, die Fehler in der Welt zu machen. Und auch das nützt mir nichts. Denn die Vernunft kuriert sie immer wieder aus. Das Unvernünftige bloß geht zugrunde. Und so mache ich mich eigentlich selbst tot.‹

›Sie sind also sozusagen der chronische Selbstmord.‹

›Ach, was, das ist nicht so wörtlich zu nehmen. Ich habe ja das Unendliche zur Verfügung. Soviel Unvernünftiges auch weggeschafft wird, ich bringe immer neue Störungen hinein. Mit unserer Fahrt z. B. habe ich eine ganz nette Konfusion in die Welt geworfen. Schon die Untersuchung morgen, wo Sie hingekommen sind –‹

›Verzeihen Sie, das ist doch aber wirklich eine Kleinigkeit. Da gibt's ein paar Zeitungsartikel, und dann ist die Sache vergessen. Warum sprengen Sie nicht die Erde auseinander? Warum drücken Sie nicht das ganze Milchstraßensystem zu einem Klumpen zusammen?‹

›Haha!‹ lachte der Teufel, ›was hätte ich davon? Ob das bißchen Materie oder Energie, oder wie Sie's nennen wollen, so oder so im Raume umherschwirrt, ob die Stückchen Stoff kleiner oder größer sind, das macht im Grunde verflucht wenig aus. Das Zeug ist ja in unendlichen Mengen da, der Raum und die Zeit auch. Was man so die Natur nennt, das Existierende im Raum, für das ist es ganz egal, wie sich's gestaltet, das hat unendlich viele Wege, um zu seinem Ziel zu kommen. Aber das Ziel, die Idee! Sehen Sie, das eben ist die Hauptsache! Wenn ich daran etwas ändern könnte! Im Bewußtsein liegt's! Darin steckt das Gesetz, da steckt der ganze Weltzweck, daran muß ich mich machen. Deswegen wende ich mich mit Vorliebe an die gelehrten Herren, die sind es, von denen die Vernunftideen gehalten werden. Wenn ich so einen Philosophen holen kann wie Sie z. B., lieber Professor, da richt' ich mehr aus, als wenn ich eine Million Sonnensysteme demolierte; denn da tu' ich der Vernunft selbst Schaden.‹

›Das ist mir ja ganz außerordentlich schmeichelhaft‹, sagte ich. ›Warum haben Sie aber da nicht lieber Leute wie Sokrates, Galilei, Kant u. dergl. geholt?‹

›Hab' ich ja, hab' ich! Sie wissen doch, habe die Staatsgewalten gegen sie gehetzt. Kam nur leider zu spät. Aber – na, warum soll ich mich nicht einmal ein bißchen gegen Sie aussprechen? Sie kommen ja doch nicht mehr auf die Erde zurück und können's nicht ausplaudern – –‹

›O weh‹, dachte ich für mich.

›Also – Sie sagten vorhin, ich hätte die Macht. Aber die ist ziemlich beschränkt. Es ist nun einmal so mit der Welt – das Ziel, die Idee ist zeitlos, ist ein bestimmender Gedanke. Aber Wollen und Denken allein können nichts schaffen, können sich nicht verwirklichen als Seiendes; dazu gehört eine andre Form des Zusammenhangs – –‹

›Ich weiß schon‹, sagte ich, ›dazu gehört die Existenz in Raum und Zeit. Eine Million Mark habe ich schon oft gedacht und gewollt, aber dazu gebracht hab' ich's immer noch nicht, weil dazu ein Objekt in Zeit und Raum gehört, sei's auch nur jemand, der sie mir schuldet.‹

›Na also, sehen Sie! Und sowenig ich die Existenz von irgend etwas im Raume setzen kann, ebensowenig kann ich etwas aus dem Raume fortschaffen, was einmal drin ist. Denn der Raum ist *unendlich*, daran hängt's! Und selbst ein unendlicher Geist kann das im Raum Existierende nur umwandeln, er kann die Milchstraße zu Bayrisch Bier verarbeiten, aber das bleibt immer im Raume, und ein andrer unendlicher Geist kann wieder Sonnen, Planeten und Philosophen daraus fabrizieren.‹

›Aber wenn der Raum *nicht* unendlich wäre? Wenn er gewissermaßen in sich selbst zurückliefe, falls man nur weit genug darin fortflöge?‹ sagte ich lauernd.

›Hahaha!‹ lachte der Teufel. ›Ja, wenn! Wenn er wie eine große ringförmige Schachtel wäre, in der man zwar ewig in der Runde herumlaufen, aus der man aber auch einfach etwas hinaustun könnte! Dann hätte ich gewonnenes Spiel. Da könnte ich so eines nach dem andern aus dem Raume werfen, mit andern Worten, ich könnte *Existenz vernichten*, absolut zu nichts machen. Aber tun Sie einmal etwas aus einer Schachtel hinaus, wenn die Schachtel überhaupt nichts außer sich hat, höchstens daß sie wieder in einer Schachtel steckt und so immer wieder und wieder in einer andern. Das hat eben die Weltvernunft so schlau eingerichtet, daß sie die Formen der Existenz an dasselbe Gesetz der Unendlichkeit gebunden hat wie die Formen des Denkbaren. Und so bin ich ›armer Teufel‹ immer nur auf kleine Mittel angewiesen, wenn ich der Existenz des Vernünftigen an den Leib will.‹ Als ich den Teufel so reden hörte, ward mir ganz wundersam froh zumute. Ein Plan der Rettung tauchte in mir auf.«

»Ach ja!« sagte plötzlich der sanfte Jüngling, der bis jetzt aus Bescheidenheit geschwiegen hatte. Der Professor sah ihn verwundert an.

»Entschuldigen Sie«, stammelte der Jüngling, »ich freute mich nur so, daß der Teufel schließlich doch nichts ausrichten kann, selbst nicht mit dem bayrischen Bier.«

»Na«, meinte der Professor, »da freuen Sie sich nur nicht zu früh.«

»Aber der Alkohol ist doch eine teuflische Einrichtung«, bemerkte der sanfte Jüngling schüchtern. »Der ist doch wohl eines der größten Mittel des Teufels.«

»Da ist der Teufel andrer Meinung. Wissen Sie, was er weiter zu mir sagte? Ich brachte ihn nämlich auf seine sogenannten kleinen Mittel, weil ich inzwischen über meinen Plan nachdenken wollte. Und da sagte er unter anderm, jetzt betreibe er mit Vorliebe die Verbreitung der *Abstinenz*.«

»Was? Wie?«

»Ja. ›Der Alkoholgenuß nämlich‹, so sagte der Teufel, ›ist einer meiner größten Feinde. Ohne den wäre die Menschheit wohl längst ausgestorben. Es ist freilich richtig, durch den Mißbrauch des Alkohols, den sogenannten *Suff*, werden ja viele Menschen und ganze Generationen ruiniert, aber das nützt mir nicht viel. Das sind nämlich immer haltlose Menschen ohne Willensstärke. Insofern wirkt also der Suff als eine *moralische Auslese*; durch ihn werden gerade die charakterlosen Menschen vernichtet und an der Weiterverbreitung verhindert, während die sittlich starken übrigbleiben. Der Suff verbessert die Rasse. Das ist mir natürlich fatal. Die Abstinenz als Gewohnheit bewirkt nun, daß auch die Willensschwachen und Schwächlichen sich erhalten, und verschlechtert somit die Menschheit; denn sie ändert ja nicht den Charakter der Menschen, sondern beseitigt nur ein Symptom ihrer Schwäche.‹«

»Aber, aber – «

»Ich teile ja nur mit, was der Teufel sagte. ›Übrigens‹, fuhr er fort, ›ist die Beseitigung des sogenannten Suffs nur Nebensache. Was mich an der Abstinenz freut, ist, daß sie der Menschheit das unentbehrlichste Vorbeugungs- und Anregungsmittel entzieht. Lassen Sie nur ein paar Generationen keinen Alkohol mehr genießen, so stirbt in den folgenden das ganze Volk an Darmkrankheiten und Nerventrägheit aus.

Absolute Abstinenz fördere ich daher mit Vorliebe.‹«

»Oh, oh, Herr Professor«, seufzte der Jüngling.

»Sehr richtig!« rief der starke Herr.

Die blaue Dame bat um ein Glas Glühwein.

»Jetzt aber«, sagte die kleine Brösen, »kommen Sie nun endlich dazu, wie Sie den Teufel losgeworden sind.«

»Gern«, begann der Professor wieder. »Wir redeten noch so allerlei, dazwischen fragte ich, wie man es denn mache, das Raumautomobil anzuhalten.

›Haha!‹ lachte der Teufel, ›Sie denken wohl, das werde ich Ihnen sagen? Die Operation mit dem unendlichen Vektor? Nein, das kann ein endlicher Geist nie verstehen. Ich drücke nur so – so – – Die Energie kommt nicht aus dem Unendlichfernen, sondern aus dem Unendlichkleinen!‹

›Und da ist soviel darin?‹

›I nun, natürlich. Da sind ja die unendlich vielen Unteratomwelten! Ich kann da Bewegungsenergie von beliebig hoher Intensität herausziehen –‹

›Was? Wir könnten noch schneller fahren?‹

›Freilich, mit tausend-, mit millionenfacher Lichtge-schwindigkeit.‹

›Das glaube ich nicht.‹

›Herr, ich muß bitten!‹

›Entschuldigen Sie! Aber doch keinesfalls mit zwan-zigmillionenfacher Lichtgeschwindigkeit?‹

›Ich werde es Ihnen gleich zeigen. Dann lassen Sie mich aber ein wenig in Ruhe, denn es fällt mir nicht ein, mich sämtliche hunderttausend Billionen Kilometer unserer Reise hindurch zu unterhalten.‹

Der Teufel machte nun einige seltsame Manipulatio-nen, wobei er mich mit der einen Hand festhielt. Als er mich wieder losließ, bemerkte ich, daß wir eine ganz unbeschreibliche Geschwindigkeit angenommen haben mußten. Die näheren Sterne zur Seite ließen wir rasch hinter uns. Wir fuhren in der Sekunde sechs Billionen Kilometer, das ist ein Weg, zu dem das Licht über ein halbes Jahr braucht. Gleich darauf legte sich der Teufel zurück und *schlief* sofort ein.«

»Na, erlauben Sie mal«, sagte der starke Herr, als der Professor eine Pause machte, um sich eine neue Zigarre anzuzünden, »das von den kolossalen im Unendlichklei-nen noch festgelegten Energiemengen will ich allenfalls glauben. Wir haben ja beim Radium gesehen, welcher Kraftvorrat noch in den Atomen ruht, und es ist jeden-falls denkbar, daß weit unter dem uns Zugänglichen noch unerschöpfliche gebundene Kräfte stecken. Denn das Unendliche geht so gut nach unten wie nach oben, für uns ist's nur ein Fragezeichen, und der Teufel weiß, wie man dazu kann. Aber daß eben dieser Teufel auch schlafen sollte wie unsereiner, das sollen Sie mir nicht weismachen.« Der Professor brachte erst mit großer Sorgfalt seine Zigarre in Brand, dann schaute er den starken Herrn vergnüglich an und sprach:

»Er schlief ja auch gar nicht. Ich dachte mir natürlich gleich, daß das bloß ein *Kniff* sei. Er hatte doch offenbar noch andres zu tun, als mit mir zu reisen, wollte mich aber nicht ohne Aufsicht lassen; und da er meine Gestalt deshalb beibehalten mußte, so konnte er sich vermutlich nicht anders helfen, als sich schlafend zu stellen. Wahrscheinlich war er durch irgendwelche Rücksichten, die ich nicht kenne, dazu gezwungen, denn sonst hätte er's nicht gerade in dem Augenblick getan, als ich ihn zu der Sechsbillionen-Geschwindigkeit beredet hatte.«

»Ja, aber warum taten Sie denn das überhaupt?« fragte Frau Brösen. »Ich habe mich schon vorhin gewundert. Sie sollten doch – so – na, ich weiß nicht wie weit reisen, da lag es in Ihrem Vorteil, möglichst langsam zu fahren, um nicht so bald – was sollten Sie doch werden?«

»Ein Meteor oder auf den Mars verheiratet. Hm«, sagte der Professor, »ich wollte aber weder das eine noch das andere, auch wollt' ich nicht so lange reisen, ich wollte nach der Erde zurück, und dazu mußte ich möglichst schnell fliegen, und zwar immer geradeaus.«

»Das versteh' ich nicht«, rief Frau Brösen. »Reden Sie deutlicher.«

»Nun, wenn Sie von hier aus immer gerade nach Westen reisen, so kommen Sie, da die Erde eine Kugel ist, doch schließlich von Osten her an dieses liebliche Weltdorf wieder zurück –«

»So klug bin ich auch. Aber die Welt ist doch keine Kugel, an deren Oberfläche ich herumreise – «

»Nein, aber der Raum, sehen Sie, der Raum, worin wir alle uns bewegen, der ist nämlich krumm, ohne daß wir's merken. Früher haben die Menschen auch die Erdoberfläche für eine Ebene gehalten, auf der man geradeaus gehen konnte, und jetzt wissen wir, daß wir auf einem Kreise reisen, obwohl wir immer dieselbe Richtung einhalten. Unsre Mathematiker wissen nun schon lange, daß es mit unserm Raume auch sein *könnte*. Allerdings besaß man kein Mittel, um zu entscheiden, ob unser Raum wirklich in sich zurücklaufe, man wußte nur, daß für das Denken kein Widerspruch darin liegt. Nun aber ist es mir wirklich gelungen zu entdecken, was der Teufel nicht wußte – meine Abhandlung ist nämlich noch nicht veröffentlicht –, es ist mir geglückt, den sogenannten Krümmungsradius unseres Raumes mit voller Sicherheit zu bestimmen. Um es streng wissenschaftlich auszudrükken: Unser Raum ist kein *euklidischer*, sondern ein sog. *elliptischer* Raum mit zugeordneten Polen und einem Krümmungsradius von etwas über 3000 Lichtjahren; das bedeutet, daß das Licht etwas über zehntausend Jahre braucht, um wieder an seinen Ausgangspunkt zurückzukehren.«

»Na, na, na!« rief der starke Herr. »Das könnte schon sein, aber da müßten wir doch auch das Sonnenlicht wieder von der andern Seite zurückkommen sehen; wir müßten immer eine Gegensonne im Rücken haben.«

»Würden wir auch, wenn der Raum vollständig durchsichtig wäre. Aber in diesem Raum treibt sich so viel lichtverschluckender Staub herum, daß auch das stärkste Licht nicht den ganzen Weg zurücklegen kann, ohne aufgesaugt zu werden. Wir können so weit nicht sehen, selbst der Teufel nicht. Na, und der beste Beweis dafür ist: Ich bin den ganzen Weg gefahren.«

»Aber«, brummte der starke Herr, »woher wußten Sie denn, daß Ihr Wägelchen nicht von der geraden, will sagen, der kürzesten Linie im Raume abgelenkt werden konnte?«

»Nun, der Teufel hatte mir doch gesagt, unser Fahrzeug sei aus Stellit. Das ist der Name, den ich für einen idealen Stoff gewählt habe, wodurch alles von ihm Umschlossene frei von der Schwerewirkung wird. Wir konnten demnach durch die Anziehung der Sterne nicht abgelenkt werden. Ich durfte also annehmen, daß unser geradliniger Weg, der nach Ansicht des Teufels ins Unendliche führte, uns tatsächlich wieder in das Sonnensystem zurückbringen mußte. Deswegen hatte ich den Teufel überredet, unsre Geschwindigkeit auf die zwanzigmillionenfache des Lichts zu bringen. Denn dann konnten wir, wie ich mir schon ausgerechnet hatte, die ganze wirkliche Reise um die Welt in noch nicht ganz fünf Stunden vollenden. Und ich wollte doch noch gern während der Nacht nach Hause kommen.«

»Nach Hause?« rief die blaue Dame, wieder aufspringend. »Ach ja, ich wollte ja auch nach Hause. Ich muß ja nachsehen –«

»Na, nu warten Sie nur noch ein wenig«, beruhigte sie der Professor. »Mit dem ›nach Hause‹ war es nicht so einfach. Ich wollte zunächst nur wieder in unserm Sonnensystem sein, denn in diesen fremden Fixsternwelten konnte sich ja kein Mensch auskennen. Aber wirklich nach Hause, ja auch nur nach der Erde und aus diesem Miniatur-Weltkörperchen herauskommen – das war die Schwierigkeit. Und das sagte ich mir von vornherein, daß ich dazu den Teufel nötig hatte. Ich wußte ja nicht, wie er mich hereingebracht hatte – auch er nur konnte mich wieder herausbugsieren – – Zunächst schien er neben mir zu schlafen, obgleich ich sicher war, daß dieses Phantom neben mir nur eine Attrappe vorstellte, einen Meldeapparat für den Teufel, wenn ich irgend etwas Eigenmächtiges an dem Apparat zu ändern versucht hätte. Ich verhielt mich mäuschenstill. Vier Stunden etwa mußten noch vergehen, ehe unsre Mutter Sonne als kleines, schwaches Sternchen wieder auftauchen konnte, und dann näherten wir uns ihr von der andern Seite her. Und die Erde war auch ein Stück auf ihrer Bahn fortgelaufen und hatte sich dabei um ihre Achse gedreht. Und wenn wir so mit unsrer wahnsinnigen Geschwindigkeit gegen die Erde angefahren wären, so hätten wir einfach ein Loch hindurchgeschossen, falls das Stellit es aushielt. Während ich mir das alles überlegte, wurde mir ganz jämmerlich zumute. Schlimmer konnte mich der Teufel wahrhaftig nicht holen. Ich kann schon das Reisen überhaupt nicht leiden, und nun gar, wenn das Ankommen so unbestimmt ist! Und nicht einmal etwas zu essen oder zu trinken, nicht einmal eine Zigarre!«

»Sie tun mir aber wirklich leid«, sagte die blaue Dame.

»Nicht wahr? Ich mir auch. Ich sah ja unglaubliche Dinge in jenen fernen Weltgegenden, Lichtnebel vor mir lösten sich zu Sternenhimmeln auf und schwanden wieder hinter mir zu schimmernden Wölkchen; – ich aber saß neben dem schlafenden Teufel, Stunde um Stunde, und wußte nicht, soll ich ihn rufen, soll ich noch warten. – – Und nun fiel mir's erst aufs Herz – bei der rasenden Geschwindigkeit, mit der wir fuhren, war es ja gar nicht möglich, irgendein Sternbild zu erkennen, wenn wir auch wieder in unsre Himmelsgegend kamen – ich hätte gar nicht gewußt, ob ich an der Sonne vorbeisauste, denn selbst einen Raum vom sechzigfachen Durchmesser der Neptunsbahn durchmaßen wir im zehnten Teil einer Sekunde – ich war einfach verloren im Weltraum – ich war selber schon viel weniger als eine Sternschnuppe –

Da – ich fühlte, wie ich den Sitz unter mir verlor – aber irgendeine Gegenkraft hielt mich schwebend – ich kam zur Ruhe und merkte sofort, daß die Sterne wieder stillstanden, ich erkannte den vertrauten Himmel unsrer Milchstraße, und da, direkt vor uns, das hellstrahlende Pünktchen, das konnte nichts andres sein als unsre liebe Sonne – –

›So soll doch aber!‹ polterte der erwachte Teufel neben mir, der seinen Sitz ebenfalls unfreiwillig verlassen hatte. ›Da habe ich vergessen, die zwanzigmillionenfache Lichtgeschwindigkeit abzustellen – und nun – nun haben wir das ganze Reiseprogramm von 100 000 Billionen Kilometern in kaum fünf Stunden abgefahren!‹

Nun sah ich, daß der Teufel unter seinem Sitze eine richtige Taxameteruhr gehabt hatte, die auf 100 000 Billionen Kilometer gestellt war. In dem Augenblick, da diese Strecke von dem Automobil abgefahren war, hatte es sich selbsttätig bis auf einfache Eigengeschwindigkeit der Sonne abgebremst. Aber ich bekam einen neuen

Schreck. Jetzt fiel mir erst auf, daß die vom Teufel mir bestimmte Reisestrecke mit dem Umfang des elliptischen Raumes, wie ich ihn berechnet hatte, fast genau übereinkam. Hatte der Teufel vielleicht doch gewußt, daß der Raum endlich ist? Hatte er mich getäuscht und sich vorgesehen?

Das ging mir durch den Kopf, während der Teufel bereits fortfuhr: ›Wo sind wir denn eigentlich? Das versteh' ich nun wirklich nicht. Wir sind ja wieder im Sonnensystem, dicht an der Neptunsbahn, aber genau an der entgegengesetzten Seite, als wo wir hinausfuhren. In der Richtung sind wir aber nirgends abgewichen, das hätte ich gleich gemerkt.‹

Nun erkannte ich, daß der Teufel nichts vom Krümmungsmaß des Raumes wußte. Mochte die Übereinstimmung der Zahlen nur Zufall sein oder irgendeinen unbekannten innern Grund haben, jedenfalls hielt mein Begleiter den Raum immer noch für *unendlich*.

›Gestatten Sie‹, fiel ich daher, neu ermutigt, ein, ›das kann ich Ihnen nun gleich erklären. Ich hoffe, Sie werden dann –‹

›Gar nichts werde ich. Die Reise ist zu Ende, und jetzt mache ich mit Ihnen, was ich Lust habe. Aber erklären können Sie vorher immer noch.‹

›Hm!‹ brummte ich. ›Sie haben sich eben getäuscht, wenn Sie den Raum für unendlich hielten. Unsere Mathematiker wissen längst, daß unendlich viele Raumarten denkbar sind, die keinerlei Widerspruch in sich enthalten. Nur ob *unser* Raum, die Bedingungsform unsrer Existenz, jene Eigenschaft der Krümmung besitzt, das ließ sich nicht beweisen. Nun sind wir aber tatsächlich immer geradeaus gefahren und doch wieder an die selbe Stelle zurückgekommen. Also ist der Raum unsrer Erfahrung nicht ein sogenannter euklidischer Raum, sondern er führt nach 100 000 Billionen Kilometern in sich zurück. Der Raum ist *endlich*. Ich habe das schon lange gewußt; hätten Sie mich meine Manuskripte mit nehmen lassen, da steht's.‹

Der Teufel blieb eine Weile ganz starr und dachte nach.

›Was?‹ rief er dann. ›Der Raum ist wahrhaftig krumm? Das heißt, er ist nicht unendlich? Und das habe ich nie gemerkt? Freilich bin ich auch noch niemals so wahnsin nig schnell geradeaus gefahren. Dann aber – wenn das so ist – ha! Dann weiß es auch der andre nicht! Dann ist ja die ganze Weltvernunft auf dem Holzwege! Dann ist die Form der körperlichen Existenz nicht ebenso unendlich wie die Form des Gedankens und der Idee? Ei, dann habe ich *gewonnen*! Dann kann ich ja nach und nach die ganze Natur, all ihren gesetzlichen Inhalt, aus ihrer Exi stenzform herauswerfen, ins Nichts verrinnen lassen – ich kann *vernichten*! Was kein Gott und kein Teufel zu begreifen vermochte – so ein Professor kriegt es heraus! Bei meiner Großmutter, du bist ein Prachtkerl! Bruder herz, ich muß dich umarmen!‹

Eigentlich war ich etwas beschämt; aber ich sagte doch: ›Nun werden Sie aber wohl –‹

›I natürlich!‹ rief der Teufel. ›Dich lass' ich laufen. Um dich wär' es schade. So ein Genie muß den Menschen erhalten bleiben. Gleich bring' ich dich auf die Erde zu rück.‹«

»Hohoho!« lachte der starke Herr. »Da sind Sie aber schön 'reingefallen!«

Der Professor schwieg und nickte ein paarmal leicht mit dem Kopfe. Dann nahm er einen Schluck aus dem Glase und zündete die Zigarre wieder an.

»Nun, und? Was weiter?« fragte die kleine Brösen.

»Das war das letzte, was ich vom Teufel hörte. Ich fand mich in meinem Arbeitszimmer wieder. Die Uhr zeigte 25 Minuten nach zwei Uhr morgens. Sonntag. Ich war todmüde und ging zu Bett.«

»Aber, Herr Professor«, fragte die blaue Dame, »die Geschichte ist doch wohl gar nicht wahr?«

»Es ist alles wahr, ganz genau, bis auf die Hausnummer der Schlammstraße, 21; diese kleine Episode spielte in einer andern Wohnung. Aber das andere – darauf können Sie sich verlassen.«

»Hohoho! Prosit, Professor!« rief der starke Herr. Der sanfte Jüngling goß sich ein Glas Wasser ein, und die blaue Dame sagte:

»Es ist aber doch wirklich nett vom Teufel, daß er Sie wiedergebracht hat.«

Alois Jirásek
Das Haus des Doktor Faust

Dieses altertümliche Haus stand am Ende des Viehmarktes, an der Ecke gegenüber dem Emmauskloster. Lange, lange Zeit hatte niemand mehr darin gewohnt, und deshalb sah es verfallen und düster aus. Das einst rote Dach war dunkel geworden, an den Mauern blätterte der Putz ab, die Fenster waren von Staub und Regen trüb und blind und voller Spinnweben. Das schwere, mit mächtigen Nägeln beschlagene Eichentor wurde nie geöffnet, auch nicht das Türchen darin, und niemand blieb stehen, um nach dem eisernen, kunstvoll geschmiedeten Klopfer zu greifen.

Hinter dem Tor war es öde und still; kein Hund bellte, kein Hahn krähte. Und vor dem Tor wuchs zwischen den Steinen Gras.

Düster war auch der Garten hinter dem Haus und zu seiner Seite, an der Straße gegenüber dem Emmauskloster. Niemand pflegte ihn. Er hatte keine Rabatten, hatte keine kleinen Beete mit Blumen oder Gemüse. Auch die Pfade darin waren verschwunden. Sie hatten sich mit Gras bedeckt. Überall nur Gras, hohes, üppiges Gras, in dem die Stämme der alten Ahornbäume, Linden und Obstbäume versanken, deren Äste mit Flechten und Moos bewachsen waren.

Nur im Frühling, wenn sie in Blüte standen, wenn das üppige Gras mit Löwenzahn wie mit Goldstücken besät war, wenn dann Tollkraut und Schierling hindurchschimmerten, sah es hier heiterer aus. Aber im Herbst, wenn das Laub von den Bäumen fiel, wenn der Wind durch den Garten strich, wenn der wolkenschwere Himmel sich tief herabsenkte und der Sturm durch die kahlen Kronen brauste, da wurde es bei der früh hereinbrechenden Dämmerung unter ihnen und auch im ganzen Hause dunkel.

Trauer wehte aus dem Garten und dem Gebäude, und eine sonderbare Beklemmung befiel die Menschen. War das doch eine fluchbeladene Stätte, und des Nachts ging hier der Geist von Doktor Faust um, der auch im Tode keine Ruhe fand, so wie er sie im Leben nicht gefunden hatte. Doktor Faust hatte vor langen Zeiten in diesem Hause gewohnt. Hier hatte er sein Zauberwerk vollbracht, hier hatte er in Zauberbüchern geforscht, hatte den Teufel beschworen und ihm seine Seele verschrieben. Dafür hatte der Teufel dem Doktor gedient und ihm alles erfüllt, was er sich nur wünschte und in den Kopf setzte. Aber dann, als die Zeit abgelaufen war, da hatte der Teufel gesagt: »Genug jetzt, nun komm!«

Doch der Doktor wollte noch nicht; er wehrte sich, so gut er konnte und es verstand. Er versuchte den Teufel zu beschwören und zu behexen, aber nichts half. Der Teufel machte sich über ihn her, packte ihn, hielt ihn mit den Klauen fest, und als sich Faust immer noch sträubte, da fuhr er mit ihm hinaus, nicht durch die Tür, sondern geradenwegs durch die Decke.

Und so erging es Faust, wie er es verdient hatte: Er hatte sich dem Teufel verschrieben, und der Teufel hatte ihn geholt.

Aber das Loch, durch das sie hinausgefahren waren, blieb. Es wurde zwar einige Male zugemauert, doch jedesmal fiel das Mauerwerk bis zum Morgen herunter, und wieder klaffte das schwarze Loch wie vorher. Zu guter Letzt ließen die Leute das Zumauern sein, denn sie bekamen es mit der Angst, besonders als im Hause Fausts Geist umzugehen begann. Jede Nacht spukte es dort, und so hielt es selbst der kühnste Mieter nicht in seinem Hause aus.

Dann zog niemand mehr dort ein, und das alte Gebäude blieb leer. Es verödete und verkam. Niemand setzte seinen Fuß hinein, jeder machte lieber einen Bogen darum, besonders abends und nachts. Einmal aber, es war im Herbst, und es dämmerte schon, blieb am Tor von Fausts Haus ein junger Mann stehen, ein Student. Daß er nicht im Überfluß lebte, sah man seinem abgetragenen Dreispitz an, seinem schäbigen Rock, den fadenscheinigen Hosen, den gestopften Strümpfen und den heruntergetretenen Schuhen.

Er war bettelarm wie ein streunender Hund. Und er hatte kein Dach über dem Kopf. Miete zahlen konnte er nicht, und so wurde ihm die Wohnung gekündigt. Er war durch Prag gewandert, um eine Wohnung zu suchen, aber keiner hatte ihn erhört, niemand ihn aufgenommen. So war er den ganzen Tag gegangen, bis er müde und ermattet vor Fausts Haus geriet. Wie er hierhergeraten war, wußte er selber nicht.

Die Dunkelheit brach herein, ein feiner Regen fiel, und es wehte ein kalter Wind. Dem war der armselige Rock des Studenten, mochte er ihn gleich bis zum Hals zuknöpfen, nicht gewachsen, und die löchrigen Schuhe hielten die Nässe nicht ab. Der Student zitterte schon vor Kälte. Der Regen fiel immer dichter, die Dunkelheit nahm zu, der Herbstabend war da, aber wohin über Nacht?

Er wußte nicht, wo er sein Haupt hätte zur Ruhe betten können. Er schaute sich um, heftete seine Blicke auf das alte, düstere Haus. Von hier jagt mich keiner weg, dachte er, und Bitterkeit überkam den jungen Mann. Eine Weile zögerte er noch, dann faßte er die Klinke an, sie gab nach, das Türchen öffnete sich, und schon stand er im Torgewölbe. Hier war es trocken, und hier wehte kein Wind. Und da er sich nun schon einmal bis hierher gewagt hatte, ging er weiter.

Über eine Treppe, in deren Nischen rechter Hand sonderbare Statuen standen, gelangte er auf einen Flur. Der war lang und verlor sich am Ende im Dunkeln. Längs des ganzen Flurs gewahrte er eine Reihe dunkler Türen, die in die Zimmer führten. Hier war es still und öde; vom Hof aber und aus dem verlassenen Garten drang das Brausen des Windes herein.

Der Student überlegte eine Weile, dann drückte er mutig die Klinke der nächstliegenden Tür nieder und trat in die Stube. Unter ihrer gewölbten Decke war es schon dunkel; der Dämmer lag hier so dicht, weil die Wände bis zur halben Höhe mit Eiche getäfelt und alle Möbel, der alte Tisch, der Schrank und die Bänke längs der Wand, aus dunklem Holz gefertigt waren. Vor dem Tisch ragte schwarz ein hochlehniger Sessel auf.

Der Student blieb eine Weile an der Tür stehen, dann ging er weiter und setzte sich in den Sessel. Er schaute sich um, wartete, lauschte. Nichts regte sich, und niemand ließ sich sehen. Nur der Wind heulte ums Haus, und der Regen klatschte an die Fenster. Der Student im

Sessel wartete, lauschte, bis ihn die Müdigkeit übermannte und die Stimme des Windes und Regens ihn einschläferte.

Er schlief bis elf, verschlief Mitternacht, die Stunde nach Mitternacht, er schlief bis zum hellen Morgen, und nichts, gar nichts störte ihn auf. Am Morgen wunderte er sich, wo er war, und als er sich bewußt wurde, wo und wie ruhig er die Nacht verbracht hatte, da schöpfte er neuen Mut. Er dachte nicht an Flucht, sondern ging frisch und munter ins Zimmer nebenan. Es war ebenfalls mit Möbeln ausgestattet, und außerdem hingen an den Wänden einige nachgedunkelte Bilder, aus denen nur die düsteren Gesichter bärtiger Männer heller hervorstachen. Von dem ehemaligen Bewohner jedoch, dem Doktor Faust, an den er jetzt dauernd dachte, war auch hier kein Erinnerungsstück zurückgeblieben.

Erst dann im dritten Zimmer. Da stand das alte Bett unter einem ausgeblichenen Stoffhimmel, auf der Erde lagen zerschlissene Kissen, zwei umgeworfene staubbedeckte Stühle und ein aufgeklapptes altes Buch in einem vergilbten, einstmals weißen Ledereinband. Und in der Decke ein Loch! Es gähnte schwarz herunter, wie mit Gewalt auf einen Schlag herausgebrochen.

Da stutzte der Student. Er erinnerte sich daran, was er gehört hatte, und jetzt sah er, daß in dieser Stube alles so war wie damals, als der Teufel den Doktor Faust geholt hatte. Die Stühle hatte er wohl umgeworfen, dieses Buch hatte er nach dem Teufel geschleudert. Der Student wagte nicht, es anzurühren, und er hielt sich auch nicht lange hier auf. Im Zimmer daneben entdeckte er nichts Besonderes, nur daß eine Holztreppe zur Decke hochführte. Er stieg auf ihr empor bis zum Gewölbe, zur Öffnung über der Treppe, durch die er weiter nach oben steigen konnte. Als er auf die letzte Stufe trat, vernahm er hinter sich ein scharrendes Geräusch. Er erschrak. Die Treppe, auf der er hochgestiegen war, klappte von selber zusammen, als wäre sie aus Papier, und verschwand in der Decke, über der er jetzt stand, in einem neuen Raum, größer als alle, die er bisher durchschritten hatte. Vor Staunen darüber vergaß er die Treppe und wie er herauf-gekommen war.

Das Zimmer war geräumig, die gewölbte Decke zeigte Abbildungen von Sonne, Mond und anderen Sternen und Himmelszeichen. An den Wänden standen dunkle Regale voller altertümlich gebundener kleiner und gro-ßer Bücher und Tische mit verschiedenen Gefäßen aus Metall und Glas, leere Fläschchen und andere mit roten, goldenen, blauen und hellgrünen Tinkturen. Inmitten des großen Raumes stand ein langer, mit grünem Tuch bezogener Tisch mit gekreuzten Beinen. Auf dem Tisch schimmerten Gefäße aus Messing und Kupfer und alle möglichen Meßinstrumente, daneben lagen vergilbte Pa-piere und Pergamente, beschriebene und unbeschrie-bene, ein aufgeklapptes Buch unter einem Zinnleuchter mit einer halb abgebrannten Wachskerze. Alles sah aus, als wäre jemand vor langer Zeit von hier weggegan-gen.

In diesem Zimmer hielt sich der Student am längsten auf. Als er dann wieder an die Öffnung herantrat, durch die er heraufgestiegen war, senkte sich die Holztreppe von selber wieder hinab, so daß er ungehindert hinunter-steigen konnte. Aus der Stube darunter ging er jedoch nicht mehr in Fausts Schlafzimmer. Durch eine andere Tür gelangte er in einen Vorsaal; dort erblickte er einen anmutigen Knaben, der eine Trommel umgehängt hatte. Sobald der Student an ihn herantrat und die Trommel berührte, bewegte sich der Knabe wie lebendig und begann zu trommeln. Die Schlegel wirbelten nur so in seinen Händen, und die Trommel rasselte, daß die Fensterscheiben klirrten. Der Junge trommelte und trommelte, und der Student rannte erschrocken auf den Flur.

Von dort eilte er in die Toreinfahrt und dann auf den leeren Hof, an dessen Rand ein Brunnen stand. Gelbe Flechten und grünes Moos wuchsen auf seinen Sandsteinquadern, und die herabgefallenen gelben und roten Blätter der Linden und Ahornbäume bedeckten ihn und seine verwitterte Steinfigur eines sonderbaren Scheusals.

Auch durch den Garten ging er noch; lange hielt er sich aber dort nicht auf. Unter den alten Bäumen, zwischen Dornen und Gestrüpp war es an diesem trüben Herbsttag nicht eben gemütlich. Er kehrte also wieder ins Haus zurück. Dort war es schon still, der Trommelbube hatte zu trommeln aufgehört. Aber zu ihm ging er nicht mehr, sondern wieder in die große Stube mit dem Gewölbe, und hier sah er die Pergamente und Papiere auf dem Tisch durch. Unter ihnen fand er eine glatte, glänzende Schale aus schwarzem Marmor und darin einen Silbertaler, rein und schimmernd, wie neu.

Er freute sich und erschrak zugleich. Eine Weile stand er da und überlegte, was er mit dem Taler machen solle. Er hatte keinen Groschen in der Tasche, und der Hunger war groß. Aber wenn nun Faust oder der Teufel selber…!

Er zögerte, fürchtete sich, doch dann nahm er den Taler an sich und ging in die Stadt. Abends kehrte er zurück, gesättigt, aber voller Angst, es könnte ihm des Nachts ein Geist erscheinen. Er setzte sich wie gestern in den hochlehnigen Sessel, um hier zu schlafen. Er schlief jedoch nicht so rasch ein wie am Abend zuvor, und nachts wachte er mehrmals auf. Es kamen zum Glück weder Fausts Geist noch der Teufel.

Als er am Morgen wieder die Bibliothek und die Instrumente auf dem Tisch besichtigte, fand er in der Marmorschale erneut einen Taler. Gestern hatte einer dort gelegen, den hatte er sich genommen, hatte ihn in der Stadt gewechselt, etwas Kleingeld klimperte noch in der Tasche, und jetzt funkelte unversehens ein neuer Taler, weiß wie Milch, in der schwarzen Schale! Der ist gewiß für ihn bestimmt, Doktor Faust oder wer auch immer ist ihm wohlgesinnt. So dachte der Student und nahm das Geldstück.

Vor dem Mittag ging er abermals in die Stadt und kehrte erst abends heim, den Rest des zweiten Talers in der Tasche. Und wieder übernachtete er in dem Hause, ebenso ruhig wie gestern. Am Morgen eilte er schnurstracks in die Bibliothek und gleich zu dem Tisch. Er lag dort, ein Taler lag dort, sauber wie frisch geprägt, und er lag wie immer in der schwarzen Schale. Der Student zweifelte nicht mehr, daß er für ihn bestimmt war, und nahm ihn sich ohne die geringsten Bedenken.

Und so fand er jeden Tag am selben Ort einen Taler. So viel verbrauchte der Student gar nicht für einen Tag. Was übrigblieb, legte er zusammen, bis er sich einen neuen Anzug, Mantel, Hut und Schuhe zusammengespart hatte. Dabei ließ er es sich wohl ergehen. Er hatte seine Wohnung, hatte keine Angst mehr in Fausts Hause, hatte sich an dieses stille Gemäuer gewöhnt, wo ein guter Geist für ihn sorgte, ohne sich ihm je zu zeigen. Für den Winter war in Hof und Garten genug Holz da. Er heizte, legte Holz zu, daß das Feuer im Ofen in der unteren Stube oder in dem großen Kamin oben in der Bibliothek lustig prasselte; er las in den Büchern aus Fausts Bibliothek, in denen, die er auf dem großen Tisch vorfand, auch in dem, das unten im Schlafzimmer lag. An das wagte er sich erst spät heran; aber in ihm fand er auch am meisten, es war voller Krakelfüße und sonderbarer Zauberzeichen und Beschwörungsformeln. Mit bangem Herzen begann er darin zu lesen, und auch später noch sträubten sich ihm bei den Zauberworten oft die Haare.

Manchmal wurde ihm in dieser Einsamkeit angst. Ausziehen jedoch wollte er nicht. Hier hatte er Ruhe und Bequemlichkeit und außerdem täglich einen Taler, ohne dafür etwas zu tun! Die Gefährten von der Hohen Schule, in die er immer seltener ging, wunderten sich, was mit ihm geschehen sei und wie er sich verändert hatte, was für ein Stutzer aus ihm geworden war. Sie erstarrten vor Schreck, als sie von ihm hörten, wo er wohnte, und sie weigerten sich, ihn dort zu besuchen. Zu guter Letzt lockte doch die Neugier einige in das verrufene Haus. Er führte sie überallhin, von der Toreinfahrt ins obere Stockwerk, durch den Vorsaal, die Zimmer, die Bibliothek, er zeigte ihnen das Schlafzimmer, wo das Bett wiederhergerichtet war, denn er schlief nun selber darin, das mit einem Teppich zugestopfte und verdeckte Loch in der Decke, er ging mit ihnen durch den Garten und zeigte ihnen alles, worauf er während seines Aufenthalts in dem alten Gebäude schon gestoßen war.

Und sie erfuhren voller Staunen von den Wundern der geheimnisvollen Wohnung, von dem trommelnden Knaben, von den sonderbaren, leise singenden Statuen in den Nischen an der Treppe, von der Zauberklinke an einer Tür, die Funken sprühte und jedem einen Schlag versetzte, der sie berührte, von dem Zimmer, in das sich eine Treppe von der Decke herabsenkte und dann wieder zusammenklappte, von den seltsamen Instrumenten und Zauberbüchern. Auch von der eisernen Tür erfuhren sie, die in den Keller führte, in einen langen, dunklen Gang.

Nur die schwarze Schale mit dem Silbertaler erwähnte der Student nicht. Aber er lachte über seine Kommilitonen, als sie ihn warnten, er solle nicht hierbleiben, denn alles zu seiner Zeit, plötzlich werde ihn das Unheil treffen, da werde ihm ein böser Geist eine Falle stellen.

Und das war nicht in den Wind geredet. Das Lockmittel lag in der schwarzen Schale.

Tag für Tag hatte er seinen Taler, er brauchte sich um nichts zu sorgen, brauchte nichts zu tun. Er hatte sich an die Bequemlichkeit gewöhnt, begann sich so manches auszudenken, ließ es sich immer besser gehen, staffierte sich aus, die Ausgaben wuchsen, aber das Geld in der Schale nahm nicht zu. Ein Taler am Tage reichte bald nicht mehr.

Der Student hatte sich die Bescheidenheit abgewöhnt. Er hatte vergessen, wie es um ihn stand, als er hierhergekommen war. Und zur Arbeit hatte er keine Lust mehr. Er verließ sich auf die Bücher, auf das vom Tisch in der Bibliothek und auf jenes aus dem Schlafzimmer. In ihnen stand, wie man die Geister rufen und beschwören kann. Von allein waren sie ihm nicht erschienen, er hatte Ruhe vor ihnen, und er selbst hatte sie bis jetzt noch nicht gerufen. Scheu und Furcht hatten ihn davon abgehalten. Aber jetzt stachelte ihn die Geldgier an. Das Silber genügte ihm nicht mehr. Selbst an einer Schale voller Silbertaler hätte er nicht genug gehabt; er wollte Gold, und dazu sollten ihm die Bücher verhelfen.

Einmal hatte er den ganzen Tag in der Stadt gezecht und geliehenes Geld verschwendet; dabei hatte er seine Kumpane, die Kameraden aus dem nassen Viertel, prahlerisch ermuntert, bedenkenlos zu trinken, morgen werde er noch mehr Geld haben, und zwar Gold, lauter Gold, und kein geliehenes, sondern eigenes, und er werde den Geist, der ihm bislang gedient habe, dazu zwingen, Dukaten zu spenden und nicht nur schäbige Taler...

Spät am Abend kehrte er in Fausts Haus zurück. Einige betrunkene Zecher wollten mit hinein. Er erlaubte es jedoch nicht, heute müsse er allein sein, in dieser Nacht habe er etwas Wichtiges vor. Sie schauten ihm nach, als er eintrat, als hinter ihm das Türchen in dem schweren Tor zufiel. Und sie sahen ihn nie wieder. Weder sie noch sonst einer. Er erschien auch nicht mehr an der Hohen Schule, nie mehr in ihrer wüsten Gesellschaft.

Als einige seiner Bekannten, die schon einmal bei ihm in Fausts Hause gewesen waren, hingingen, um ihn zu suchen, fanden sie ihn nicht. Das Haus war leer und still und verlassen. Von dem Studenten keine Spur. Nur im Schlafzimmer erblickten sie das auseinandergeworfene Bett, die Kissen lagen auf dem Fußboden, Kleidungsstücke waren überall verstreut, der Mantel in Fetzen gerissen, die Stühle umgekippt, auf dem Fußboden lag das aufgeschlagene Zauberbuch und daneben der umgeworfene Leuchter mit der abgebrannten Kerze...

Alles sah aus, als hätte hier ein Kampf stattgefunden. Und an der Decke! Der Teppich lag heruntergerissen und zerfetzt auf dem Fußboden, und das schwarze Loch klaffte weit! An seinem Rand entdeckten sie rote Flecken wie von verspritztem Blut. Und es war nicht schwärzlich, sondern frisch, erst vor kurzem vergossen.

Alle bekreuzigten sich und flüchteten entsetzt aus dem Hause des Doktor Faust. Es schauderte sie, wie entsetzlich ihr Freund umgekommen war. Gewiß hatte er einen bösen Geist beschworen, hatte ihn hoffärtig gerufen, und der böse Geist hatte ihm übel mitgespielt. Er war mit ihm durch das Loch in der Decke verschwunden, so wie vorzeiten der Teufel den Doktor Faust geholt hatte.

Oskar Panizza
Die Kirche von Zinsblech

> »Sind angenehm in Leibkleidern
> als nackend, doch tödtliche
> Farbe, gehen zertheilt an beiden
> Orten den Platz hinauf, lassen
> sich bloß sehen als ob sie erschei-
> nen, ungeredet, und gehen als-
> dann wieder hinab in das
> Grab.« – Luzerner Osterspiel,
> Totenauferstehung.

Auf einer meiner einsamen Wanderungen durch Tirol
hatte ich mich eines Abends vergangen. Infolge eines am
Nachmittag schief gestandenen Wegweisers fand ich
mich bei längst eingetretener Dunkelheit noch mitten im
Walde, während ich bei untergehender Sonne längst am
Orte meines Ziels hätte eintreffen sollen. Ich kam zwar
endlich in ein Dorf, welches ich aber weder in dieser
Gegend vermutete, noch, soviel ich mich erinnerte, auf
einer meiner Karten verzeichnet stand. Es mochte jetzt
gegen elf Uhr nachts sein. Alle Haustüren waren verschlossen; die Fensterscheiben schwarz. Aus Besorgnis
um ein Nachtquartier klopfte ich an eine derselben, deren bleiern-schepperndes Geräusch die Worte »Zinsblech! Zinsblech!« vernehmen ließ. Dies war aber nur
der Laut auf den kleinen runden Scheiben mit Bleieinfas-
sung; die größeren Scheiben, an die ich klopfte, um
Einlaß zu erhalten, tönten »Pinzgau! Pinzgau!« Nirgends die Antwort einer menschlichen Stimme. Nach

wenigen Schritten stieß ich auf die Ortstafel, wo das einzige Licht im Dorf zu brennen schien, bei dessen Schein es mir gelang, auf derselben zu lesen: »Gemeinde *Zinsblech*; Landgericht *Pinzgau*«. Es folgten noch einige Bemerkungen bezüglich Aushebungsbezirk, Steuereinziehung usw. und am Schlusse hieß es: »Das Orts-Geschenk wird im Haus Nr. 666 gereicht.« – Nachdem ich mit meinem Geklopfe »Zinsblech! – Pinzgau!« mehrere, gänzlich menschenleere Straßen durchwandert hatte, wobei mir das Unglück passierte, eine Scheibe einzuschlagen, die auf diesen Mord ihres eigenen Ichs mit dem gläsernen Sterbeseufzer »Grinzsau!« antwortete, kam ich an die Kirche. Ein großes, hochaufsteigendes Gebäude im nüchtern-romanischen Stil mit wuchtigen Formen; außen rohbemörtelt; das Dach von Schiefer; am Ende ein hoher Turm mit in Zacken aufsitzendem Turmhelm, dessen sich verjüngende Spitze ein goldenes Kreuz, und auf dem Kreuz einen Hahn trug. Merkwürdigerweise stand die Kirchentür, die mit Schweinfurter Grün angestrichen war, sperrangelweit offen. Ich trat ein und ging, nachdem ich in unglücklicher Richtung an den kupfernen Weihkessel angestoßen war, der mit dem schilpend-abgewetzten Laut »Prinzfrech!« antwortete, vorsichtig durch die Kirchenstühle auf den Altar zu. Vor dem Altar lag eine dicke, wollige Plüschdecke. Alles war mäuschenstill. Ich war so ermüdet, daß ich mich versuchsweise hinlegte. –

Obwohl es beim Eintritt ganz dunkel war, konnte ich doch schon nach kurzer Zeit allgemeine Umrisse, Nischen und Vorsprünge unterscheiden. Die Altäre waren geschmückt mit den in Landkirchen üblichen, eingerahmten Tablettes, auf denen lateinische Sprüche stehen, mit versilberten Leuchtern, Klingelspiel, alles in einfachster, wenig kostspieliger Form; auf Sockeln an der blanken, weißgetünchten Wand herum standen einige Apostel, Märtyrer und Ortsheilige mit ihren stereotypen Werkzeugen und Symbolen in der Hand. Gesichter, Haltung und Gewandung in jener übertrieben brünstigen und pathetischen Darstellungsweise, wie sie das Spät-Rokoko um die Mitte dieses Jahrhunderts bis in die letzte Dorfkirche brachte. Rechts von dem langen Fenster, auf das mein Blick unwillkürlich vor dem Einschlafen gerichtet war, stand ein Petrus mit einem scharf zur Seite gewandten, vollbärtigen Kopfe, in dessen eigentümlich grinsenden Zügen sich halb Stolz, halb Verschmitztheit ausdrückte; halb, schien es, blickte er auf den auf der anderen Fensterseite stehenden Jeremias, der traurig und verlegen seine Papier-Rolle gesenkt hielt, halb zum Fenster hinaus, seinen großen, schwarzen Schlüssel krampfhaft in das Mondlicht haltend, das scharf am Rand des Kirchendachs herabgleitend, langsam durch das linke Seitenschiff der Kirche strich. – Mit diesem Bild schlief ich ein. – Wie lange ich geschlafen, kann ich nicht sagen; ich erhielt nur plötzlich einen Stoß in die Seite, wie von einem harten Gegenstand, und erwachend bemerkte ich vor mir einen Mann in einem langen, roten Gewand, und unter dem Arm ein großes, schiefes Holzkreuz; dieses Holzkreuz war an mich angestoßen. Der Mann kümmerte sich um mich gar nicht, sondern schritt ernst und gemessen dem Altare zu. Und nun erkannte ich, daß er nur einer unter vielen war, die in einer langen Reihe geordnet aus den Kirchenstühlen herauskamen in der Richtung zum Altar. Die ganze Kirche war taghell und prächtig erleuchtet. Auf allen Altären brannten Kerzen. Vom Chor herab tönte ein langsam-einschläferndes Gesumse der Orgel. Weihrauch und Kerzendampf lagerten sich in festen, bleigrauen Schwaden zwischen die weißgetünchten Pfeiler und die Wölbung. In dem Zug der geheimnisvoll dahinschleichenden Menschen bemerkte ich eine Menge seltsamer Gestalten. Da ging an der Spitze eine junge, prächtige Frau in einem blauen, sternbesäten Kleid, die Brüste offen, die linke halb entblößt; und durch Brust und Kleid hindurch ging ein Schwert, so, daß das Kleid gerade noch getroffen war, als sollte das Kleid dadurch emporgehalten werden. Sie blickte fortwährend mit einem verzückten Lächeln an die weiße, kalkige Decke empor, und hielt die Arme in brünstiger Gebärde über die Brust gekreuzt, so daß es den Eindruck gewann, als jubiliere sie innerlich über einen Gedanken (wobei ich nochmals bemerke, daß das Schwert links, bei der linken Armbeuge, bis zum Heft fest darinsaß). Dies war die vorderste Person. Aus der hinter ihr folgenden Reihe fielen manche durch ihre wunderliche Tracht auf. Die meisten hatten bestimmte Werkzeuge in der Hand. Der eine eine Säge; der andere ein Kreuz; der dritte einen Schlüssel; der vierte ein Buch; einer gar einen Adler; und ein anderer trug ein Lamm auf dem Arme mit herum. Niemand wunderte sich über den andern. Keiner sprach mit dem andern. Aus dem Schiff der Kirche führten drei Stufen zu der erhöhten Estrade, wo der Altar stand. Jeder wartete mit seinem in bestimmter Haltung getragenen Werkzeug, bis der vordere die drei Stufen droben war, um nicht mit ihm zusammenzustoßen. Was mich am meisten wunderte: Niemand wunderte sich über mich. Ich blieb völlig unbemerkt. Und selbst der Mann, der mit seinem schiefbalkigen Kreuz an mich angestoßen war, schien davon nichts bemerkt zu haben. Eine zweite weibliche Person fiel mir durch ihre pathetische Haltung im Zuge auf; eine blonde Frau, nicht mehr jung, mit hübschen, aber verwitterten, abgelebten Zügen. Sie trug ein ganz weißes Kleid, ohne Falbe oder Borde; in der Mitte mit einem Strick gebunden. Dieser Strick war aber vergoldet; die Brüste vollständig entblößt. Doch schaute niemand auf diese üppig quellenden Brüste hin. Reiche, blonde Flechten, vollständig aufgelöst, wallten den ganzen Rücken hinab. Sie trug den Kopf tief auf die Brust gesunken, und schaute verzweifelt auf ihre, nicht wie gewöhnlich gefalteten, sondern nach auswärts umgeknickten Hände (wie es auf dem Theater Verzweifelnde machen); Tränen perlten fortwährend von ihren Wimpern, fielen von da direkt auf ihre Brüste, von da auf das Kleid und auch noch auf die stellenweise unter dem Kleid hervorkommenden Füße. – Es wäre unmöglich, alle die aufzuzählen, die hier so still und selbstverständlich, wie zu einer regelmäßigen Übung, da hinaufwanderten; aber der Mensch mit der verkniffenen Fratze, der anfangs seinen Schlüssel so energisch in das Mondlicht hielt und den ich vor dem Einschlafen unwillkürlich noch auf dem Postament betrachtet hatte, war auch dabei. – Trotz des eintönigen Orgelspiels war mir seit dem Erwachen ein eigentümliches, zischelndes Geräusch hinter meinem Rücken am Altar nicht entgangen. Ich blickte jetzt um und bemerkte dort einen hochaufgeschossenen, ganz weiß gekleideten Menschen, der fortwährend in den an ihm vorbeiwan-

derndcn, teilweise vor ihm haltmachenden Zug hinein-
flüsterte: »Nehmet hin und esset! Nehmet hin und
esset!« Es war eine unsäglich feine Figur: schlank, grazile
Glieder, geistvolles Profil, griechische Nase, dunkle,
glattgescheitelte Lockenwellen fielen über Schläfe, Ohr
und Nacken; ein durchsichtiger, jünglinghafter Flaum
um Kinn und Lippen. Nur bemerkte ich an seinen Händen Blut. Er stand am äußersten linken Ende des Altars
und schob den je zu zwei vor ihm stillstehenden und auf
einem roten Schemel knienden Menschen aus dem Zug
ein rundes, weiß angestrichenes Stück in den Mund, daß
diese unter brünstigem Augenaufschlag an die Decke
blickten, und flüsterte immer zu: »Nehmet hin und esset!
Nehmet hin und esset!« und »Nähmet hin und ässet!«
prallte es von den halbkugelförmigen Hohlwänden hinter dem Altar zurück. So weit war alles gut. Auffallend
war mir zwar, woher dieser Mensch die weißen runden
Stücke brachte. Er langte wohl fortwährend in den
Brustlatz seines Gewandes hinein; dort konnte aber ein
Vorrat, eine Tasche u. dergl. von den weißen Münzen
unmöglich sein; einmal, weil dieses Austeilen ewig fort-
ging und kein Ende nahm; ferner ein Unterkleid, wie
man deutlich sehen konnte, nicht da war; und schließlich
die Dünnbrüstigkeit dieses abgehärmten Menschen eine
so exzessive war, daß, was sich im Profil darbot, notwendig dem Körper selbst angehören mußte. Auch bewegte
er die feine, höchst schlank gebaute Hand so tief nach
innen, daß für mich, soweit meine allerdings der Täuschung fähigen Sinne in Betracht kamen, kein Zweifel
bestand, daß er die kreidigen Zwölf-Kreuzerstücke aus
seinem Körper selbst brachte. – Ich sagte, so weit war

alles gut: Die Leute, die Frau mit dem Schwert in der Brust voraus, marschierten hinter dem Altar herum, um auf der rechten Seite wieder zu ihren Plätzen in den Kirchenbänken zurückzukehren. Aber was war denn auf dieser rechten Seite? – Dort stand ein analoger Mensch – mehr ein mythologischer Zwitter als ein Mensch – in einem schwarzen, protestantischen Predigertalar, vorn am Hals die viereckigen, weißen Tablettes oder Bäffchen, hinter denen ein schwarz behaarter Hals zum Vorschein kam; hinten am Gesäß teilte sich das Predigerkleid, und ein schwarzer, affenartiger Wickelschwanz rollte sich dort heraus von so respektabler Länge, daß er, die Breite des Altars überspannend, mit dem Rücken des auf der linken Seite amtierenden weißen Menschen in stete Berührung kam. Unten guckten zwei hufartige Füße heraus, und oben, am Predigerhals saß ein Kopf, dessen wilder Haarwuchs verbunden mit einem gelben Kolorit, eingefurchten, denkfaltigen Zügen und einer stumpfigen Nase einem deutschen Professorengesicht an Häßlichkeit wenig nachgab. Eine goldene Brille komplettierte diese aus Ärger, Bitterkeit und Ekel zusammengesetzte Physiognomie. – Eigentümlich war es, daß er fast pendelartig dieselben Bewegungen und Gesten machte wie sein weißes *vis-à-vis*, – oder Rück'-gegen Rücken – auf der andern Altarseite. – Er hielt einen schwarzen Becher in der Hand, aus dem er seiner ähnlich wie drüben vorbeiparadierenden Gesellschaft zu trinken gab. Dabei rief er in einem heiseren, grölenden Ton der jedesmal vor ihm knienden Person zu »Nehmet hin und trinket!« Und jedesmal führte er den Becher hinter sich herum, am Gesäß vorbei, um ihn dann der nächsten Person an die Lippen zu setzen. Was war nun aber das für eine Gesellschaft auf dieser rechten Seite? Eine merkwürdige und ganz anders geartete als drüben! Da war ganz vorne ein Mensch mit einer langen Nase und zurückweichendem Kinn, einen Dreimaster am Kopfe, den ausgemergelten Körper in eine französische Uniform gesteckt *à la Louis XV.*, mit zurückgeschlagenen roten Rockflügeln, einen Degen zur Seite, in der rechten Hand einen Krückstock, und zu allem Überfluß noch unterm linken Arm eine Flöte; er hielt den Kopf immer schief und sah sehr ausdrucksvoll drein, und schien genau zu wissen, was er tat. – Da war ferner ein feiner, eleganter Kerl in spanischem Kostüm, Trikots bis fast an die Lende, Pluderhosen, gestepptes, panzerartiges Wams, darüber einen goldbordierten kurzen Mantel *à la Philipp II.*, Schnallenschuhe, Samthut mit Straußenfeder; das Gesicht gealtert, aber noch leichtfertig aufgelegt; einen gezückten, blanken Degen in der Rechten tänzelte er, die Champagner-Arie aus Mozart trällernd, die drei Stufen zum Altar hinauf, mit Wohlwollen auf die Zeremonien des schwarzgeschwänzten Predigers sich vorbereitend. Unter den Frauenzimmern bemerkte ich eine in einem weißen, griechischen Gewand mit goldener Falbel, die Arme nackt und mit goldenen Spangen, die Brüste verführerisch halb entblößt; auf dem blonden feingeschnittenen Haupt ein Königsdiadem, und unter dem Arm eine Lyra; mit ihren fröhlichen, fast ausgelassenen Manieren bildete sie einen wirksamen Gegensatz zu der blonden, schluchzenden Frau auf der andern Seite. – Es waren noch manche wunderbare, wie es schien, aus allen Gegenden und Zeiten zusammengewürfelte Gesellen da. Da war einer in einem langen, dunkeln, schleppenden Magister-Gewand, Barett auf dem ernsten Gesicht, eine düstre, grübelnde Scholastenmiene, unter dem Arm ein geheimnisvolles Buch mit böhmischen Lettern, der mit zu Boden gewandtem Blick schweigend in der Reihe einherging. Gleich hinter ihm ging ein junges Mädchen mit mildem, weichem Gesichtsausdruck, die einen abgehauenen, bärtigen Kopf auf einer Schüssel trug. Der Kopf schien der eines Denkers zu sein; das Mädchen lächelte und schien mit einem heitern Gedanken beschäftigt zu sein. Aber weitaus die prominenteste Figur in dem ganzen Zug war ein untersetzter, starkknochiger Mann mit rundem glattrasiertem Gesicht und Stiernacken im schwarzen Predigergewand (dasselbe Predigergewand, welches der geschwänzte Mensch rechts am Altar trug), der mit emporgeworfenem Kopf und selbstbewußter Miene einherging, unter dem linken Arm eine Bibel, unter dem rechten eine Nonne; dies war überhaupt das einzige Paar im ganzen Zug.

Schon oben sagte ich: So weit war die Sache ganz gut. Und die Sache wäre auch weiterhin ganz gut gewesen: Der linke Zug ging, wie ich mir die Intention dachte, rechts um den Altar herum, der rechte links herum, um auf diese Weise in ihre respektive Kirchenstühle zurückzukehren. Wie aber, wenn diese zwei Züge von so heterogenem Charakter sich hinter dem Altar begegneten. Und das *mußten* sie! – Ich versäumte leider dieses Zusammentreffen. Fortwährend beschäftigt mit dem Durchmustern besonders des rechten Zuges hörte ich nur plötzlich eine gelle heisere Lache aufschlagen. Ich wandte mich um und sah den schwarzgeschwänzten Menschen, der auf der rechten Seite den Kelch mit dem verdächtigen Inhalt kredenzte, sich mit einer höhnischen Fratze nach der andern Seite umsehen, wo der weiße, sanfte Mann bleich und starr wie ein Toter stand. Hinter dem Altar sah ich die Spitzen beider Züge sich mit verdächtigen Mienen gegenseitig messen. In diesem Moment verlöschten sämtliche Kerzen; ein dicker, schwefliger Dampf verbreitete sich im ganzen gewölbten Haus; das einschläfernde Summen der Orgel wurde von einem keifenden, gilfenden Aufschrei, wie von einem blechernen Akkord unterbrochen, als hätte man eine der Orgelpfeifen mit einem Beil verwundet. Es entstand ein fürchterlicher Tumult; man hörte harte Körper stürzen, Werkzeuge aufschlagen, Leuchter und Schüsseln zu Boden fallen, weibliches Wehklagen, männliche Kernflüche, Lachen und Schreien und dazwischen rief eine mokante, kropfige Stimme (die, glaube ich, dem Schwarzen angehörte) mit einem eigentümlichen, jüdelnden Jargon: »Ja, ja! – Nähmet hin und ässet! – Ja, ja! – Nähmet hin und trinket!« – Halb aus Furcht, erschlagen zu werden, halb aus Unmöglichkeit, in der stickigen Luft weiter zu atmen, tappte ich mich im Finstern dem Ausgang zu, der, wie ich wußte, zur Rechten lag. Im Vorübergehen streifte ich am Weihkessel an, der mit einem »Springsau!« mir den Abschied gab, und gelangte glücklich ins Freie. –

Es war noch immer Nacht; doch sah man im Osten die Dämmerung heraufkommen. Ich eilte so rasch wie möglich diejenigen Gassen entlang, von denen ich glaubte, daß sie mich am schnellsten ins Freie bringen; ich kam an einem erleuchteten Fenster vorbei; Bäcker schoben dort gerade auf langen Brettern das neue Brot in die Röhren; ich war nur froh, mich wieder in irdischer Gesellschaft zu finden. Doch eilte ich, aus dem Dorf zu kommen, holte, auf der Landstraße angekommen, tüchtig aus, und gelangte nach mehrstündigem Marsch gegen Morgen in eine kleine Ortschaft von harmlosem Aussehen mit freundlichen Leuten, überall offenen Türen und einer wenig präponderierenden Kirche, dagegen mit einem vortrefflichen Wirtshaus, wo ich nicht säumte, mich zu restaurieren. –

Acht Tage später las ich – inzwischen in die Kreisstadt gelangt – im Amtsblatt folgende Bekanntmachung:

»In vergangener Nacht wurden in der hiesigen Ortskirche grauenhafte Zerstörungen angerichtet. Die Bildsäulen der Heiligen und Kirchenväter wurden von ihren Sockeln gestürzt, die Embleme ihnen aus der Hand gebrochen, Arme und Beine abgeschlagen ec. – Da die ziemlich leicht zugängliche Armenbüchse unberührt gelassen, auch sonst Wertvolles nicht entwendet worden, stellt sich das Ganze als ein Akt rohen Mutwillens und moralischer Verderbtheit dar. Verdacht richtet sich gegen einen Handwerksburschen, der spät nachts ins Dorf kam und es gegen Morgen in der Richtung nach –* verließ. Es wird gebeten, auf denselben zu vigilieren. Derselbe, von dem jede nähere Beschreibung fehlt, ist im Betretungsfalle festzunehmen und anher einzuliefern.« –

Gemeinde *Zinsblech*. Landgericht *Pinzgau*.

Der Bürgermeister...

(Datum.)

Kurt Tucholsky
Walpurgisnacht

> Der Dovre-Alte: »Du meinst, wir
> hätten nicht auch unsre Zeitung?
> Hier, bitte, hier schwärmt von
> dir, rot auf schwarz, Die ›Blocks-
> bergpost‹, ein Blatt von Verbrei-
> tung – «
>
> Peer Gynt

Der Hexenweibel Sengespeck schnaufte alle Luft ein, die um ihn war. »Antreten!« brüllte er. Die Schwadron trat an.

Hundertsechzig Hexen, in zwei Reihen sauber ausgerichtet. Am rechten Flügel die Oberhexe Feodorowna Hippenkranz, danach Frau Hexe Deppe, danach Fräulein Mohrchen (aus Sachsen) und alle die andern. »Stillstann!« dröhnte Herr Sengespeck. Sie standen wie die Mauern. Der Weibel verlas den Dienst: »Heute abend steht die Eskadron geschlossen vor dem Blocksberg am Südhang. Abrücken dazu um 10 Uhr. 11.40 Besichtigung durch Seine Exzellenz den †††. (Ein ganz unmilitärischer Schauer ging durch die Reihen.) 12 Uhr bis 4.30 Orgie, mit anschließender Parade vor Höchstebendemselben. 5 Uhr Abreiten. Es tritt alles ein.« Sengespeck ließ das Blatt sinken. »Also heute ist der große Tag. Daß mir der Anzug in Ordnung ist! Der Donner holt euch! Die Besenstiele gut gestriegelt, die Lumpen vorschriftmäßig, Haare in die Stirn gekämmt. Stiefel: keine. Weggetreten!« Hurr – weg waren sie. Und putzten.

Die Zweite Schwadron des Zehnten Teuflischen Hexenregiments war zur Zeit in einer kleinen Häusergruppe im Thüringischen, in der Nähe von Elend, einquartiert. Der Flecken galt für verlassen und unbewohnt, war es aber nicht. Der Flecken war belegt, völlig belegt, nicht ein Plätzchen mehr war frei. Hier wurden für das große Blocksbergmanöver alle Hexen der Umgegend ausgebildet; nur wenige waren abkommandiert, weiter ihren friedlichen Beschäftigungen nachzugehen, das Vieh zu behexen, böse Winde zu bannen und Kindern Angst und Schrecken einzujagen. Hier aber herrschte der rauhe Ernst des Lebens. Hier wurde gearbeitet und exerziert, gedrillt und gewettert, daß es eine Lust war. Wochen und Wochen und Monate – und das alles für den einen Freitag, den dreizehnten November, für diese eine Nacht...

Frau Oberhexe Hippenkranz gab den grünen Liqueur aus. »Trinkt, Kinder, trinkt!« sagte sie zu den Novizen, die noch keinen Blocksberg mitgemacht hatten, »ihr werdets brauchen, die Nacht ist lang!« Das wimmelte und krabbelte in der Stube des Achten Beritts: die Carmagnac (eine Emigrantenhexe) legte Rouge und Hexenfett auf; die Schulzen, ein ausgekochter, alter Jahrgang, versteckte ihre riesigen grünen Ballschuhe an ihrer Büste, das rothaarige Fräulein Mohrchen aus Sachsen band die Korsettschnüre ans Bett und ging mit zusammengepreßten Lippen ein Stück ins Zimmer hinein, bis sie schlank war wie eine Stopfnadel; die kleine mollige ›Perle‹ hingegen (eigentlich hieß sie Lieschen Peiermann und war die entartete Tochter einer sonst feinen Familie) hatte schon einen kleinen Schwips und kitzelte unaufhörlich lachend ihren schwarzen Kater, der auf ihren weißen Schultern buckelte. Und sie putzten und lärmten und stießen sich von den Spiegeln fort, alte und junge, braune und schwarze, schlanke und fette und verhutzelte.

Der Novemberregen klatschte gegen die Scheiben – in bösen Stößen rannte der Wind gegen das Haus an. Oben die Schuhus – alte castilianische Fledermäuse – klappten mit den großen Flügeln und sahen mit ihren glühenden Augen in die Schornsteine, wann die Madamen fertig wären. Es war heute Freitag – die klugen Tiere ahnten, was in der kalten Luft lag. Nur der alte Wach-Uhu war in seinem Verschlage und hatte sich ganz dick aufgeblasen. Er saß, satt und faul, auf einem toten Eichhörnchen, seinem Abendbrot – fressen mochte er noch nicht, aber er saß zunächst einmal drauf. –

Aus der Weibelstube erklang gewichtiges Räuspern. Herr Sengespeck trank den letzten Schluck Burgunderpunsch aus seinem kugeligen Glase und setzte es seufzend auf den Tisch. »Buah!« sagte er, »das ist ein Wetterchen! Dienst ist Dienst, aber es wäre doch ein gemütlicher Abend gewesen, sozusagen, bei den warmen Kacheln da und dem Knaster hier... Pfui, Rudolf, wer wird so etwas denken! Heute, am Ehrentage deines Herrn! Na, dann los!« Auf dem Tisch lag aufgeschlagen der Malleus maleficarum, eine Prachtausgabe des altehrwürdigen ›Hexenhammers‹, aufgeschlagen bei Kapitul XXVII: ›So die widerspänstige Hexe im casu incubi beim Inquirieren leugnet und was darauff zu geschehen‹, und daneben stand die dunkelgrün bauchige Flasche mit Stobbes Machandel oo. Ach –! Und mit einem wehmütigen Blick auf all diese Herrlichkeiten machte er sich ans

Umkleiden und tat die Gala-Uniform an: dunkelgrüner Rock mit gelben Aufschlägen und goldenem Kragen. Auf den Achselstücken brodelten die kleinen Fegefeuer mit gekreuzten Ofengabeln darüber: die Weibelabzeichen. Stöhnend zog der beleibte Mann das Koller fester. 's war nicht der erste Blocksbergdienst, den er machte; wer seit 1897 Jahr für Jahr die kalt-heißen Nächte durchbraust hat, der weiß, was das heißt. Wie die Zeit vergangen war! Wo waren alle die andern –? Der rote Ignaz und Sergeant Presel (genannt der Kreuz-Junge) und der alte Wachtmeister Herrmann von der Zweiten Reitenden Wilden-Jäger-Brigade – wo waren sie alle? Dahin, dahin! Tot oder pensioniert oder Lotteriekollekteure – dahin, dahin! Noch einmal sah Sengespeck auf den braven Ofen in der warmen Ecke – dann riß er entschlossen die Tür auf. »Antreten!« donnerte er.

Ein wildes Getrappel und Gelaufe entstand in der Hütte, in den Häusern, draußen auf dem Platz. Hier saß einer der Gürtel noch nicht, der war das samtene Halstuch verrutscht und der das Strumpfband gerissen – die eine vermißte ihren Besenstiel, die andre goß ihr Riechfläschchen über den Tisch – hallo! Aber dann standen sie doch.

Durch die rissigen Wolken schien der Mond. Der Weibel musterte grimmig seine Garde. »Achtung! Stillgestanden! – Hexe Fellinger, etwas zurück! – Der linke Flügel weiter nach vorn! – Die kleine Hexe da den Kopf nicht so hoch! – Also: immer, wenn was nicht klappt, mir ansehen! – Wenn Seine Exzellenz fragt, klipp und klare Antworten! – Und bei der Orgie muß das gehen wie das Donnerwetter!« Er holte Atem. »Zum Aufsitzen fertig!

Aufgesessen! Eskadron — Terrrab!« Hui! Durch den Hausflur, durch die Esse brauste es hinaus in die kalte, kalte Nacht!

Die Schuhus hielten die Spitze. Dann hoch zu Besen, Sengespeck und die Schwadron. Es ging über schweigende Dörfer, über rauschende, schäumende Wälder, Laub wirbelte in der Luft, und wenn der Mond einmal durch die Wolkenfetzen strahlte, fiel sein verschleiertes Licht auf den hastig galoppierenden Zug. Ein Besenstiel scheute — fluchend riß ihn die Reiterin zurecht. Mit hellem Pfeifen flog ihnen der Wind an den Ohren vorbei. Einmal spähte Sengespeck scharf nach unten — was gab es da? Der Mond leuchtete grade auf; ein Bauernweib kämpfte sich, die Röcke über den Kopf geschlagen, ihren Weg nach Hause... man sah mehr von ihr, als gut war. Jetzt wurden auch die Hexen aufmerksam — ein kreischendes Geschrei durchtönte die ziehende Luft. Erschrocken rannte unten das Weib, von Grauen gepackt — hohnlachend sauste oben die Schar weiter, hinein in das windige Dunkel.

»Tête links!« kommandierte Herr Sengespeck mit mächtiger Stimme. Da schwenkten sie ab, die Schuhus gaben Laut, andre antworteten aus der Ferne — und schwer atmend hielt die ganze Schwadron im Windschutz eines hohen Hügels. »Parole!« rief eine Stimme aus der Nacht. »Hie gut Luzifer allewege!« sagte der Weibel würdevoll. Da hielt das Regiment.

Sie ordneten sich. Keine einfache Sache in der jetzt stockdunkeln Nacht, aber das war oft geübt, und es klappte. Mit halblauter Stimme gab Hexe auf Hexe die Befehle weiter — sie schaukelten, sie stießen einander an und bewegten sich hin und her: da standen sie, ein geschlossenes Ganzes. Fahl leuchteten die weißen Nachtjacken der Oberhexen durch das Halbdunkel, der Mond flackte, dunkel und hell, wie der Wind die Wolken über ihn trieb... Pause. Und dann kam es.

Ein Pfiff durchschnitt die Luft, es sauste, ein roter Schein leuchtete auf, eine geborstene Glocke klang, und vier Wölfe heulten lange. Die Hexen zitterten. Das war ER! Der Weibel riß das Kinn an die Binde – es gab ihm doch immer wieder einen Ruck, alle Jahre: es war ein großer Augenblick! Er trat vor.

Da dampfte dunkelrot der ewige, unvergeßliche Wagen, da klang die Glocke, da saß der alte höllische Kutscher auf dem Bock, der die purpurne Leine fest in der Faust hielt. Die Wölfe ließen die langen Zungen hängen und jappten nach Luft. Ihre Flanken flogen. Sie strömten vor Schweiß. Im Fond, hinter dem schwefelgelben Schlage: die Exzellenz.

Der Weibel war stolz auf seinen Herrn, wie alle Jahre. Bei den drei Kreuzen! welch ein Mann! Gar nicht der geschniegelte Spanier, wie ihn sich die Büchermacher abbildeten, die ihn nie gesehen hatten: ein einziger Wille, eine einzige Energie, ein Block von Stahl! Der Unterkiefer schob sich weiter vor, die Backenknochen strebten auseinander, die schrägliegenden Augen funkelten. Der ††† sah den Weibel an.

Sengespeck zog die Luft ein. Er war der älteste Weibel im Regiment – er kannte das Handwerk: jetzt galt's! »Stillgesessen! Die Augen – licks!« Und, mit der Hand an der Mütze: »Zehntes Teuflisches Hexenregiment zur Orgie angetreten!« Der Satanas zuckte mit keinem Muskel.

Ein kurzes Kopfnicken – dann stieg er massig und schwer aus. Er war beleibt, aber nicht zu sehr – er meisterte seinen Körper, das sah man. Heute abend trug er die sparsam mit Gold abgesetzte, nachtblaue Uniform des Höchstkommandierenden. Auf dem Kopf saß ihm ein schwerer funkelnder Goldhelm mit getriebener Arbeit. Er klappte den Mund auf, ein riesiges Gebiß wurde sichtbar. »Augen – gerrradee – haus!« bellte seine tiefe, metallene Stimme. Er reckte den rechten Arm in die Höhe – in seiner Faust flatterte die Flamme einer Fackel. (Es war Könnemanns Höllenfackel ›Lux‹, ein altbewährtes Fabrikat.) Vor ihm die Hexengesichter strahlten grünlich, sein Auge fiel auf eine Rothaarige in der zweiten Reihe, die regungslos saß, die Schenkel fest an den Stiel geklemmt, ihre Nasenflügel bebten. Sein Flammenblick überlief sie alle.

»Hexen!« sagte er. »Ich freue mich, euch hier begrüßen zu können. Ich hoffe, daß die zwölfhundertachtundachtzigste Walpurgisnacht so verläuft wie alle andern! Das Zehnte Regiment hat eine ruhmreiche Vergangenheit: die Bernsteinhexe hat ihm angehört; Maria Schwandnerin, die Mutter meiner Mutter, unsre allverehrte Großmutter, hat dem Regiment jahrelang vorgestanden! Hexen! Macht's gut heute nacht! Und nun auf zum Blocksberg! Hoi-ho-to-ho!« Und: »Hoi-ho-to-ho!« antwortete ihm der jauchzende Chorus. Der Weibel riß den Schlag auf, die Wölfe zogen an, und das ganze Regiment folgte der Fackel des Führers, durch die Luft, über ein Tal, hinauf, hinab – zum Blocksberg.

Da zeigte sichs, was es mit alter Tradition auf sich hat: da stand das Hexenheer, die Fackel zog einen Strahl durch das Dunkel, und nun gab es kein Halten mehr. Das strudelte und raste durcheinander, scheinbar wirr und wild tobten die Formationen drauflos, kopfüber, kopfunter, rund um den Galgen auf der Kuppe, durch die Wolken, durch die Täler – aber keiner rutschte der Leitung aus der Hand, da war alles auf seinem Platz: Mann Führer und Unterführer. Die Arbeit eines langen Jahres war nicht umsonst gewesen.

Unter dem Galgen auf der Höhe stand der Herr der Hölle und sah gefalteten Mundes auf das Gewühl. Da waren die ruhmreichen Bataillone, da waren sie alle, alle: das Siebente Preußische und das Erste Kurhessische und die Thurn- und Taxis-Hexen und die Schwyzer Mahre und, auf Eisenstangen reitend, die Essener Feuerhexen; sogar Holsteinische Nixen schwebten dahin. Kobolde waren da, an ihrer Spitze der Geheime Oberstaatskobold des Innern und die Wilden Jäger und die Freischützen; Gespenster fremder Höfe – das Kaiserlich Türkische Hofgespenst war persönlich anwesend und schnitt der Weißen Frau die Kur – und dazwischen immer wieder Hexen, Hexen! Alte verschrumpelte und junge schwellende, fliegende und kriechende, Ginsterhexen, Moorhexen und die Fliegerhexen. Der Fürst wandte sich jäh. »Wo ist die Verehrungswürdige aus Hänsel und Gretel?« fragte er seinen Adjutanten. Der Graf schnellte verbindlich nach vorn. »Sie ist schon zu gebrechlich, Exzellenz – man hat den lächerlichen Triumph der Kinder so oft beklatscht und die alte Dame dabei ausgelacht...!« »Das Pack!« knirschte der Fürst. »Ich danke.« Oben auf dem Gestänge des Galgens sangen die fünf Vokalvögel ihr schauerliches Lied: Der Aha, Ehé, Ihi

Oho, Uhu! Dahinter fiel der Fels steil ab. Unten kochte der rauschende Wildbach. Der Sturm hatte nachgelassen; man konnte es fast lind nennen, was da wehte; und auch der Mond traute sich nun ganz heraus, Vollmond, der er war, bleich und bläulich-hell. Da spielten die Kobolde zum Tanz auf, ihre ungefügen Dudelsäcke wackelten im Luftzuge – da kletterten kleine Marketenderteufel total betrunken aus rollenden Spritfässern, etwelche schoben Kegel – welche Kegel! welche Kugeln! – und die Hexen schrien und ritten und küßten sich satt für ein ganzes Jahr. Manche äfften ein Hexengericht, mit den peinlichen Fragen. »Willtu leugnen, daß dir der Teufel beigewohnet? – Willtu – hat du – willtu – «, und jeder neue Unflat wurde mit unauslöschlichem Gelächter begrüßt. Dann schleppten sie die fröhliche arme Sünderin zu einem künstlichen Feuer, und jauchzend tanzten sie in den lohenden Flammen.

Ah – die schlanke Rothaarige! Eine Gefreitin von den Zehner Hexen! Der Fürst machte einen Schritt nach vorn. Sie hatte ihn gesehen und erbleichte. Diskret wandte sich der Adjutant ab. –

Der Weidenbusch schwankte, vom Wind geschüttelt. Was schweigt sie? dachte die Exzellenz. Wenn sie doch spräche. Da sprach sie. »Sei brudal, du sießer Schdirmer!« sagte die junge Hexe und schloß die Augen. Mein Leipzig lob ich mir –! und gerührt schloß sie der Teufel in seine Arme.

Die Orgie nahm ihren Verlauf; und immer lockender und weicher spielten und klangen die Aeolsharfen der Tübinger Hexenkapelle unter Herrn Musikleiter Justinus Kerner, und immer schmelzender sang der Sirenenchor.

In den Nebentälern geht es gemütlicher zu. Da machen die älteren Herrschaften ein ehrbares Tänzchen, da dreht sich die Salinenhexe mit einem alten Sergeanten im Rheinländer, es walzen die Mitglieder des »Vereins ehemaliger Fünfer« mit Frau und Base – da wurde manch Feuerlein angefacht, an dem schnauzbärtige Korporale ernst und maßvoll tarockten. Auch der Wilde Sonntagsjäger war da – des gefürchteten Wilden Jägers gutmütiger Vetter vom Lande, ein behäbiger Koloß in bequemer Lodenjoppe. Das gute Blocksbier hatte es ihm angetan, Lieder seiner Jugend stiegen gleich Blasen in ihm auf, und längst verklungene Zeiten wurden noch einmal wach. Und schlurfend und schaukelnd wackelte er durch die Luft, im Arm lag ihm ein Besenstiel, den eine trunkene Hexe verloren haben mochte, und während die Musik einen neumodischen Wackler intonierte, sang er unentwegt und stillvergnügt vor sich hin:

> »Sie spielt auf ihrem Tingelingeling
> Von sieben bis um eins –
> Und hat mit ihrem Tingelingeling...«

»Aber Adolf!« flüsterte seine Frau und zupfte ihn am Ärmel. »Was sollen die Leute dazu sagen!«

Draußen rast das Fest. Schneller und schneller wirbeln die Massen durcheinander. Ein bacchantischer Zug tobt durch die Luft, voran ein alter Hexenmeister auf einem grauhaarigen Ziegenbock, hinter sich schleift er, einem Kometenschweife gleich, die Hexen von Harvestehude. Sie liegen lässig auf den Besenstielen, ihren Kopf haben sie hintenübergelegt, die Haare flattern... Und sie singen! Das Hexenlied – horch!

>Soon... Topp...
Voll Snuten und Poten,
Gefüllt bis an den Rand.
Swattsur mit Klüten,
Das schmeckt uns ganz charmant!
Erbsen und Bohnen
Mit Swinfleesch nicht so knapp...«

Das Gewühl schließt sich hinter ihnen, sie müssen schon weit fort sein, denn nur im Hall des Windes tönt es noch:

>Nach son Gericht
Da leckt man sich
Bestimmt die Finger ab!«

Und zuckend umschlingen die Landhexen die Nickelmänner, die Kobolde, die Freischützen – ihre Lippen sind durstig, denn es ist nur einmal dreizehnter November im Jahr –!

Der Fürst stand wieder unter dem Galgen; der Adjutant, unmerklich lächelnd (eine besondere Kunst aller Adjutanten) hinter ihm. Regungslos verharrte der Teufel, den Blick starr auf den Horizont gerichtet. War das ein heller Schein –? Er sah auf den prachtvollen Chronometer, das Geschenk eines bekannten Berliner Blumenmediums. Fünf Minuten vor halb fünf. »Lassen Sie abblasen, Graf!« sagte er.

Ein grauenhafter Ton übertönte das Ganze. Der Hornistenkobold setzte, zitternd vor Anstrengung, das mißgestaltete Instrument ab – da stand alles. Wieder hob er es, wieder hallte das Horn, als ob ein Ochse abgestochen würde – da ordnete sich das Heer. Gleich trat zu Gleich, Zug zu Zug, Bataillon zu Bataillon – die Feuer erloschen, das Getümmel nahm ab.

Und das Horn erklang zum dritten Mal! Einen nie geahnten, fürchterlich gequetschten Ton gab es von sich – und da zog durch die Luft noch einmal alles am Galgen vorbei: die Gäste, die Führer, die Hexen – alle! In zwei Gliedern, stramm ausgerichtet, im gleichen Trab, die Besenköpfe in einer Reihe – ein Wunder der Disziplin! Und dann erst hielten sie, machten Front und standen fest. Das Ganze halt! Stille.

»Hexen!« rief der Fürst mit weithinhallender Stimme. »Ich war mit euch zufrieden! Ihr habt – jede für sich – Ehre eingelegt! Ganz besonders von den Zehnern nehme ich die besten Eindrücke mit nach Haus! Ich verleihe dem Führer der zweiten Eskadron, Hexenweibel Sengespeck, den silbernen Hexenhammer am Bande zu tragen! Mich sehr gefreut, mein lieber Sengespeck! Und auch ihr Andern, lebt wohl! Bis zum nächsten Mal!« – »Bis zum nächsten Mal, Exzellenz!« donnerte das Heer. Die Glocke klang, die Wölfe heulten, durch seinen roten Dampf fuhr Satan davon. Und davon raste das Heer, in alle Richtungen der Windrose. Die Dorfkirchtürme sandten den Davonziehenden fünf zitternde Glockenschläge nach. Sieh – im Osten der erste graue Streif! Katrig zog der Tag auf. Der Blocksberg war leer.

Da lagen die Hexen der Zweiten Zehner-Schwadron wieder in der Hütte auf ihren Betten, kaum entkleidet –

da lagen sie und schliefen einen totenähnlichen Schlaf. Nur die schlanke Rothaarige saß noch wach (ihr Schnürpanzer hing über einem Stuhl), dehnte sich befreit und lächelte satt. »Weeß Gneppchen«, flüsterte sie, »weeß Gneppchen!«

Drin aber in seinem Stübchen stand Weibel Sengespeck und betrachtete wieder und immer wieder in dem großen blanken Spiegel den blitzenden Hammer, der ihm so herrlich die Brust zierte. Er räusperte sich befriedigt. »Die wahre Tüchtigkeit«, sagte er zu seinem Konterfei, »wird doch stets anerkannt. Wie habe ich sie aber auch ausgebildet, ich, der Hexenweibel Sengespeck!« Er trat ganz nahe an das Glas heran. »Rudolf, das mußt du selbst zugeben: den Hammer hast du dir ehrlich verdient! Aber ich hab es ja immer gesagt: Es geht nichts über einen alten tüchtigen Korporal! Du Ritter des silbernen Hammers! Gute Nacht –!«

Mynona
Faust lacht sich ins Fäustchen

Herr v. G. trug sich mit der Absicht, einen Faust zu schreiben, hielt es aber für geraten, sich erst mit dem Zensor darüber zu unterhalten, um nicht unversehens in Schund und Schmutz zu verfallen. Der Zensor, ein wohlkonfektionierter Mann mit gleichsam schlicht gekämmtem Blick, empfing ihn höchst jovial: »Das lob' ich mir«, patschte er v. G.s devoten Rücken, »Prophylaxe! Vorher, nicht erst nach der fertigen Ausarbeitung sollten die Herren zu mir kommen, damit sie in den gestatteten Schranken blieben. Was möchten Sie verfassen?« »Einen Faust«, wisperte Herr v. G. fast kleinlaut. »Nana«, wiegte der Zensor sein bedenkliches Haupt, »so ein, gelinde gesagt, dämonischer Professor. Würde heutzutage keinen Lehrauftrag bekommen oder gleich geschaßt werden. Aber übrigens kann man das allerheikelste Thema mit sauberen Fingern behandeln. Ich lasse jetzt sogar Boccaz und Aretin für die Jugend bearbeiten. Also, wie denken Sie sich Ihren Faust?«

v. G. seufzte: »Faust, der die Welt im Innersten erkennen will, verzweifelt darüber an aller Wissenschaft…« »Also selbstverständlich gleich früh nichts, wie der Sachse sagt. Schmutz ist es zwar noch nicht, aber Schund. Ändern Sie das etwa so: Faust ist ein gläubiger Mensch, den sein ganzes Gefühl auf Gott hinweist. So ergänzt er die Unzulänglichkeit der Wissenschaft religiös. Das wäre ja noch schöner, wenn ein Universitätsprofessor die Wissenschaft aufgeben wollte, weil sie ihn religiös unbefriedigt ließe! Der Mann muß auf dem Posten bleiben, auf den man ihn als Lehrer der Jugend stellt. – Also weiter! Was machen Sie dann?«

»Faust plant daher Selbstmord...« »Also ganz ausgeschlossen!« erschrak der Zensor, »das wäre ja verrucht unreif. Ändern Sie das nur!« »Bereits geschehn«, lächelte v. G., »Faust hört die Osterglocken läuten und beschließt weiterzuleben.« »Woran er recht tut«, fiel der Zensor bei, »und damit ist die Sache zu Ende?« »O nein«, wehrte sich v. G., »sie beginnt erst.« »Was soll denn da noch kommen?« wunderte sich der Zensor, »um Himmels willen nur keine Erotik! Das würde an Schmutz streifen.« v. G. warf sich in die Brust: »Faust verschreibt sich dem Teufel provisorisch, wird verjüngt, verführt ein kleines Mädchen...« »Halt, halt!« rief der Zensor, »nicht so rasch! *Wie* klein? Dacht' ich mir's doch, ganz und gar Schmutz und Schund. An Ihrer Stelle ließe ich diesen wüsten Bruder lieber eingehen, bevor er derartig verluderte. Als alter, würdiger, ob auch verstörter Professor, was ja vorkommt, müßte er enden. Von mir aus lassen Sie ihn bei Freud eine sittliche Läuterung durchmachen, bei Steinach auf neu polieren, G. Hauptmann interviewen, mit ihm zur Kirche gehen, eine radikale seelische Wandlung erfahren...« »Die erfährt er bei mir durchs Leben«, sagte v. G. »Ach was, ›Leben‹«, schnarrte der Zensor, »ein Kautschukbegriff, der an Schmutz gemahnt. Faust will sich *ausleben*. Das darf er aber nicht. Sie müssen das ändern, sonst gefährden Sie unsere Jugend. Kürzen Sie lieber! Wie ist der Schluß?« »Tragisch: das Mädchen wird gravid und entledigt sich...« »Aber schauderös!« schüttelte sich der Zensor, »malen Sie

nicht so lüstern aus! Machen Sie nur rasch zu Ende!«
»Des Mädchens Bruder, dem um ihren Ruf bangt...«
»Bravo!« unterbrach der Zensor. »...wird erstochen.«
»Unerhört!!« brüllte der Zensor. »Weiter, nur weiter!«
»Faust versucht, das Mädchen der Todesstrafe zu entrei-
ßen...« »Hahaha!« lachte der Zensor giftig auf, »ja, das
glaube ich! Schmutz und Schund, Schund und Schmutz!
Nun weiter!« »Das Mädchen weigerte sich, mit dem
Ausruf: ›Heinrich, mir graut vor dir‹!« »Ganz meine
Meinung«, nickte der Zensor eifrig, »gesunde Ansicht.
Wie schließt's?« »Eben das ist der Schluß.« »Den können
Sie lassen. Das andre ist teils Schmutz, teils Schund,
nichts für unsre Kleinen. Unbegreiflich, daß das Mädel
ohne mütterliche Aufsicht...« »Gestatten Sie«, bat v. G.,
»der Mutter gab sie einen Schlaftrunk, der leider tödlich
wirkte.« »Pfui Teufel!« ekelte sich der Zensor, »konzen-
triert anstößig. Selbstverständlich zu ändern. Das mag
Leben sein, ist aber keine *Kunst*! Kunst wäre z. B. so: Ein
Universitätsprofessor wird in reiferen Jahren, trotz aller
Wissenschaft, streng gläubig, überwindet seine unkeu-
schen Gelüste und hilft einer frommen Mutter bei der
Erziehung ihrer Tochter. Diese, die ihn verehrt, nimmt er
in allen Züchten zu seinem angetrauten Weib. Gott seg-
net die Ehe mit einem Kinde, und der Professor stirbt,
von den Seinen betrauert, hochbetagt. – Sehen Sie, das
wäre gute Kinderstube. Also dichten Sie's so und reichen
Sie mir das Manuskript getrost wieder ein. Meinethal-
ben personifizieren Sie die Anfechtungen des Professors
als Teufel. Überhaupt lasse ich Häßliches, Böses, selbst
Verführerisches als *Möglichkeiten* zu. Verwirklicht aber
wird mir nur das Wahre, Gute, Schöne! Verstanden? Der

Rest wäre als unmöglich, wie gesagt, äußerst diskret an-zudeuten.« Herr v. G. war mit gnädigem Wink entlas-sen.

Seit März 1832 ist er beflissen, seinen Faust im Sinne des Zensors zu retuschieren. Weihnachten hofft er, dem Publikum endlich seinen chemisch gereinigten Faust vor-führen zu dürfen. Inzwischen ist das Stück, unsicherem Vernehmen nach, schon verfilmt worden. Jugendliche haben Zutritt...

Jonathan Carroll
Der Jane-Fonda-Saal

Das einzige Glück, das Paul Domenica bislang je zuteil geworden war, begann mit seiner Fahrt zur Hölle. *Bislang*. Bislang hatte sich ihm die Hölle nur als endlose weiße Korridorflucht dargestellt, nicht unähnlich dem internationalen Flughafen von Los Angeles (wo Paul bei Lebzeiten gearbeitet hatte). Es gab sogar Laufbänder mit Wegweisern darüber, die den Benutzer anwiesen, sich bei Betreten an dem schwarzen Gummigeländer festzuhalten. Seine Führerin war eine Frau namens Baker, die unaufhörlich lächelte und ohne besonderen Anlaß mit dem Kopf nickte. An ihrer Bluse trug sie ein kleines weißes Namenskärtchen aus Kunststoff.

»Sicherlich haben Sie das schon unzählige Male gehört, Mrs. Baker, aber gewiß ist es nicht das, was ich mir vorgestellt habe!«

Sie nickte und schob das Bündel Papier in die Höhe, das sie wie ein eifriges Collegegirl an die Brust gedrückt trug.

»Ja, es ist immer ein richtiger Schock. Die Ankömmlinge stellen die merkwürdigsten Sachen an. Ich könnte Ihnen Geschichten erzählen, die ... also, ich könnte Ihnen Geschichten erzählen!

Sind Sie schon dazu gekommen, die Unterlagen durchzusehen?«

Paul blickte auf die roten, gelben und blauen Mappen unter seinem Arm und lächelte: »Ja, und ich habe mich bereits entschieden. Ich weiß es bereits.«

»So schnell? Wunderbar. Und noch etwas, Paul. Wir lassen den Leuten, glauben wir, genügend Zeit, sich zu entscheiden, aber sie alle scheinen so... hmmm... unsicher zu sein.«

»Mrs. Baker, ich weiß genau, was Sie meinen. Als ich als Kellner arbeitete, wissen Sie? Die Hälfte der Gäste gab nie eine klare Antwort. Pommes frites oder Bratkartoffeln zu den Eiern? Man hätte glauben können, ich wolle ihnen eine Lebensversicherung oder so verkaufen! Pommes frites oder Bratkartoffeln? He, was machen diese Leute dann, wenn sie einen neuen Wagen oder so etwas kaufen müssen?«

»Oder einen Namen für ihre Kinder finden?« Mrs. Baker kicherte.

»Oder ein Haus kaufen?« Paul stimmte in ihr Lachen ein, und es hallte in dem endlosen weißen Raum, der sich, nun ja, endlos zu erstrecken schien, von oben und von allen Seiten zurück. *Endlos*. Was für ein erstaunliches Wort. Er hatte früher nie viel Gedanken an so etwas verschwendet, aber Mann, jetzt dachte er daran. Weiße Korridore, Mrs. Baker... Endlos. Da war er, Paul Domenica, und er reiste den weißen Schlund der Hölle hinunter und hatte nicht die geringste Vorstellung, wohin es ging. Nicht, daß es einen großen Unterschied machte. Er hatte alle Zeit der Welt. Der Gedanke ließ ihn auflachen, und Mrs. Baker sah ihn glücklich an.

»Das stimmt, Paul. Sie haben alle Zeit der Welt. Entspannen Sie sich, nehmen Sie es nicht zu schwer. Wir sind gleich da.«

Das war wirklich allerhand; sie konnten Gedanken lesen! Sie konnten tatsächlich Gedanken lesen.

»Darf ich Sie etwas fragen?«

»Ja, Paul. Was Sie wollen. Innerhalb gewisser Grenzen, natürlich.« Sie zwinkerte ihm zu.

»Wie macht ihr das? Daß ihr Gedanken lest. Darf ich das fragen?«

»Jaaaa, das ist eine Kleinigkeit.« Sie holte einen winzigen Bleistift aus der Tasche. »Das ist eine Art Apparat. Hier, nehmen Sie.«

Er ergriff das Ding. Sofort steckte er inmitten von Mrs. Bakers Gedanken. Sie dachte an tropische Fische, süße Törtchen und wie es wäre, mit Paul zu schlafen.

Obwohl er eigentlich nicht schüchtern war, gab ihr Paul den Bleistift zurück, als stünde er in Flammen. Er konnte der Frau nicht in die Augen sehen.

»Ach, Paul, schämen Sie sich nicht. Wir sind hier eben so. Ich habe Ihre Gedanken schon vorher gelesen und sah alle möglichen lieblich-entsetzlichen Dinge, aber so ist es eben. Wen kümmert, was einer jetzt denkt? Das spielt überhaupt keine Rolle mehr! Sex, Steuern … Das ist alles vorbei, Paul. Da ist noch etwas, woran Sie sich werden gewöhnen müssen. Das werden Sie schon schaffen. Ah, da sind wir schon – Zimmer 3112.«

Paul schaute auf die Tür und fand keine Nummer, aber die Frau zeigte mit dem Finger darauf, und die Tür öffnete sich lautlos.

»Gehen Sie nur hinein.«

Er betrat ein blaßblaues Zimmer, das voller moderner Möbel aus Aluminium und Leder war. An den Wänden hingen hübsche Bilder: Sonnenuntergänge, Boote auf dem Meer, ein Poster Norman Rockwells von einem Jungen, dem die Haare geschnitten wurden.

Eine sehr hübsche junge Frau saß hinter einem durchsichtigen Schreibtisch und las in einem Exemplar von *Prinzessin Daisy*.

Sie blickte lächelnd auf.

»Hallo, Leslie.«

»Hallo, Sally. Sally, das ist Paul Domenica. Er ist eben angekommen.«

Sie lächelten einander zu, und um das Eis zu brechen, erwähnte Paul, wie sehr seiner Freundin das Buch gefallen habe.

»Oh, es ist wirklich ein toller Schmöker, Paul. Ich kann nicht aufhören zu lesen.«

»Passen Sie auf, daß der Chef Sie nicht dabei erwischt.«

»Oh, Leslie, er selbst hat es mir ja gegeben.«

Sie lachten alle, während sich Paul und Mrs. Baker auf der Couch niederließen. Diese war sehr bequem.

»Also, Paul, Sie sagten, Sie hätten sich schon entschieden?«

»Ja, ich möchte dorthin.« Er blickte auf die Farbprospekte in seinem Schoß und hielt den roten in die Höhe.

»Die Filmsäle? Das ist gut!«

»Er hat einen guten Geschmack«, piepste Sally durch den Raum. Paul fühlte sich, als hätte er in der Mathematikstunde die richtige Antwort gegeben.

»Ich möchte Sie wirklich nicht drängen, Paul, aber wissen Sie bereits, welcher Filmsaal? Ich weiß, es ist eine schwere Entscheidung, aber vielleicht – «

»Jane Fonda. Punktum. Ich muß keine Minute lang nachdenken.«

»Sie gefällt Ihnen, wie?« Mrs. Baker gab Paul einen bedeutungsvollen Klaps auf das Knie.

»Ich *liebe* Jane Fonda.«

Das Telephon auf Sallys Schreibtisch schnarrte, und sie hatte es im Nu in der Hand. »Ja, Sir, er ist gerade hier. Was? Nein, das ist nicht notwendig. Er hat sich bereits für die Filmräume entschieden. Wie bitte? Jane Fonda.«

Die Person am anderen Ende der Leitung sagte etwas, das Sally zum Lachen brachte. Sie zwinkerte Paul und Mrs. Baker zu.

»Er sagte dasselbe wie ich, Paul: ›Er hat einen guten Geschmack.‹«

Paul sah zu Mrs. Baker hin und fragte sich, von wem Sally redete. Die Frau hob einen Finger in die Höhe, um anzudeuten, er solle warten, bis die Sekretärin das Gespräch beendet habe.

»Ja, Sir. Ihr nächster Termin ist in einer halben Stunde.« Sie lauschte einen Augenblick lang und legte dann auf. Sie schüttelte den Kopf. »In letzter Zeit ist er bester Laune. Seit Monaten habe ich ihn nicht so fröhlich gesehen.«

Paul wollte gerade fragen, von wem die Rede ist, als irgendwo eine Tür aufging und der Teufel hereinkam gekleidet in einen Anzug mit Weste. Er war offensichtlich in Eile, aber als er Paul und Mrs. Baker erblickte, setzte er ein breites Lächeln auf und trat zu ihnen. »Paul Domenica, Los Angeles, Kalifornien. Wie geht es, Paul?« Er streckte die Hand aus, und Paul ergriff sie ohne zu zögern. Sie war angenehm warm. Es war ein guter, fester Händedruck. Das gefiel Paul. *Er* gefiel ihm.

»Heutzutage bekommen wir gute Leute, wie, Sally?«
Die Sekretärin nickte lächelnd. »Leider muß ich fort. Ich
bin in einer halben Stunde zurück. Sally, du paßt mir auf
Paul auf, hörst du?«

»Ja, Sir.«

Als der Teufel fort war, wandte sich Paul mit einem
verwunderten Blick an Mrs. Baker. »Hätte ich einen Termin mit ihm haben sollen?«

»Nur falls Sie unentschlossen gewesen wären. Aber
zerbrechen Sie sich nicht den Kopf darüber.« Sie erhob
sich von der Couch.

Paul berührte ihren Arm. Irgendwo im Herzen spürte
er ein einziges *Peng* von Furcht, wie wenn jemand gutes
Kristallglas mit dem Finger anschlägt. »Was, eh, was passiert mit jemandem, der sich nicht entscheiden kann?«

Mrs. Baker blickte ihn mit dem besonderen Ausdruck
an, den Leute aufsetzen, wenn sie durch ein Wagenfen-
ster auf ein unerträglich grausiges Autowrack schauen.
Die Zeit holte tief Atem, und im Zimmer war kein Laut
zu vernehmen.

In diesem Augenblick verstand Paul alles, und das
Peng der Furcht verwandelte sich in einen gewaltigen
chinesischen Gong. »Oh.« Er blickte zu Boden und
fragte sich, ob er imstande sein würde, aus eigener Kraft
aufzustehen.

»Paul, machen Sie sich keine Sorgen, bei Ihnen ist alles
fix! Wir brauchen Sie jetzt nur noch einzugewöhnen.«

Der Ton ihrer Stimme war warm und beruhigend. Paul
schaute sie an, dann die Sekretärin. Merkwürdigerweise
hatten beide identische Mienen: freundlich, beinahe lie-

bevoll, aber ganz genau gleich. Paul wußte nicht, ob er sich darüber freuen oder ob er erschreckt sein sollte.

»Paul, kommen Sie.«

Sie verabschiedeten sich von Sally und traten wieder aus dem freundlichen Büro in die weißen Gänge hinaus. Diesmal jedoch war entweder die weiße Farbe oder die Endlosigkeit unheilverkündend, und nichts glich mehr dem Flughafen von Los Angeles.

Sie gingen immer weiter. Paul wollte reden, doch fiel ihm nichts ein. Mrs. Baker schien jetzt in größerer Eile zu sein, und als Paul zu ihr hinübersah, war ihr Gesicht ausdruckslos.

Plötzlich, ohne Vorwarnung, bogen sie um eine Ecke, und das vertraute Weiß wich einem Rot wie auf dem Umschlag des Filmsaalprospekts. Paul blickte wieder zu Mrs. Baker. Sie lächelte und hob ihre Papiere in die Höhe. »Wir sind gleich da, Paul. Nicht mehr lange!«

Und dann waren sie dort. Eine rote Tür. Wieder keine Aufschrift und keine Nummer – bloß eine rote Tür, vor der Mrs. Baker stehenblieb und auf die sie wies.

»*Ici, monsieur.* Da sind wir.« Sie sah ihn an, und ihr Gesicht war wieder glücklich und lebhaft. »Sie kommen gerade rechtzeitig zum Beginn von *Ein Mann wird gejagt.* Jane Fonda und Marlon Brando. Keine schlechte Besetzung, eh? Und dann kommt *Barbarella, Klute, Coming Home – sie kehren heim, Warum eigentlich bringen wir den Chef nicht um?* Was sagen Sie dazu? Ganz gut fürs erste Mal!«

»Und danach?« Pauls Augen zogen sich zusammen, denn es dämmerte ihm schließlich, was geschehen würde.

Mrs. Baker runzelte zum ersten Mal die Stirn. »Danach? Also, Sie sehen alle die anderen Filme, die sie gemacht hat. Wie viele es auch sein mögen. Ist das nicht wunderbar? Was können Sie mehr verlangen – «

»Immer wieder?« Seine Finger waren jetzt ganz klamm.

»Nun ja...«

»Pausenlos? Alle Filme Jane Fondas immer wieder und pausenlos?«

Mrs. Baker seufzte und wirkte ein bißchen gelangweilt. »Ja, Paul, immer wieder. Immer wieder und immer wieder und immer wieder...« Während sie sprach, deutete sie auf die Tür, die sich öffnete. Das erste, was Paul inmitten der Dunkelheit sah, war das vertraute Gesicht, für das er früher einmal gestorben wäre.

Thomas Owen
Ein hübscher kleiner Junge

> »Der Plural erzeugt auf geheimnisvolle Weise den Singular.«
> Jean Cocteau

Pietro Portosi war ein hübscher kleiner Junge von etwa zwölf Jahren. Er hatte eine weiche, samtige Haut, braune, leicht gekräuselte Haare, sanfte dunkelbraune Augen, die die Welt anstaunten, und den reizenden Mund eines jungen Mädchens. Wenn er lächelte, bekam er Grübchen in den Wangen. Dann möchte man ihn berühren, streicheln, umarmen. Er war wirklich ein sehr hübscher kleiner Junge.

Reinheit und Vertrauen zauberten auf seinem Engelsgesicht eine Art strahlendes Leuchten hervor. Soviel Feinheit in den Zügen und im Ausdruck waren wirklich nicht von dieser Welt. Ein derart verführerisches Kind gehörte der Rasse der Auserwählten an, zu denen man die kleinen Genies rechnen darf, und in seiner außerordentlichen Grazie hätte man eine Erinnerung an den kleinen Mozart wiederentdecken können.

Es gibt kein merkwürdigeres Schicksal als das jener ungewöhnlichen Wesen, deren zugleich kindliche und ernste Haltung den Erwachsenen zum Verstummen bringt.

Man möchte die Gedanken solcher Kinder lesen können in den langen Augenblicken des Schweigens, in denen sie eine andere Welt aufgesucht zu haben scheinen.

Aber ihr Geheimnis ist wohlbehütet. Der Zudringlichkeit der Großen halten sie die Schranke ihres Lächelns und die unergründliche Tiefe ihres Blickes entgegen.

Es muß die Frage gestellt werden, ob Pietro Portosi in seinem Alter tatsächlich über die Natur der Seele Bescheid wußte. Brachte er diesem Thema irgendein Verständnis entgegen, oder benutzte er dieses Wort nicht vielmehr, ohne sich über seine Bedeutung Gedanken zu machen? Kinder hören Ausdrücke, die ihnen gefallen, man fragt sich vergebens warum, und sie verwenden sie oft vollkommen fehl am Platz, aber auch manchmal mit einer seltsamen Triftigkeit.

Wir müssen von nun an darauf beharren, weil es sehr wichtig ist. Gewiß spricht man zu den Kindern während des Katechismusunterrichtes in der Schule über die Seele. Aber das reicht nicht aus, die Bedeutung zu erklären, die sie, oder zumindest das Wort, im Leben Pietro Portosis einnahm.

Man hätte von Anfang an seinem Betragen, seinen Worten mehr Aufmerksamkeit schenken sollen. Erst nach einer gewissen Zeit fing man an, über ihn zu schwatzen.

Es gab sicher Fälle, die nicht aufgedeckt oder berichtet wurden. Wir wollen sie beiseite lassen. Seien wir mit dem, was man schließlich festgestellt hat, zufrieden.

Eines Tages wurde eine ehrenwerte und glaubwürdige Person im Park auf ihn aufmerksam, als er dort mit anderen Kindern spielte. Diese Zeugin, Madame de R., eine Französin, 42 Jahre alt, Witwe eines in Indochina gefallenen Offizieres, in Paris wohnhaft, erklärte folgendes:

»Ich saß auf einer Bank im Park des Palais Royal, in

dem ich gerne nachmittags spazierengehe. Ich beobachtete interessiert eine Gruppe sehr ausgelassener, kleiner, herumtollender Schüler. Unter ihnen zog sofort ein göttlich schöner, kleiner Junge meine zärtliche Aufmerksamkeit auf sich. Kein Anblick hätte bezaubernder sein können als die graziösen Bewegungen dieses Knaben, der nicht nur elegant-geschmeidig, sondern auch äußerst geschickt und selbstsicher vorging, das Spiel lenkte, ohne wirklich an ihm teilzunehmen, immer lachend und väterlich wohlwollend die Kleineren vor den Brutalitäten der anderen schützend, ohne je laut zu werden, und dabei von der leichten Beweglichkeit eines schlanken Vogels war. Ein echter kleiner Märchenprinz.

Als in diesem Treiben eine Pause eintrat, wie so oft, wenn die Kinder mal verschnaufen müssen, legte Pietro Portosi – denn von ihm ist die Rede – seine Hände auf die Schultern eines seiner Kameraden, der offensichtlich jünger war als er, sah ihm direkt ins Gesicht und fragte ihn: ›Gibst du mir deine Seele?‹

Die Frage kam so unerwartet, und die Haltung der Kinder war so merkwürdig, daß ich vorgab zu lesen, um sie nicht auf mich aufmerksam zu machen, während ich jetzt noch schärfer aufpaßte, damit mir nichts von dieser Szene entgehen würde.

Derjenige, dem man diese Frage gestellt hatte, war ein kleiner, zerbrechlicher blonder Junge mit einem blassen Gesicht, der gewiß nichts von dem, was da von ihm verlangt wurde, verstand. Er stand mit einem abweisenden Ausdruck und offenem Mund da, geradezu fest entschlossen, nichts, was ihm gehörte, zu verschenken.

Doch da schaute der andere gebieterisch drein und

schlug ihm vor, in diesem Falle seine Seele dann nicht zu *geben*, sondern sie ihm zu *verkaufen*.

Die Verhandlung wurde mit leiser Stimme geführt, wobei der künftige Verkäufer einige Male zustimmend mit dem Kopf nickte. Der Handel war bald abgeschlossen. Pietro Portosi gab dem Kleinen ein paar Bonbons in Seidenpapier. Der nahm sie mit ausgestreckter Hand entgegen, und so wurde er, wohl kaum von dieser Tatsache sehr berührt, seinem Schicksal ausgeliefert.

Der Käufer steckte die Seele in eine kleine leere Streichholzschachtel. Dann legte er sie auf die Bank, die sich dicht neben meiner befand, und ich konnte sehen, wie er auf eine der weißen Innenseiten schrieb: ›*Gaston Bertrand, acht Jahre alt*‹.

Danach entfernte er sich hüpfend und springend mit einer solchen Leichtigkeit, daß ich einen Augenblick das Gefühl hatte, er würde davonfliegen.«

Soweit Madame de R. Ihr Bericht wurde der Ausgangspunkt für eine Untersuchung, die als Folge einer Reihe von unerwarteten Ereignissen durchgeführt wurde. Sie ergab alsbald, daß der Park des Palais Royal ein wahres Zentrum des Seelenhandels sei. Die Polizei kümmerte sich erst um die Affäre, als mehrere Eltern, die sich mit den Lehrern über das abnormale Verhalten ihrer Kinder unterhalten hatten, sich entschlossen, Klage zu erheben. Aber wie sollte wohl eine Untersuchung in einer so delikaten Angelegenheit durchgeführt werden, zumal der kleine Portosi, der im Zentrum stand, auf einmal verschwunden war. Man kannte seinen Namen, man hatte von ihm eine detaillierte Personenbeschreibung, aber seine Adresse war unbekannt. In Paris gab es mehrere italienische Familien dieses Namens, von den ärmsten bis zu den vornehmsten, aber keine hatte einen Jungen vorzuweisen, der dieser Beschreibung des geheimnisvollen kleinen Pietro entsprach.

Deshalb wandte sich die Polizei, nach einem kurzen Aufflammen des Interesses, wieder von den Untersuchungen ab, die sie ohnedies für eigentlich recht lächerlich hielt. Sie wurden dann aber von ein paar alten frommen Damen und einem energischen jungen Abbé auf eigene Rechnung weitergeführt.

Ihren Aktivitäten ist es zu verdanken, daß ähnliche Vorgänge wie jene im Park des Palais Royal, mit unregelmäßigen Zwischenräumen auch im Park Monceau, auf der Place des Vosges, in den Tuilerien-Gärten und schließlich im Park Luxembourg festgestellt werden konnten. Jedesmal hatte man den Namen des Käufers in Erfahrung bringen und seine genaue Beschreibung geben können. Jedes Detail seines Vorgehens war bekannt. Es bestand kein Zweifel: Es handelte sich immer um dieselbe Person. Die Tatsache, daß der geheimnisvolle kleine Junge anscheinend instinktiv sein Wirkungsfeld wechselte, ließ auf eine große Schlauheit und eine Selbstbeherrschung schließen, die bei einem Jungen in seinem Alter aufs höchste verblüffen mußten. Seine fortwährende Beweglichkeit machte eine systematische Überwachung unmöglich. Wie sollte man auch in ganz Paris eine Wache aus Eltern organisieren? Es wäre sowieso undenkbar gewesen, die Zustimmung der Autoritäten zu einem solchen Fallenaufstellen an allen Orten, an denen die Kinder der Großstadt sich zum Spielen zusammenfanden, zu erlangen.

Dazu kam, daß Pietro kein Gesetz, keine Regel verletzte; und man muß sich ernsthaft fragen, welcher Beamte dazu bereit gewesen wäre, offiziell gegen einen zehnjährigen Jungen vorzugehen, den man beschuldigte, die Seelen seiner kleinen Kameraden zu kaufen.

Der junge, dynamische Abbé und die braven Damen, seine Verbündeten, ließen aber in ihrem Eifer trotzdem nicht nach. Sie hatten schon ein voluminöses Dossier zusammengestellt, das zwar nicht komplett war, aber dennoch erschöpfende Auskunft über die Aktivitäten des mysteriösen Kleinen gab. Da fand man auch Berichte über die bestürzenden Änderungen im Verhalten der Kinder, die in den schrecklichen Handel eingewilligt hatten. Und gerade in diesem Punkte wurde die Sache erst wirklich alarmierend. Denn bei den ›Verkäufern‹ war tatsächlich eine tiefe Verwandlung in ihrem Benehmen und Charakter aufgetreten. Verwirrende und oft sehr ernste Dinge wurden festgestellt, von denen einige Beispiele – unter hundert anderen – eine Vorstellung vermitteln können. Eliane L., acht Jahre alt, versuchte, ihrem kleinen Bruder mit einem Austernmesser die Kehle durchzuschneiden und verwundete ihn dabei fast tödlich. Paul V., zehn Jahre alt, hatte die Kleider seiner schlafenden älteren Schwester angezündet, nachdem er ganze Stöße alter Zeitungen zu ihren Füßen aufgestapelt hatte. Robert S., neun Jahre alt, wurde ein paarmal dabei überrascht, wie er lebenden Vögeln die Federn ausriß... Und dann lassen wir noch die ganzen Verwüstungen, das vandalistische Benehmen und die Scheußlichkeiten aller Art, deren die sehr jungen Kinder, die mit Pietro Portosi in Berührung gekommen waren, sich schuldig gemacht hatten, ganz beiseite. Man kann sich auch leicht die Dinge vorstellen, die aus Anstandsgründen verschwiegen wurden.

All die kleinen Täter gaben zu, ihre Seelen verkauft zu haben, die einen für ein paar Süßigkeiten, die anderen für ein Spielzeug oder etwas Ähnliches. Sie gaben alle genau dieselbe Beschreibung ihres ›Kameraden‹, der sie aber, wie sie behaupteten, niemals zu den Handlungen, die man ihnen jetzt vorwarf, getrieben hatte.

»Er beschränkte sich darauf, die Seele in eine kleine Streichholzschachtel zu stecken und den Namen daraufzuschreiben. Er verlangte nichts. Er war sehr nett...«

»Und was machte er mit den Schachteln? Wo bewahrte er sie auf?« fragten die Untersucher und die in Tränen aufgelösten Eltern.

Sie wußten es nicht. War der Handel einmal beschlossen, so verschwand Pietro Portosi im allgemeinen.

Eines seiner ›Opfer‹ erzählte freilich, Zeuge der folgenden Szene geworden zu sein. Es handelte sich um Claude Flaget, zehn Jahre alt. Die Vorgänge hatten sich im Bois de Boulogne abgespielt.

»Wir waren zu viert. Aus trockenen Blättern und kleinen Zweigen hatten wir ein Feuer gemacht. Pietro Portosi hatte fünf oder sechs leere Streichholzschachteln in seiner Tasche. Er warf sie eine nach der anderen in die Flammen. Sie fingen nicht sofort Feuer. Bevor sie anfingen zu brennen, schienen sie sich zu winden, und dann explodierten sie plötzlich. Genauso, als ob sich Gas in ihnen befunden hätte. Sie gaben einen blaugrünen Blitz von sich. Wir fanden das alle sehr aufregend. Aber Pietro war vollkommen ernst. Er flüsterte: ›Das ist die Hölle.‹

Er schien traurig zu sein. Schon bald ließ er uns allein, ohne auf Wiedersehen zu sagen, und wir haben ihn auch nie wiedergesehen.«

Auf dem VII. Kongreß für Dämonologie in Wien hatte ich die Ehre, dem Abbé W., der seit zwei Jahren in Paris seine Untersuchungen durchgeführt hatte, vorgestellt zu werden. Er ist ein sympathischer Mensch, eine Forschernatur, mit erstaunlichen Kenntnissen, dem ich die wesentlichen Elemente dieser Geschichte verdanke. Er erzählte mir, daß Pietro Portosi seine seltsamen Aktivitäten nicht auf Paris beschränkt hätte. Auch aus Mailand, Brüssel und Amsterdam waren Nachrichten über seine Anwesenheit und seine Missetaten eingetroffen. Er war zwar manchmal mit einem anderen Namen aufgetreten, aber an seiner Identität konnte kein Zweifel bestehen. Die Personenbeschreibung, die man von ihm gab, stimmte in allen Punkten mit der, die wir schon kennen, überein: »ein echter Märchenprinz«.

Vielleicht aber hat dieses unglückselige Kind, so verführerisch und graziös, überhaupt kein richtiges Eigenleben. Vielleicht ist es nur die äußerliche Erscheinungsform, die eine teuflische Macht gewählt hat, damit sie ihr Zerstörungswerk besser durchführen kann.

Die einsichtigen Dämonologen, und das sind nicht unbedingt die berühmtesten, wie z. B. Goldstein, Terpougoff oder Vandemoortel, beschäftigen sich auch noch heute mit dem Fall, der bis auf den jetzigen Tag einmalig in der Wissenschaft der Finsternis ist.

»Der Kampf geht weiter«, erklärte mir der Abbé, »aber der Feind ist unerschöpflich in seinen Listen und

Kniffen. Bisher haben wir noch keinen Weg entdeckt. Wie sollte man so junge Kinder vor einer solchen Gefahr warnen oder schützen, ohne in ihnen eine tiefe Angst hervorzurufen, die ihrem seelischen Gleichgewicht einen großen Schaden zufügen könnte.«

Und er fügte noch extra für mich hinzu: »Es ist nicht jedermanns Sache, sich über solche Abgründe zu beugen.«

Zum Schluß noch ein letztes Wort: Wenn Sie auf kleine Kinder aufpassen sollen, dann gehen Sie am besten den öffentlichen Parkanlagen und hübschen kleinen Jungen aus dem Wege.

John Collier
Der unwirkliche Mr. Beelzy

»Da läutet's zum Tee«, sagte Mrs. Carter. »Hoffentlich hat Simon es gehört.«

Sie blickten aus dem Wohnzimmer in den langgestreckten, liebenswürdig verkommenen Garten hinaus, der sich hinten in eine Art Wildnis verlief. Dort stand ein Sommerhäuschen, das sich kurz vor dem endgültigen Verfall befand und in diesem Stadium beinahe schön zu nennen war. Das war Simons Schlupfwinkel. Die dichten Zweige eines Apfelbaums und eines Birnbaums – zu dicht nebeneinander gepflanzt wie immer in Vorstadtgärten – schirmten es fast völlig gegen die Außenwelt ab. Die beiden Frauen erhaschten dann und wann einen Blick auf den Jungen: Er stolzierte auf und ab und redete und gestikulierte mit all dem feierlichen Hokuspokus, mit dem kleine Jungen sich lange Nachmittage in dem vergessenen Winkel eines großen Gartens zu vertreiben pflegen.

»Da ist er ja, das liebe Kind«, sagte Betty.

»Spielt wieder sein Spielchen«, sagte Mrs. Carter. »Er will nicht mehr mit anderen Kindern spielen. Und wenn ich zu ihm gehe – diese Wut! Und immer kommt er ganz erschöpft herein.«

»Hält er keinen Mittagsschlaf?« fragte Betty.

»Du kennst doch den großen Simon mit seinen Ideen«, sagte Mrs. Carter. »›Laß ihn selber entscheiden‹, sagt er. Nun, der Junge hat sich entschieden, und wenn er dann reinkommt, ist er weiß wie ein Laken.«

»Sieh mal! Er hat das Läuten gehört«, sagte Betty. Die Bemerkung war berechtigt, obwohl die Glocke schon seit einer vollen Minute schwieg. Der kleine Simon blieb stehen, als hätte das dünne Gebimmel erst jetzt sein Ohr erreicht. Sie sahen ihn mit seinem Stöckchen bestimmte rituelle Schwing- und Kratzbewegungen vollführen, dann kam er langsam über das von der Hitze erschlaffte Gras auf das Haus zu.

Mrs. Carter führte ihren Gast hinunter ins Spiel- oder Gartenzimmer, in dem an heißen Tagen der Tee eingenommen wurde. Der große Raum war die ehemalige Spülküche dieses weitläufigen georgianischen Hauses. Jetzt waren die Wände cremefarben getüncht, an den Fenstern hingen grobe blaue Tüllvorhänge, auf dem Steinboden standen leinenbezogene Armsessel, und über dem Kamin hing eine Reproduktion von van Goghs *Sonnenblumen*.

Der kleine Simon kam hereingeschlendert und gönnte Betty einen flüchtigen Gruß. Sein Gesicht – ein fast vollkommenes Dreieck mit spitzem Kinn – war blasser, als es hätte sein sollen. »Das kleine Elfenkind!« rief Betty.

Simon sah sie an und sagte: »Nein.«

In diesem Augenblick ging die Tür auf, und Mr. Carter trat händereibend ein. Er war Zahnarzt und wusch sich die Hände vor und nach allem, was er tat. »Du!« sagte seine Frau. »Schon zurück!«

»Hoffentlich nicht unwillkommen«, sagte Mr. Carter, Betty zunickend. »Zwei Patienten haben abgesagt; da beschloß ich, nach Hause zu gehen. Wie gesagt, hoffentlich bin ich nicht unwillkommen.«

»Dummkopf!« sagte seine Frau. »Natürlich nicht.«

»Bei Klein Simon scheint mir das nicht so sicher«, fuhr Mr. Carter fort. »Simon, hast du was dagegen, daß ich mit euch Tee trinke?«

»Nein, Vati.«

»Nein, was?«

»Nein, großer Simon.«

»So ist's richtig. Großer Simon und Klein Simon. Das klingt doch viel freundschaftlicher, findest du nicht? Früher, da mußten kleine Jungen ihren Vater mit ›Sir‹ anreden. Wenn sie's vergaßen, gab's eine Tracht Prügel. Aufs Hinterteil, Klein Simon! Aufs Hinterteil!« sagte Mr. Carter, sich noch einmal die Hände in unsichtbarem Seifenwasser waschend.

Der kleine Junge wurde dunkelrot vor Scham oder Wut.

»Aber jetzt, siehst du«, sagte Betty, um ihm zu Hilfe zu kommen, »jetzt kannst du deinen Vater anreden, wie du willst.«

»Und was hat Klein Simon heute nachmittag gemacht?« fragte Mr. Carter. »Während der große Simon gearbeitet hat?«

»Nichts«, brummte sein Sohn.

»Dann hast du dich also gelangweilt«, sagte Mr. Carter. »Laß dir das eine Lehre sein, Klein Simon. Tu morgen etwas Amüsantes, und du wirst dich nicht langweilen. Ich möchte, daß er aus Erfahrung lernt, Betty. Das ist meine Methode, die neue Methode.«

»Ich habe gelernt«, sagte der Junge im Ton eines alten, müden Mannes, den kleine Jungen oft haben.

»Das kann ich mir kaum denken«, sagte Mr. Carter, »wenn du den ganzen Nachmittag auf deinem Hintern sitzt und nichts tust. Hätte *mein* Vater mich beim Nichtstun erwischt, ich hätte nicht mehr sehr bequem sitzen können.«

»Er hat gespielt«, sagte Mrs. Carter.

»Ein bißchen«, sagte der Junge, auf dem Stuhl hin und her rutschend.

»Zuviel«, sagte Mrs. Carter. »Er ist ganz nervös und verdöst, wenn er hereinkommt. Er müßte mittags schlafen.«

»Er ist sechs«, sagte ihr Mann. »Er ist ein vernunftbegabtes Wesen. Er muß das selbst entscheiden. Aber was ist das für ein Spiel, Klein Simon, von dem man nervös und verdöst wird? Es gibt sehr wenige Spiele, für die sich das lohnt.«

»Ach, nichts«, sagte der Junge.

»Na, komm«, sagte der Vater. »Wir sind doch Freunde, nicht wahr? Du kannst mir's ruhig erzählen. Ich war auch mal ein kleiner Simon, genau wie du, und habe dieselben Spiele gespielt wie du. Natürlich gab es damals keine Flugzeuge. Mit wem spielst du denn dieses schöne Spiel? Komm, höfliche Fragen muß man beantworten, wo kämen wir sonst hin? Mit wem spielst du denn?«

Der Junge konnte nicht widerstehen. »Mit Mr. Beelzy«, antwortete er.

»Mr. Beelzy?« Der Vater hob die Augenbrauen und sah seine Frau fragend an.

»Das ist ein Spiel, das er sich ausgedacht hat«, sagte seine Frau.

»Gar nicht ausgedacht!« rief der Junge. »Quatsch!«

»Jetzt schwindelst du«, sagte seine Mutter. »Und außerdem bist du unhöflich. Wir wollen lieber von etwas anderem sprechen.«

»Kein Wunder, daß er unhöflich ist«, sagte Mr. Carter, »wenn du sagst, daß er lügt, und dann darauf bestehst, das Thema zu wechseln. Er erzählt dir seine Phantasien, und du impfst ihm ein Schuldgefühl ein. Was kannst du anderes erwarten als eine automatische Abwehrreaktion? Damit forderst du das Lügen erst heraus.«

»Wie in *Die Drei*«, sagte Betty. »Nur natürlich andersrum. *Sie* log wirklich, ohne zu erröten.«

»Ich hätte ihr das Erröten schon beigebracht«, sagte Mr. Carter, »und zwar an dem richtigen Körperteil. Aber Klein Simon ist jetzt im Phantasier-Stadium. Hab ich recht, Klein Simon? Du denkst dir einfach was aus.«

»Nein, tu ich nicht«, sagte der Junge.

»Doch«, sagte sein Vater. »Und darum ist es auch nicht zu spät, vernünftig mit dir zu reden. Es schadet nichts, wenn man Phantasie hat, mein Junge. Es schadet nichts, wenn man ein bißchen so tut, als ob. Du mußt nur den Unterschied zwischen Tagträumen und Wirklichkeit kennen, sonst kann dein Verstand sich nicht entwickeln, und du wirst nie so klug wie der große Simon. Also komm, erzähl uns von diesem Mr. Beelzy. Na? Wie sieht er denn aus?«

»Wie gar nichts«, sagte der Junge.

»Wie gar nichts? Das ist ja ein schrecklicher Kerl.«

»Nein, ich habe keine Angst vor ihm«, sagte das Kind lächelnd. »Kein bißchen.«

»Das will ich hoffen«, sagte sein Vater. »Sonst würdest du dir ja selbst angst machen. Ich sage immer den Leuten – Leuten, die älter sind als du –, daß sie sich nur selber angst machen. Ist er ein komischer Mann? Ist er ein Riese?«

»Manchmal ja«, sagte der kleine Junge.

»Aha. Manchmal das eine und manchmal das andere. Klingt ziemlich unbestimmt. Kannst du uns nicht einfach erzählen, wie er aussieht?«

»Ich liebe ihn«, sagte der kleine Junge. »Und er liebt mich.«

»Das ist ein großes Wort«, sagte Mr. Carter. »Das sollte man lieber für etwas Wirkliches aufheben wie den großen Simon und Klein Simon.«

»Er ist etwas Wirkliches«, sagte der Junge leidenschaftlich. »Er ist nichts Ausgedachtes. Er ist wirklich.«

»Hör mal zu«, sagte der Vater. »Wenn du da hinten im Garten bist, da ist doch niemand? Oder ist jemand da?«

»Nein«, sagte der Junge.

»Also, du denkst an ihn, in deinem Kopf drin, und dann kommt er.«

»Nein«, sagte Klein Simon. »Ich muß Zeichen machen. Auf der Erde. Mit meinem Stock.«

»Darauf kommt es nicht an.«

»Doch.«

»Klein Simon, jetzt bist du eigensinnig«, sagte Mr. Carter. »Ich bemühe mich, dir etwas zu erklären. Ich bin schon länger auf der Welt als du, darum bin ich natürlich älter und klüger. Ich will dir erklären, daß es Mr. Beelzy nur in deiner Phantasie gibt. Hörst du mir zu? Hast du verstanden?«

»Ja, Vati.«

»Er ist ein Spiel. Er ist ein Als-ob.«

Der kleine Junge blickte resigniert lächelnd auf seinen Teller.

»Ich hoffe, du hörst mir gut zu«, sagte der Vater. »Ich will nur, daß du sagst: ›Ich habe etwas Ausgedachtes gespielt, mit jemand, den ich mir ausdenke und Mr. Beelzy nenne.‹ Dann wird niemand sagen, daß du lügst, und du weißt den Unterschied zwischen Traum und Wirklichkeit. Mr. Beelzy ist ein Tagtraum.«

Der kleine Junge starrte noch immer auf seinen Teller.

»Manchmal ist er da, und manchmal ist er nicht da«, fuhr Mr. Carter fort. »Manchmal sieht er so aus und manchmal anders. Du kannst ihn nicht wirklich sehen. Nicht so, wie du mich siehst. Ich bin wirklich. Du kannst ihn nicht anfassen. Mich kannst du anfassen. Ich kann dich anfassen.« Mr. Carter streckte seine große, weiße Zahnarzthand aus und nahm seinen kleinen Sohn beim Nacken. Er schwieg einen Augenblick, dann packte er fester zu. Der kleine Junge ließ den Kopf noch tiefer sinken.

»Jetzt weißt du den Unterschied«, sagte Mr. Carter, »zwischen etwas Ausgedachtem und etwas Wirklichem. Auf der einen Seite du und ich, auf der anderen er. Welches ist das Als-ob? Los, antworte. Welches ist das Als-ob?«

»Der große Simon und Klein Simon«, sagte der Junge.

»Nicht!« rief Betty und legte sofort die Hand über den Mund, denn warum sollte ein Gast »Nicht!« rufen, wenn ein Vater auf moderne, wissenschaftliche Art etwas erklärt? Außerdem ärgert das den Vater.

»Nun, mein Junge«, sagte Mr. Carter, »ich habe gesagt, man muß dir Gelegenheit geben, durch Erfahrung zu lernen. Geh nach oben. Geh sofort in dein Zimmer. Du sollst lernen, was besser ist: Vernunft anzunehmen oder böse und eigensinnig zu sein. Geh nach oben. Ich komme gleich nach.«

»Du wirst doch das Kind nicht schlagen?« rief Mrs. Carter.

»Nein«, sagte der kleine Junge. »Mr. Beelzy erlaubt das nicht.«

»Mach, daß du hinaufkommst!« brüllte sein Vater.

Klein Simon blieb an der Tür stehen. »Er hat gesagt, er erlaubt nicht, daß mir jemand was tut«, wimmerte er. »Er hat gesagt, wenn mir einer was tun will, wird er wie ein Löwe mit Flügeln kommen und ihn auffressen.«

»Ich werde dich lehren, wie wirklich er ist!« brüllte sein Vater ihm nach. »Wenn du's nicht mit dem Kopf lernen kannst, sollst du's mit dem Hintern lernen. Ich zieh dir die Hosen stramm. Aber erst trinke ich meinen Tee aus«, sagte er zu den beiden Frauen.

Keiner sagte ein Wort, Mr. Carter trank seinen Tee aus und ging, sich die Hände in unsichtbarem Seifenwasser waschend, ohne Eile aus dem Zimmer.

Mrs. Carter sagte nichts. Betty fiel nichts ein, was sie hätte sagen können. Sie hätte gern gesprochen, denn sie fürchtete sich vor dem, was sie vielleicht hören würden.

Plötzlich kam es. Es schien die Luft zu zerreißen. »Lieber Gott!« rief sie. »Was war das? Er hat ihm weh getan.« Sie sprang vom Stuhl auf, ihre törichten Augen blitzten hinter der Brille. »Ich gehe rauf!« rief sie zitternd.

»Ja, gehen wir hinauf«, sagte Mrs. Carter. »Gehen wir hinauf. Das war nicht Klein Simon.«

Auf dem Treppenabsatz des ersten Stocks fanden sie den Schuh, in dem noch der Fuß des Mannes steckte wie der letzte Bissen einer Maus, der einer Katze unbemerkt aus dem Mundwinkel gefallen ist.

Anstelle eines Nachwortes

Die Frage, ob es den Teufel (auch Satan, Beelzebub, Widersacher etc. genannt) wirklich gibt und, falls ja, welche Eigenschaften er haben mag, ob er sich darauf beschränken muß, der Geist zu sein, der stets verneint, oder ob er manichäisch eigenschöpferisch tätig sein darf, kann man getrost den Fachtheologen überlassen. Seine Existenz als literarische Figur wird davon schwerlich betroffen. Gegenwärtig ist es nicht sehr in Mode, an den Teufel zu glauben, die Banalität des Bösen erscheint uns Heutigen schrecklicher als ein persönlich verwurzeltes Prinzip des Bösen. Nicht einmal alle Theologen glauben mehr an den Teufel.

Das ändert aber nichts daran, daß der gute alte Teufel zum einen ein recht farbiger Charakter ist, der, unabhängig von seiner tatsächlichen Existenz, exzellente dramatische Möglichkeiten von großer Anschaulichkeit auch hinsichtlich des Deftigen und Zotigen bietet; zum anderen hat er im Verlauf der Geschichte in den Überzeugungen des Menschen, zumal im Glauben des einfachen Volkes, eine wesentliche Rolle gespielt (wiederum unabhängig von seiner tatsächlichen Existenz). Das hat, vor allem im Zeitalter der Hexenverfolgung, viel Unglück über die Menschen gebracht, die man verdächtigte, mit ihm im Bunde zu sein, liefert aber wiederum dramatischen Stoff. Und schließlich ist der Teufel auch eine Gestalt mit reichen komischen Möglichkeiten, geht es doch in vielen Fällen darum, besonders in jenen, in denen Pakte mit ihm geschlossen werden, die Kräfte des Verstandes mit ihm zu messen und ihn zu überlisten. Das ist schon eine reiche Quelle im Volksmärchen (das indes hier nicht vertreten ist), ist aber auch in vielen literarischen Texten zentral.

Hier sei eine kleine Auswahl vom Teufel und seinen Werken vorgelegt, in denen sich besagter Herr und der Glaube an ihn von den verschiedensten Seiten präsentieren. Es fehlt selbst nicht an einigen gutgemeinten Vorschlägen, wie man seinen Dienstort, die Hölle, etwas modernisieren und zeitgemäßer gestalten könnte.

Das Wirken des Teufels wird oft in ein amüsantes Licht gerückt, ohne daß das erfreulich Horrible an der Gestalt vergessen wird. Der Herausgeber kann dem Leser dazu nur teuflischen Lesespaß wünschen.

Franz Rottensteiner

Gustavo Adolfo Bécquer: Das Teufelskreuz, S. 39-65; aus: Nächtliche Gesellschaft. Verlag Neues Leben, Berlin 1959.

Max Beerbohm: Enoch Soames, S. 144-165; aus: Dandys & Dandys. Ausgesuchte Essays und Erzählungen. Herausgegeben und übersetzt von Eike Schönfeld. Copyright (c) 1989 by Haffmans Verlag AG Zürich.

Stephen Vincent Benét: Der Teufel und Daniel Webster, S. 115-139; aus: Daniel Webster und die Seeschlange. (c) R. Piper & Co. Verlag, München 1948.

Jonathan Carroll: Der Jane-Fonda-Saal, S. 276-283; aus: Die panische Hand. Aus dem Amerikanischen von Franz Rottensteiner. Suhrkamp Verlag Frankfurt am Main 1989.

John Collier: Der unwirkliche Mr. Beelzy, S. 293-301; aus: Blüten der Nacht – Gesammelte Erzählungen. Deutsch von Susanne Rademacher. Copyright (c) 1977 by Rowohlt Verlag GmbH, Reinbek.

Nathaniel Hawthorne: Der junge Nachbar Brown, S. 17-38; aus: Des Pfarrers schwarzer Schleier. Unheimliche Geschichten. Deutsch von Hannelore Neves. Winkler Verlag, München 1985.

Ludwig Hevesi: Jules Verne in der Hölle, S. 166-178; aus: Die fünfte Dimension. Konegen Verlag, Wien 1906.

Alois Jirásek: Das Haus des Doktor Faust, S. 236-247; aus: Zum ›Roten Drachen‹. Herausgegeben von Ivan Slavik. Aus dem Tschechischen von Gustav Just. Suhrkamp Verlag Frankfurt am Main 1990.

Rudyard Kipling: Gnade auf Abruf, S. 179-206; aus: Unheimliche Geschichten. Aus dem Englischen von Friedrich Polakovics. Insel Verlag Frankfurt am Main und Leipzig 1991.

Leszek Kołakowski: Stenogramm einer metaphysischen Pressekonferenz, die der Dämon am 20. 12. 1963 in Warschau abgehalten hat, S. 9-16; Doktor Luthers Gespräch mit dem Teufel, Wartburg, 1521, S. 66-76; aus: Gespräche mit dem Teufel. Deutsch von Janusz von Pilecki. (c) R. Piper & Co. Verlag, München 1968.

Kurd Laßwitz: Wie der Teufel den Professor holte, S.207-235; aus: Traumkristalle. B. Elischer, Leipzig 1907.

Nikolaj Leskow: Die Teufelsaustreibung, S. 90-109; aus: Der Weg aus dem Dunkel. Deutsch von Ruth Hanschmann. (c) Sammlung Dieterich Verlagsgesellschaft mbH, Leipzig; 1952, 1992.

Mynona: Faust lacht sich ins Fäustchen, S. 272-275; aus: Rosa, die schöne Schutzmannfrau. Verlag Die Arche, Zürich 1965.

Thomas Owen: Ein hübscher kleiner Junge, S. 284-292; aus: Wohin am Abend? Deutsch von Rein A. Zondergeld. Insel Verlag Frankfurt am Main 1975.

Oskar Panizza: Die Kirche von Zinsblech, S. 248-258; aus: Visionen. Friedrich Verlag, Leipzig 1893.

Edgar Allan Poe: Der Teufel im Glockenturm, S. 77-89; aus: Sämtliche Erzählungen in vier Bänden. Herausgegeben von Günter Gentsch. Band 1. Aus dem Amerikanischen von Barbara Cramer-Nauhaus. Insel Verlag Frankfurt am Main und Leipzig 1989.

Leo Nikolajewitsch Tolstoj: Wie der Teufel die Brotschnitte verdiente, S. 110-114; aus: Sämtliche Erzählungen. Herausgegeben von Gisela Drohla. Aus dem Russischen von Arthur Luther. Insel Verlag Frankfurt am Main 1961.

Anton Tschechow: Gespräch eines Betrunkenen mit einem nüchternen Teufel, S. 140-143; aus: Kurzgeschichten und frühe Erzählungen 1883-1887. Aus dem Russischen von Wolf Düwel. Winkler Verlag, München 1968.

Kurt Tucholsky: Walpurgisnacht, S. 259-271; aus: Gesammelte Werke. Band 1. Copyright (c) 1960 by Rowohlt Verlag GmbH, Reinbek.

Anthologien
im insel taschenbuch

Anthologien
im insel taschenbuch

163/2/11.93

Anthologien
im insel taschenbuch

Klassische deutsche Literatur
im insel taschenbuch

161/1/11.93

Klassische deutsche Literatur
im insel taschenbuch

161/2/11.93

Klassische deutsche Literatur
im insel taschenbuch

Klassische deutsche Literatur
im insel taschenbuch

161/5/11.93

Klassische deutsche Literatur
im insel taschenbuch

Klassische deutsche Literatur
im insel taschenbuch

161/7/11.93

Klassische deutsche Literatur
im insel taschenbuch

161/9/11.93